Janette Oke

Frühling des Lebens

Janette Oke

Frühling des Lebens

SCHULTE & GERTH

Die amerikanische Originalausgabe erschien im Verlag
Bethany House Publishers, Minneapolis, Minnesota,
unter dem Titel „The Tender Years“.

Aus dem Amerikanischen übersetzt von Eva Weyandt.

Best.-Nr. 815 713
ISBN 3-89437-713-5
1. Auflage 2001
Umschlaggestaltung: Michael Wenserit/Dan Thornberg
Satz: Typostudio Rücker
Druck und Verarbeitung: Ebner Ulm
Printed in Germany

Für Thomas aus Nappanee.
Ich werde nie erfahren,
ob du diese Widmung jemals lesen wirst.
Die Jahre sind so schnell vergangen
und jetzt bist du ein Mann geworden.
Sei versichert,
dass ich sehr oft an dich denke
und für dich bete.

Prolog

„Mama? Warum setzt du dich nicht hin und ruhst dich ein bisschen aus? Du bist schon den ganzen Tag auf den Beinen."

„Wenn wir die vielen Leute, die wir hier haben, satt bekommen wollen, wird jede Hand gebraucht." Das leise Lachen, das dieser Antwort folgte, sagte mehr als Worte ausdrücken konnten. Mutter und Tochter drehten sich um und betrachteten die Küche voller geschäftiger Frauen. Marty sah zum Fenster hinaus in den Garten, in dem sich die Kinder tummelten. Von der Veranda, wo Clark und seine „Jungs" saßen, ertönte lautes Gelächter. Anscheinend hatte jemand eine lustige Geschichte zum Besten gegeben. Marty lächelte und drückte Missies Arm. Es war so schön, alle da zu haben. Alle zu Hause.

Nein, nicht alle. Nicht alle hatten kommen können. Wenn tatsächlich alle gekommen wären, hätte Marty nicht gewusst, wo sie die vielen Menschen hätte unterbringen sollen. Die Familie Davis war beinahe zu einer „Armee" angewachsen, wie Clark es gern ausdrückte und Marty nickte dazu in stummer und dankbarer Zustimmung. Gott hatte es so gut mit ihnen gemeint.

Missie riss sie aus ihren Träumen. „Mama – du setzt dich jetzt hier hin und überwachst alles von diesem Stuhl aus. Heute Abend wirst du sonst vollkommen erledigt sein."

Marty ließ sich zu dem Stuhl führen und nahm vorsichtig auf der gepolsterten Sitzfläche Platz. Sie war tatsächlich müde. Es war ein ungewöhnlich warmer Herbsttag und in der Küche war es drückend heiß. Aber sie war froh, dass es nicht regnete – oder schneite.

Wieder ließ sie ihren Blick über die lachende, plaudernde Gruppe gleiten, die die Küche mit ihren bunten Röcken und fleißigen Händen erfüllte.

Sie waren keine Kinder mehr – ihre Mädchen. Alle zu Hause. Alle, das hieß, alle außer Nandry, eines ihrer adoptierten Kinder. Vier Jahre zuvor hatten sie Nandry verloren. Es tat Marty noch immer weh, wenn sie daran dachte. Nandrys Töchter Mary und Jane waren verheiratet, aber die älteste, Tina, wohnte noch zu Hause und sorgte für den Vater. Seit er seine Frau verloren hatte, war er etwas sonderbar geworden. Keines der Kinder hatte an diesem Familientreffen teilnehmen können.

Aber Cathy, Nandrys Schwester, war bei ihnen. Cathy und ihr Mann, ein pensionierter Prediger, hatten den weiten Weg auf sich genommen, obwohl es mit Joes Gesundheit nicht zum Besten stand. Marty fand, dass er sehr blass und dünn wirkte. Sie sehnte sich danach, ihn hier zu behalten und zu versuchen, etwas Fleisch auf seine Knochen zu bekommen. Aber bestimmt hatte Cathy das bereits mit allen Mitteln probiert. Sie nahm an, dass der Dienst an den Menschen mit ihren vielen Bedürfnissen und der unregelmäßigen Arbeitszeit seinen Tribut forderte. Und Cathy und Joe hatten auch ihr Päckchen zu tragen. Ein Kind hatten sie schon früh durch Keuchhusten verloren, ein Enkelkind ging seine eigenen Wege und lehnte sich gegen die Eltern auf. Das machte auch den Großeltern sehr zu schaffen. Aber die anderen, und das waren mittlerweile vierzehn Familienmitglieder in Cathys Familie, schienen sich gut zu machen. Ein Sohn hatte sogar für seine medizinischen Forschungen eine Auszeichnung erhalten.

Missie war zu dem alten schwarzen Ofen gegangen, um die braunen Bohnen in dem großen Topf umzurühren. Vor kurzem hatte sie ihren sechzigsten Geburtstag gefeiert. Sie war mehrfache Großmutter und würde schon bald Urgroßmutter werden. Doch sie sah viel jünger aus, als sie war. Der Westen war gut zu ihr und ihrem Willie gewesen. Clark scherzte oft, sie hätten einen Landstrich ganz allein bevölkert und es stimmte, dass viele Farmen in ihrem Gebiet mittlerweile von ihren Söhnen und Enkeln geführt wurden. Einer der „Jungs“ hatte den elterlichen Hof übernommen. Mit einem Funkeln in den Augen und

Stolz in der Stimme beklagte sich Willie, er dürfe nur noch den langweiligen Papierkram erledigen.

Doch die meisten von Missies Familienmitgliedern, 37 insgesamt, hatten die lange Reise in den Osten nicht antreten können. Nur Willie, Missie und ihre Tochter Melissa, die mit ihrem Mann an der Westküste lebte, waren gekommen.

Marty hörte die Stimme ihres Sohnes Luke von der hinteren Veranda. Er behauptete, er würde es genießen, seit seiner Pensionierung die „Füße hochzulegen". Mit seiner Frau Kate war er von der Farm in die nahe gelegene kleine Stadt gezogen. Den Hof hatte er seinem Sohn Dack überlassen. Marty lächelte bei dem Gedanken daran. Wenn er das Nichtstun so sehr genoss, sagte sie oft zu Clark, warum fuhr er dann so häufig zur Farm hinaus, um zu sehen, wie es stand? Marty schätzte, dass Luke die Farm eigentlich nur wegen Kate abgegeben hatte. Sie litt unter einer schlimmen Arthritis und wenn sie noch länger auf der Farm geblieben wäre, hätte sie bestimmt auch weiterhin ihren großen Garten angepflanzt und darauf bestanden, ihren „Teil der Last" zu tragen. Marty wusste, dass Luke sich Sorgen um Kate machte.

Luke und Kate mit ihren Söhnen Dan, Davey, Dack und Stan und deren Familien waren häufig bei Clark und Marty zu Gast. Die Söhne und ihre 17 Nachkommen wohnten alle ganz in der Nähe. Aber mit ihrer Tochter Amy Jo war es leider anders. Sie war in eine große Stadt an der Westküste gezogen, um auch weiterhin künstlerisch tätig sein zu können. ;„Die schönste Stadt der Welt", wie Amy Jo sie nannte. Ihr Mann, ein Farmer, hatte sein Land verkauft und betätigte sich nun als Immobilienverwalter, während Amy Jo mit ihren Ölfarben hantierte. Sie hatten zwei Kinder, von denen aber keines die künstlerische Ader der Mutter geerbt hatte.

Sohn Arnie und seine Frau Anne hatten auch immer in der Nähe gelebt. Arnie hänselte Luke immer gern wegen seines „Faulenzens". Er bestand darauf, dass Luke sich viel besser fühlen würde, wenn er Heu machen oder den Stall ausmisten könnte. Aber Marty wusste, dass Arnie verstand, welch schwierige Entscheidung Luke getroffen hatte. Sie wünschte sich, auch Arnie brauchte nicht mehr so hart zu arbeiten. Eine schwere Last lag auf seinen Schultern. Arnies Familie war mittlerweile auf 22 Mitglieder angewachsen. Silas, John und Abe bewirtschafteten ihre eigene Farm, und auch Trudy und Anne Louise hatten Farmer geheiratet.

Clarks und Martys Tochter Ellie und ihr Mann Lane hatten die Zugreise nach Hause zusammen mit Missie und Willie gemacht. Keiner ihrer Nachkommen, insgesamt 29, wenn man Schwieger- und Enkelkinder mitzählte, hatte sie begleiten können.

Ellie war noch immer rank und schlank, wenn auch ihre einst goldenen Locken nun silberweiß geworden waren. Vorzeitiges Ergrauen, so nannte sie es. Aber Missie lächelte und meinte neckend, Ellie sei alt genug, sich ihr graues Haar verdient zu haben, da sie doch bereits Großmutter war. Zu Ellies Familie gehörten neun Enkelkinder.

Larry, der jüngste Sohn der Davis', war ein vielbeschäftigter Arzt. Er hatte der Familie gerade ein neues Haus gebaut. Seine Praxis befand sich nun nicht mehr im Haus, eine Änderung, die laut seiner Frau Abbie 20 Jahre zu spät kam. Die arme Abbie hatte zu jeder Tages- und Nachtzeit mit einem Klopfen an der Tür rechnen müssen. Ihr Sohn Aaron hatte ein Mädchen aus der Stadt geheiratet und ein Beerdigungsinstitut übernommen. Das machte den Arzt und seinen Sohn zum Gegenstand von so manchen gutmütigen Witzen. Thomas hatte beschlossen, in die Fußstapfen seines Vaters zu treten. Im Augenblick war er zur Ausbildung fort. Tochter Ruth Ann hatte den Apotheker der Stadt geheiratet und auch sie wurde zur Zielscheibe von einigen gutgemeinten Neckereien. „Wenn du zu Doc Larry gehst, schickt er dich zu seinem Schwiegersohn, um Medizin zu holen und wenn sie nicht wirkt, dann endest du bei seinem Sohn", witzelten die Leute. Sie schienen diesen Witz für sehr originell zu halten. Georgia war Buchhalterin im Bürgermeisteramt. Sie war noch alleinstehend, aber sehr begehrt. Clark sagte immer, es gefiele ihr so sehr, die jungen Männer des Ortes um sich zu scharen, dass sie sich bestimmt nie für einen von ihnen entscheiden würde.

Larry, Abbie und ihre Familie kamen sonntags häufig zu Besuch. Bei dieser besonderen Gelegenheit fehlten nur Thomas und seine neue Braut.

Belinda, Clarks und Martys jüngste Tochter, hatte Andrew Simpson geheiratet, einen Rechtsanwalt, und wohnte nun mit ihm und ihren fünf Kindern in der nahe gelegenen Stadt. Belinda war noch keine vierzig. Ihre Kinder waren dementsprechend jünger als ihre Kusinen und Cousins und wurden entsprechend verwöhnt.

Belindas Tochter Clara hatte bereits einen Verehrer. Marty hoffte im Stillen, dass sich die Beiden viel Zeit lassen würden. Es bestand kein Grund für Clara, mit ihren erst 18 Jahren vorschnell die Pflichten einer Hausfrau zu übernehmen. Rodney war nur anderthalb Jahre jünger als sie und ein fleißiger und intelligenter Schüler. Sein Vater Andrew war sehr stolz auf die Leistungen seines Sohnes.

Virginia, die nach der Dame benannt worden war, die Belinda vor langer Zeit gepflegt und wie eine Großmutter lieben gelernt hatte, war dreizehn, danach kam Daniel mit zwölf. Belinda meinte häufig scherzend, sie hätte ihre Kinder in Paaren bekommen, so dicht nacheinander wie es ging, ohne Zwillinge zu haben. Die letzten Beiden brachten Leid und Freude gleichermaßen. Die kleine Pearl starb, als sie erst zwei Monate alt war. Die Todesursache wurde nie herausgefunden, obwohl sie auf Larrys Rat hin das kranke Baby in das große Krankenhaus in der Stadt gebracht hatten, wo es die beste Pflege bekommen konnte. Im folgenden Jahr wurde Francine geboren – rund, gesund und bezaubernd. Belinda trocknete ihre Tränen und widmete sich ganz der Pflege ihres Babys. Francine war jetzt sieben und noch immer der Liebling der Familie. Mit ihrem sommersprossigen Gesicht und dem freundlichen Herzen erinnerte sie Marty oft an die kleine Belinda, die sie vor so vielen Jahren als Nachzügler in der Familie willkommen geheißen hatten.

„Mama, wo ist der Ingwer?"

Die Frage lenkte Martys Aufmerksamkeit wieder auf das hektische Treiben in der großen Küche. Sie musste sich erst wieder in der Wirklichkeit zurechtfinden. Der Ingwer? Wo bewahrte sie noch gleich den Ingwer auf?

„In der Speisekammer. Auf dem ... dem zweiten Regal. Rechts“, brachte sie schließlich heraus.

Mit anmutigen Schritten ging Ellie zur Vorratskammer.

Die Küchentür wurde einen Spaltbreit geöffnet und Clark steckte seinen Kopf hinein. Sein einst dunkles Haar war von grauen Strähnen durchzogen und Lach- und Sorgenfältchen hatten sich tief in sein Gesicht eingegraben, aber seine Augen funkelten noch immer schelmisch. „Wie lange wollt ihr unsere hungrigen Mägen denn noch mit diesen leckeren Düften quälen, ohne unsere Teller zu füllen?“, scherzte er gutmütig. „Ich weiß nicht, wem das Warten schwerer fällt – mir oder den ganzen jungen Leuten.“

Marty lächelte ihn an und scheuchte ihn nach draußen. „Pass nur auf, sonst musst du noch mithelfen“, sagte sie, als er sich schnell zurückzog. Sie erhob sich von ihrem Stuhl und ging erneut zum Fenster. „All die jungen Leute“, die sie sehen konnte, wirkten sehr beschäftigt. Vier junge Männer spielten Hufeisenwerfen beim Hühnerstall. Die Jüngeren spielten Fangen. Drei kleine Mädchen saßen mit einer älteren Cousine auf der Schaukel und hörten aufmerksam der Geschichte zu, die sie ihnen vorlas. Eine weitere kleine Gruppe saß mit ausgebreiteten Röcken unter den ausladenden Ästen des Ahorns, auf dem Schoß die kleinen Kätzchen aus dem Stall. Zwei Jungen kamen mit aufgerollten Hosenbeinen und über die Schulter gehängten Schuhen von der Quelle zurück. Einer hielt einen Eimer in der Hand. Marty fragte sich, ob wohl Frösche oder Schildkröten darin waren, oder vielleicht sogar eine Schlange. Zwei andere kamen aus der Scheune gerannt. Beide hielten ein Ei in jeder Hand. Offensichtlich hatten sie ein verstecktes Nest gefunden.

Doch an der Seite stand allein und von allem hektischen Treiben zurückgezogen eine einsame Gestalt. Sie lehnte recht lustlos an dem Stamm eines alten Apfelbaumes. Martys Großmutterherz flog diesem Mädchen entgegen. Virginia. Virginia, der Teenager. Virginia im Aufruhr ihrer Gefühle. Der Übergang von der Kindheit zum Erwachsenwerden schien für sie besonders schwierig zu sein. Marty runzelte leicht die Stirn und sprach leise ein Gebet. „Gott, sei bei ihr. Hilf ihr durch diese schwierige Zeit.“ Sie spürte, wie sich ihre Kehle zusammenschnürte und Tränen in ihre Augen stiegen. Wieder griff sie nach ihrem Taschentuch. Im Laufe der Jahre hatte sie immer wieder für alle ihre Kinder und Enkelkinder gebetet. Jetzt war Virginia an der Reihe.

„Mama – wir sind fertig. Abbie ist losgegangen, um die Glocke zum Abendessen zu läuten.“

Marty drehte sich um und schluckte ihre Tränen hinunter. Sie wollte nicht weinen. Nicht an ihrem achtzigsten Geburtstag. Oh, eigentlich war heute nicht ihr Geburtstag. Die Familie hatte einen Tag aussuchen müssen, der den meisten am besten passte, aber es war ihr achtzigstes Jahr. Man stelle sich das vor. Achtzig Jahre. Achtzig und so gesegnet. Sie war einigermaßen gesund. Hatte eine wundervolle Familie. Und sie hatte Clark noch. So viele Frauen ihres Alters waren längst Witwe. Wie dankbar war sie, Clark noch bei sich zu haben.

„Wir haben euch einen Platz reserviert“, sagte Anne gerade. „Die Tische haben wir im Schatten der Bäume aufgestellt. Ihr sollt in der Mitte sitzen, du und Pa.“

Marty nickte und nahm Annes Arm. „Virginia“, sagte sie plötzlich, „ich möchte, dass Virginia neben mir sitzt.“

... Dies ist Virginias Geschichte.

Kapitel 1

Es war dumm, sich jetzt zu beeilen. Sie war sowieso schon viel zu spät dran und sich jetzt auf dem letzten Stück zu dem großen, weißen Haus noch zu beeilen, würde überhaupt nichts bringen. Trotzdem – sie konnte ihre Nervosität kaum unterdrücken, als sie nach Hause eilte.

„Wieder mal zu spät, kleine Dame?", ertönte eine raue Stimme hinter dem Zaun zu ihrer Rechten.

Sie wurde langsamer. Bejahend nickte sie, bevor sie noch den alten Mr. Adamson im Schatten seines alten, knorrigen Apfelbaumes entdeckt hatte. Häufig sah sie ihn in seinem Schaukelstuhl auf der Veranda sitzen.

Sie konnte nicht einfach vorbeigehen. Das wäre unhöflich gewesen. Schnell drehte sie sich zu seinem Zaun um und beobachtete, wie sich der alte Mann mit schmutzigen Händen die Erde von der Hose klopfte und langsam aufrichtete. Seine blassen Augen starrten sie unter der Hutkrempe an.

Sie legte beide Hände auf die Zaunpfosten und trat näher. „Sollten Sie denn schon in Ihrem Garten arbeiten, Mr. Adamson?" Sie runzelte leicht die Stirn. „Der Boden ist doch noch fast gefroren. Bestimmt tut es Ihrer Gicht nicht gut, wenn Sie auf dem kalten Boden knien. Sehen Sie mal. Da liegt noch immer ein wenig Schnee."

Ihr besorgtes Schelten zauberte ein Lächeln auf das Gesicht des alten Mannes und ließ die müden Augen lebendig werden. „Du redest genau wie deine Mama", erwiderte er gutmütig. „Willst du auch mal Krankenschwester werden, wenn du groß bist?"

Sie schüttelte den Kopf und die braunen Locken tanzten auf ihren Schultern. Nein. Bei der Pflege kranker Menschen gab es zu viele unschöne Aspekte. Der Geruch. Der Schmerz. Die

Pflichten. Sie hatte nicht vor, Krankenschwester zu werden. Falls sie überhaupt einen Beruf im Bereich der Medizin ergreifen würde, wollte sie lieber Ärztin werden wie ihr Onkel Larry. Ein Arzt überließ die hässlichsten Aufgaben den Krankenschwestern. Doktor Larry musste gebrochene Glieder schienen, Mandeln herausnehmen und Medizin austeilen. Vielleicht wäre es gar nicht so schlecht, Ärztin zu sein.

Der alte Mann richtete sich auf und bewegte den Mund. Sie wusste, dass er sich bereit machte, das Thema zu wechseln. Er bewegte immer den Mund auf diese Weise, bevor die Worte tatsächlich herauskamen.

„Also – was wirst du denn dieses Mal deiner Mama erzählen?“, fragte er schließlich mit verschwörerischer Stimme.

Sie zögerte. Wieder fragte sie sich, woher er so viel über sie wusste. Er schien sogar ihre Gedanken lesen zu können. Trina Hughes, eine Schulkameradin aus ihrer Straße, fand, der alte Mann sei unheimlich. Sie sagte auch, er sei der schmutzigste Mensch in dieser Stadt. Trina blieb nicht stehen, um sich mit ihm zu unterhalten, auch wenn er ein Nachbar war. „Er ist ekelhaft“, rief Trina. „Genau das ist er. Wie kann jemand, der es gewohnt war, ein anständiges Leben zu führen, auf einmal zum Eremit werden? Ich glaube nicht, dass er jemals badet oder seine Kleider wäscht.“

Als Virginia jetzt ihren alten Nachbarn betrachtete, musste sie an Trinas Worte denken. Seit dem Tod seiner Frau hatte er sich so verändert. Ihre Mama sagte, der alte Mann sei schrecklich einsam. Aber Trina hatte dieses Argument leichthin abgetan und behauptet, viele Menschen hätten ihren Partner verloren. Das würde sie doch nicht unweigerlich zu Schweinen machen.

Virginia musste zugeben, dass Mr. Adamson keinen Wert auf sein Äußeres legte. Dieses speckige Hemd trug er nun schon ein paar Wochen lang und seine Hose starrte vor Schmutz und Flecken. Trina meinte, sie müsste schon von selbst stehen bleiben, wenn er sie abends auszog.

Ein Blick in Mr. Adamsons Gesicht erinnerte sie daran, dass er noch immer auf ihre Antwort wartete. Sie schluckte. Die Entschuldigung, die sie sich für ihre Verspätung ausgedacht hatte, wirkte jetzt so töricht. Selbst in ihren Ohren. Was würde ihre Mutter dazu sagen?

„Ich war ... bei Jenny“, brachte sie schließlich verlegen heraus.

„Jenny? Dieser kleine Rotschopf, der immer über die Dummheit anderer Leute lacht?“

Virginia nickte. Ja, so konnte man ihre Freundin Jenny beschreiben.

„Und was habt ihr Zwei dieses Mal wieder ausgeheckt?“, fragte er direkt.

„Wir ... äh ... ein paar Freunde hatten ein bisschen Geld. Wir sind in die Milchbar gegangen.“

Er trat näher und legte seine Hände auf die Zaunpfosten. Mit gedämpfter Stimme fragte er: „Ein Eis?“

Virginia seufzte. Ihre sorgfältig ausgedachte Entschuldigung zerbröselte vor ihren Augen. Ihre Mama würde nicht der Meinung sein, dass Eis ein guter Grund war, zu spät aus der Schule nach Hause zu kommen. Sie glaubte, ein Eis am Nachmittag würde ihr den Appetit verderben und sie nur von ihren Pflichten zu Hause abhalten. Hausarbeiten, die erledigt werden mussten. Und die Zeit verging rasend schnell. Jeder Augenblick, den sie bei dem alten Mann stehen blieb, bedeutete, dass eine weitere Minute auf der großen alten Uhr im Flur verstrich.

Mr. Adamson leckte sich über seine trockenen Lippen. „Vanille ist immer mein Lieblingseis gewesen. Für mich gibt es nichts Besseres.“

„Ich muss jetzt gehen. Mama wird –“

„Sicher, natürlich.“

Er winkte ihr mit seiner schmutzigen Hand nach und wandte sich wieder seinem Blumenbeet zu. Virginia würde großen Ärger bekommen. Durch dieses Gespräch hatte sie sich noch mehr verspätet.

Doch dann drehte sie sich noch einmal zu dem alten Mann um. „Sie sollten sich wirklich nicht auf den kalten Boden knien“, warnte sie leise. „Sie werden bald nicht mehr laufen können, wenn Sie so weitermachen.“

Er dachte einen Augenblick über ihre Warnung nach. Dann winkte er ab. „Der Garten ist das Einzige, was ich noch habe", antwortete er ihr. „Wenn sie mir den wegnehmen, dann habe ich nichts mehr, wofür es sich zu leben lohnt. Ich habe den ganzen Winter darauf gewartet, wieder graben zu können. Zu sehen, wie alles wächst. Sieh nur hier. Sieh dir dieses kleine Veilchen an. Es blüht schon, während der Schnee noch auf seinem kleinen Gesicht schmilzt. Tapfere kleine Seelen, diese Veilchen. Manchmal übertrumpfen sie sogar die Krokusse."

„Na ja, vielleicht suchen Sie sich ein altes Kissen, das Sie unter Ihre Knie legen", schlug Virginia vor, als sie sich widerstrebend von dem seltsamen alten Mann abwandte. Sie musste sich wirklich beeilen.

Furcht erfüllte sie und obwohl sie nach Hause rannte, wäre sie doch am liebsten nie dort angekommen. Ihr Herz klopfte zum Zerspringen. Was würde ihre Mutter sagen? So spät war sie noch nie gekommen und sie war schon oft wegen ihrer Verspätung ausgeschimpft worden. Aber das hier war anders. Es war das erste Mal, dass ein *Junge* sie zu einem Eis eingeladen hatte. Es wäre einfach *undenkbar* gewesen, das abzulehnen. Immerhin war sie kein Kind mehr. Sie war dreizehn geworden und wartete nun ungeduldig auf ihren vierzehnten Geburtstag. Selbst ihr Papa sagte, dass sie langsam erwachsen würde. Nur ihre Mama tat so, als brauche sie noch immer die ständige Überwachung durch die Eltern. Sicher war sie doch in der Lage, auch mal etwas allein zu unternehmen. Bestimmt musste sie doch nicht über jeden Schritt Rechenschaft ablegen.

Sie hatte beinahe das Tor erreicht, als sie erneut an ihren alten Nachbarn dachte. Ihre Mama hatte eine andere Meinung von Mr. Adamson als die dünkelhafte Trina. Ihre Mama war immer freundlich und nett zu dem alten Mann. Falls sie, Virginia, das Eis unter den Tisch fallen ließ und einfach nur sagte, sie hätte ein wenig mit Mr. Adamson geplaudert ... vielleicht würde ihre Mutter ihr ja verzeihen. Diese Idee ließ ihr einen Stein vom Herzen fallen. Es wäre nicht einmal gelogen. Sie hatte ja tatsächlich mit Mr. Adamson geplaudert. Aber es wäre natürlich auch nicht die ganze Wahrheit – und ihre Mama und ihr Papa erwarteten absolute Ehrlichkeit von ihr. Und wenn sie sagte, sie hätte sich verspätet, weil sie mit Mr. Adamson geplaudert hätte und ihre Mutter würde dann von jemand anderem, zum Beispiel der neugierigen Mrs. Parker, erfahren, dass sie mit Freddie Crell in der Milchbar ein Eis gegessen hatte? Dann würde sie erst recht Ärger bekommen.

Nein, am besten war es, von Anfang an ehrlich zu sein. Außerdem – selbst wenn sie bei ihrer Mama damit durchkam, was sie bezweifelte, dann wäre da immer noch ihr eigenes Gewissen, mit dem sie fertig werden musste.

Als sie den Weg zur Hintertür entlang lief, wurden ihre Schritte zögernder. *Lohnt es sich eigentlich*, begann sie sich zu fragen, *für die Gesellschaft und Aufmerksamkeit eines Jungen einen solchen Preis zu bezahlen?* Aber sie hatten viel Spaß gehabt. Sie hatten über dumme Witze gelacht. Und Freddie hatte gesagt, er fände Virginias Sommersprossen süß. Allein bei dem Gedanken daran errötete sie erneut. Und sie hatten über die Schule geplaudert. Sie hatten sogar die Köpfe zusammengesteckt und einige unschöne Sachen über die Lehrerin gesagt und dann gelacht, weil niemand sie deswegen ausschimpfen konnte. Es hatte Spaß gemacht. Aber jetzt – jetzt steckte sie in Schwierigkeiten. Sie wusste es, bevor sie noch die Hintertür geöffnet hatte.

Die innere Tür stand offen, nur die Fliegengittertür war geschlossen. Einen Augenblick lang ruhte ihre Hand auf dem Türgriff. Sie nahm den Duft von frisch gebackenen Plätzchen wahr. Vermutlich hatte Clara sie wieder gebacken. Virginia hatte den Eindruck, dass Clara nichts so sehr liebte wie Backen. Backen und Troy Dunworthy schöne Augen zu machen. Von ganzem Herzen hoffte sie, dass sich Clara im Augenblick nicht in der Küche aufhielt. Eine Begegnung mit Clara wäre noch schlimmer als ein Zusammentreffen mit Mama. Clara konnte so wichtigtuerisch sein. So neugierig. Zum hundertsten Mal wünschte sie sich, Clara würde endlich ihren Troy heiraten und in ihre eigene Wohnung ziehen. Das Zusammenleben mit Clara war nicht einfach.

Sie spähte durch die Fliegengittertür. Die Küche war leer; auf dem Tisch lagen Kekse zum Abkühlen ausgebreitet. Sie rochen sehr verlockend und obwohl sich Virginia ihren Appetit bereits mit einem Eisbecher verdorben hatte, hatte sie noch genügend Platz für einen Keks.

Langsam drückte sie die Fliegengittertür auf und ließ sie geräuschlos wieder ins Schloss fallen. Wenn sie es nur schaffte, durch den Flur in ihr Zimmer zu gelangen, dann konnte sie auf dem kleinen Schreibtisch ihre Bücher ausbreiten und so tun, als sei sie eifrig bei den Hausaufgaben, wenn sie gerufen wurde, um den Tisch für das Abendessen zu decken. Wer wollte schon wissen, wie lange sie bereits zu Hause war?

„Mach die Tür zu“, ertönte eine Stimme aus dem Haus.

Clara.

Virginia verdrehte die Augen. Gerade war ihr ganzer Plan zunichte gemacht worden. „Das habe ich bereits“, antwortete sie schnippisch.

„Fest. Ich möchte nicht, dass Fliegen hereinkommen.“

Sie drehte sich um und versetzte der Tür einen festen Stoß. Der Riegel klickte. Clara hatte Recht gehabt. Sie war nicht richtig zu gewesen.

Sie hatte erst zwei Schritte gemacht, als Claras Stimme erneut ertönte. „Und lass die Kekse liegen. Du wirst dir nur den Appetit verderben.“

Sie schnitt eine Grimasse in die Richtung, aus der die Stimme ertönte und machte sich auf den Weg zu ihrem Zimmer.

Kaum hatte sie den Raum betreten, als ein weiteres Ärgernis auftauchte.

„Wo warst du? Du bist spät dran.“ Das war Francine.

Ohne ihre kleine Schwester auch nur eines Blickes zu würdigen, antwortete Virginia über die Schulter hinweg: „Ich habe Hausaufgaben zu machen. Mach die Tür hinter dir zu.“

Aber so leicht ließ sich Francine nicht abspeisen. Sie folgte Virginia in ihr Zimmer und baute sich vor ihr auf. Aus ihren blauen Augen funkelte die Neugier. „Wo bist du gewesen?“, fragte sie erneut. „Mama hat Clara aufgetragen, dir deine Aufgaben zuzuweisen. Aber du bist nicht gekommen. Clara musste deine Pflichten mit übernehmen, damit du keinen Ärger bekommst. Also, wo bist du gewesen?“

Virginia warf ihre Bücher auf ihren Schreibtisch und betrachtete ihre jüngere Schwester. Ein Teil der Wut darüber, dass sie ertappt worden war, ebbte ab. Sie wusste, dass ihre Gefühle nicht gerechtfertigt waren. Clara war nicht übermäßig herrisch. Sie war eben die große Schwester.

Trotzdem ... trotzdem war es keine beneidenswerte Position, das mittlere von fünf Kindern zu sein. Clara war die rechte Hand ihrer Mutter. Die *Erstgeborene* ihres Vaters, wie er so oft sagte. Rodney, der zweite, war Papas erster Sohn und der ganze Stolz ihrer Mutter, weil er so klug und gottesfürchtig war. Rodney war fast zu perfekt, um wahr zu sein, fand Virginia. Wie konnte man mit einer großen Schwester wie Clara, die immer freundlich, immer fleißig und immer hilfsbereit war, und mit einem perfekten großen Bruder mithalten? Einfach unmöglich.

Und nach ihr kam Daniel. Daniel mit den verträumten Augen und dem liebevollen Herzen. Danny, der ständig streunende Hunde und Katzen mit eingerissenen Ohren oder Vögel mit gebrochenen Flügeln mit nach Hause brachte. Und Mama war immer da, um ihm bei der Pflege zu helfen und Papa schreinerte immer einen Käfig oder einen Stall zusammen, der den neuen Patienten während seiner Genesung beherbergte.

Und als wäre das nicht schon schlimm genug, war da auch noch Francine. Francine mit den großen blauen Augen, die so unschuldig bis tief in deine Seele blickten. Francine, die sich mit ihrem Lachen und ihren Scherzen den Weg in das Herz ihres Vaters geschmeichelt hatte. Francine, die kurz nach dem Tod eines anderen Kindes geboren worden war und die Welt ihrer Eltern mit neuem Leben erfüllt hatte. Francine, die wohl immer das Baby der Familie bleiben würde.

Virginia fand es nicht fair, dass sie genau in der Mitte kam. Sie – die Einzige in der Familie, die keine besonders hervorstechenden Wesenszüge mitbekommen hatte. Die Einzige, die

Einspruch erhob, widersprach und sich gleichzeitig nach Annahme sehnte. Es war einfach nicht gerecht. Überhaupt nicht gerecht.

„Wo bist du gewesen?“ Francine würde nicht aufgeben. Ihre blauen Augen waren fest auf Virginias Gesicht gerichtet. „Wird Mama wieder böse auf dich sein?“ In ihren Worten lag eine so aufrichtige Besorgnis, dass Virginia sich umdrehte.

„Warum kümmerst du dich nicht einfach um deine eigenen Angelegenheiten?“, fragte sie unwirsch.

„Das kann ich nicht“, kam die zittrige Antwort.

Virginia drehte sich um und sah ihre Schwester streng an. Francines Kinn bebte, Tränen hingen an ihren dunklen Wimpern.

„Warum?“

„Ich habe Angst, dass Mama wieder mit dir schimpft. Dir Hausarrest gibt – oder dass du spülen musst.“

„Das brauchst du doch nicht. Ich kann gut für mich selbst sorgen. Das geht dich nichts an.“

Die Tränen quollen hervor und hinterließen glänzende feuchte Spuren auf ihren seidenweichen Wangen.

„Ich mag es nicht, wenn du geschimpft wirst“, schluchzte Francine.

„Das kann dir doch egal sein!“

„Du bist meine Schwester.“

„Und –?“

„Ich habe dich halt so lieb“, flüsterte die Jüngere kaum hörbar.

Beinahe wäre Virginia eine wütende Entgegnung über die Lippen gekommen. Aber sie konnte es nicht. Diese kleine Gestalt vor ihr hatte etwas an sich, das ihr zeigte, dass ihre Worte der Wahrheit entsprachen. Francine liebte sie wirklich, obwohl sie ihr wahrhaftig wenig Anlass dazu gab. Virginia schluckte ihre Bemerkung hinunter.

„Ich komme schon klar“, sagte sie, bevor sie sich von den feucht schimmernden blauen Augen abwandte. Ihre Stimme hatte jede Spur von Verärgerung verloren. „Ich muss jetzt meine Hausaufgaben machen.“

Francine wischte sich die Tränen fort und fuhr sich mit der Hand über die Wange. Dann war sie fort und Virginia blieb allein zurück.

Aber Virginia breitete ihre Bücher nicht aus. Sie setzte sich nicht an den kleinen Schreibtisch. Stattdessen ging sie zum Fenster und sah hinaus in den zu Ende gehenden Frühlingstag. Am Zaun entlang zeigten sich bereits kleine Flecken Grün. Die Knospen des Ahorns schwollen an. Ein früher Löwenzahn streckte den Kopf bereits der Sonne entgegen.

Virginia hob ihre schmalen Schultern und ein Seufzer entrang sich ihr. Sie konnte ihre Gedanken und Gefühle nicht in Worte fassen. Aber sie fühlte sich müde. Das Erwachsenwerden schien so schwierig zu sein. Warum musste man das alles eigentlich ganz allein durchstehen?

Kapitel 2

„Ich glaube, der junge Falke ist jetzt soweit, dass er wieder fliegen kann."

Die Bemerkung ihres Vaters füllte eine kurze Pause in der Unterhaltung beim Abendessen. Virginia hatte schweigend am Tisch gesessen in der Hoffnung, die Aufmerksamkeit nicht auf sich zu lenken. Sie hob den Kopf und warf Danny schnell einen Blick zu. Würde er sich über die Worte seines Vaters freuen oder enttäuscht sein?

Bisher war noch kein Wort über ihre Verspätung gefallen. Anscheinend hatte Clara sie nicht bei den Eltern verpetzt und Francine, die Virginia immer wieder mit ihren großen blauen Augen nervöse Blicke zuwarf, hatte wohl auch den Mund gehalten. Virginia wand sich unbehaglich auf ihrem Stuhl. Die fröhliche Unterhaltung am Familientisch steigerte ihre Nervosität noch.

Danny nahm den Blick von seinem Teller. „Meinst du?"

Virginia konnte sein Gesicht nicht sehen, als er sich zu ihrem Vater umdrehte, aber sie hörte die Erregung in seiner Stimme.

„Seine Wunde ist gut verheilt", lautete die Antwort. „Ich habe gesehen, wie er seinen verletzten Flügel gestreckt und bewegt hat. Er sieht so aus, als würde er ihn gern ausprobieren."

„Ich wäre froh, wenn Danny endlich dieses Wiesel freilassen würde", meinte Clara offen. „Das Tier stinkt."

Danny ging sofort in Verteidigungsposition. „Es stinkt gar nicht." Dann fügte er wahrheitsgemäß hinzu: „Na ja, vielleicht riecht es ein wenig – aber es stinkt nicht."

Alle lachten leise.

„Auch das Wiesel ist bald so weit, dass es in die Natur zurückkehren kann."

Diese Bemerkung kam von ihrer Mutter. Virginia rutschte

unruhig auf ihrem Stuhl herum. Wann würde jemand etwas zu ihr sagen, damit ihre Qual endlich vorüber war?

„Das ist Mutters gute Pflege“, meinte Danny. „Darum geht es den Tieren so schnell besser.“

„Ja, bestimmt. Aber du hast auch einen großen Anteil an dieser Pflege. Ich bin sicher, diese kleinen Wesen lieben deine fürsorgliche Hand.“

Vaters Interesse an Dannys kleinen Tieren schien an diesem Abend ungewöhnlich groß zu sein, zumindest für die ungeduldige Virginia. Sie runzelte die Stirn. Konnten sie es nicht endlich hinter sich bringen? Wann würden ihre Eltern sie fragend ansehen?

Beim Abendessen nahm sich die Familie immer Zeit, die Erlebnisse des Tages zu besprechen. Ihr Vater und ihre Mutter unterhielten sich mit jedem Kind über die Dinge, die es erlebt hatte und die es bewegten. Virginia hatte sich immer gefragt, ob diese Gespräche geplant waren oder zufällig entstanden. Sie wusste aber, dass im Laufe des Abendessens jedes Kind am Tisch zu Wort kam und von den Höhepunkten seines Tages berichtete. Wie sehr wünschte sie sich heute, dem entgehen und sich auf ihr Zimmer zurückziehen zu können. Wenn sie um etwas mehr Zeit für ihre Hausaufgaben bat, ob sie dann wohl gehen durfte? Nein, vermutlich nicht. Sie hatte noch nie zusätzliche Zeit für ihre Hausaufgaben gebraucht.

„Wie ist deine Klassenarbeit gewesen?“

Ihr Vater sprach jetzt Rodney an.

Ihr Bruder zuckte nur beiläufig die Achseln. „Gut, denke ich.“

„Schön.“

„Kommt Howard jetzt besser zurecht?“ Diese Frage kam von ihrer Mutter. Howard hatte Schwierigkeiten in der Schule und Rodney hatte ihm Nachhilfeunterricht gegeben.

„Er meinte, es sei etwas besser gelaufen. Nach der Klausur konnte er sogar grinsen. Wir werden es sehen, wenn wir die Arbeit zurückbekommen.“

„Gut“, meinte ihr Vater.

„Francine, Liebling, geht es dir nicht gut?“

Die Frage ihrer Mutter ließ alle Köpfe hochfahren. Alle richteten ihren Blick auf das jüngste Familienmitglied. Francine saß still vor ihrem noch beinahe unberührten Teller. Bei den an sie gerichteten Worten verzog sich ihr Gesicht.

Oh weh, dachte Virginia, *jetzt kommt es.*

Aber Francine straffte tapfer die Schultern und blinzelte die hervorquellenden Tränen zurück. Ohne auch nur einen Blick auf ihre schuldbewusste Schwester zu richten, erwiderte sie gleichmütig: „Mir geht es gut. Ich habe ... ich habe nur ... keinen Hunger."

Die Hand ihres Vaters wanderte von ihren flachsblonden Locken zu ihrer Stirn. „Sie scheint kein Fieber zu haben." Diese Worte waren an ihre Mutter gerichtet.

Francine nahm ihre Gabel in die Hand und begann, ihre Erbsen zu essen. „Kommt Troy heute Abend herüber?" Belindas Frage war an Clara gerichtet.

„Er kann nicht." Claras Stimme klang enttäuscht. „Sein Vater hat ihn gebeten, ihm bei der Inventur im Geschäft zu helfen."

„Und wofür sind dann die tollen Kekse?", neckte ihr Vater.

Virginia sah nur so weit auf, dass sie einen Blick auf Claras Gesicht erhaschen konnte.

Sie errötete leicht. „Ich dachte, ich ... ich könnte vielleicht gegen neun ein paar Kekse ins Geschäft bringen. Um diese Zeit hat er immer Hunger. Und sein Vater auch."

„Bekommen wir denn keine ab?", fragte Danny.

„Ihr bekommt euren Anteil. Keine Angst. Ich habe bereits einen Teller für den Nachtisch bereitgestellt."

Oh, stöhnte Virginia innerlich. *Jetzt bin ich an der Reihe. Sie haben mit Danny, Rodney, Francine und Clara gesprochen. Nur mit mir noch nicht. Jetzt kommt es.*

Aber ihr Vater sprach Danny an. „Willst du am Samstag mit dem Falken herausgehen, damit er seine Flügel ausprobieren kann?"

„Was meinst du, Mama?", fragte der Junge.

„Ich denke, das Wiesel sollte zuerst gehen", erwiderte Clara.

Ihre Mutter ignorierte diese Bemerkung. „Ich denke, dein

Vater hat Recht. Der Vogel kann es ja kaum erwarten, wieder zu fliegen."

Virginia hob den Blick und sah Danny nicken. Sie wusste, dass dies ein schwerer Kampf für ihn war. Er war immer eifrig darauf bedacht, seine kleinen Schutzbefohlenen wieder freizulassen, gleichzeitig hatte er Sorge, dass sie es allein vielleicht nicht schaffen würden. Er nickte zustimmend, doch in seinen Augen lag Unsicherheit.

„Wenn er nicht richtig fliegen kann, nehmen wir ihn wieder mit nach Hause", versicherte ihm seine Mutter.

„Aber wenn ich ihn nicht wieder einfangen kann?"

„Dann wird ihn auch nichts anderes einfangen können."

Danny dachte einen Augenblick darüber nach und nickte dann zustimmend.

Francine hatte ihre Erbsen aufgegessen. Virginia sah, wie sie ihre Aufmerksamkeit nun dem Kartoffelpüree zuwandte, einen Bissen nahm und in ihrem Mund herumschob, bevor sie versuchte, ihn zu schlucken. Ihre kleine Schwester tat ihr irgendwie Leid. Sie war ziemlich sicher, dass Francines Appetitlosigkeit auf die Sorge zurückzuführen war, dass Mama und Papa ärgerlich sein würden, wenn sie feststellten, wie spät Virginia aus der Schule nach Hause gekommen war. Francine mit ihren großen Augen und dem liebevollen Herzen konnte es nicht ertragen, wenn eines ihrer Geschwister Ärger bekam.

Es ist nicht fair, dachte Virginia verstimmt. *Es ist nicht fair, dass sie so ... so zimperlich und mitfühlend ist und ich schon Gewissensbisse bekomme, wenn ich sie nur ansehe. Wenn sie sich doch nur um ihre eigenen Angelegenheiten kümmern würde ...*

Aber Francine wollte sich nie nur um ihre eigenen Angelegenheiten kümmern. Ihr großes Herz fühlte mit jedem, dem es nicht gut ging. Weinte mit jedem, der weinte. Empfand den Schmerz von jedem, der Schmerzen litt. So war eben Francine.

Aber diese Gedanken vermochten Virginia nicht zu trösten. In ihr kochte es. Warum war sie nur in eine Familie mit so einer Häufung von unerträglich guten Menschen hineingeboren worden? Clara mit ihren Keksen. Rodney mit seinem Nachhilfeunterricht. Danny und seine Tiere. Und dann auch noch Francine. Francine, die den Schmerz der ganzen Welt auf sich nahm. Es war einfach nicht fair.

Virginia sah erneut nervös zu ihrem Vater hin. Wann würde er seinen prüfenden Blick auf sie richten? Wann würde ihre Mutter bemerken, dass etwas nicht stimmte? Warum spielten die Beiden so lange Katz und Maus mit ihr? Freuten sie sich an ihrer Qual?

„Hast du heute Abend viele Hausaufgaben?"

Diese Frage war an sie gerichtet. Sie wusste es, auch ohne dass sie aufsah.

Sie nickte. Dann überlegte sie es sich anders und schüttelte den Kopf. Nein, wenn sie ehrlich war, hatte sie nicht viele Hausaufgaben.

„Mr. Adamson sagte, dass du auf dem Heimweg bei ihm stehen geblieben bist, um ein wenig mit ihm zu plaudern", meinte ihre Mutter. „Er sagt, er würde sich immer über deine kleinen Besuche freuen."

Virginia konnte den Kopf nicht gesenkt halten. Hatte Mr. Adamson ihrer Mutter auch gesagt, um wie viel Uhr sie stehen geblieben war? Aber sie sah kein Anzeichen dafür, dass der Mann sie an ihre Mutter verraten hatte. Ihr Gesicht war genauso heiter wie bei dem Gespräch mit ihren anderen Kindern.

„Er hat auch gesagt, dass –"

Virginia spürte, wie die Furcht in ihr hoch kroch. Sie hielt die Luft an. *Jetzt kommt es.*

„– du ihn ermahnt hast, er solle seine alten Knie schonen. Er meint, du würdest sicher mal eine gute Krankenschwester."

Erleichtert ließ Virginia die Luft entweichen.

„Das habe ich auch schon oft gedacht", warf ihr Vater ein.

Virginia schüttelte den Kopf. Sie wollte nicht Krankenschwester werden.

„Na ja, du hast ja noch viel Zeit, um darüber nachzudenken", fuhr ihre Mutter fort.

„Sehr viel Zeit", stimmte ihr Vater zu.

Sie halten mich noch immer für ein Kind, rebellierte Virginia innerlich. *Und sie glauben, dass ich nicht wüsste, was ich wollte. Sie denken, sie müssten für mich entscheiden. Na ja, ich –*

„Danny, komm, wir sehen mal nach dem Wiesel", sagte ihr Vater gerade. Es war seine Art, die Tafel aufzuheben. Er legte seine Serviette neben den Teller, nickte ihrer Mutter zu und wandte sich an Clara. „Hat gut geschmeckt, Küken."

Küken war sein Kosename für Clara gewesen, als sie noch ein kleines Mädchen war. Clara lächelte und errötete erfreut.

Alle standen auf. Das Abendessen war beendet, ohne dass etwas zu Virginias Ungehorsam gesagt worden war. Einen Augenblick lang atmete sie auf, doch dann dachte sie weiter. Es wäre besser gewesen, wenn die Sache herausgekommen wäre. Wenigstens hätte sie ihre Strafe dann bekommen und die Angelegenheit abschließen können. Jetzt war sie gezwungen, noch den ganzen Abend mit ihrer Tat zu überstehen. Das war ihr ein Gräuel. Und da war auch noch Francine, die sie mit ihren großen Augen ansah und deren Kinn noch immer zitterte.

Angewidert warf Virginia ihre Serviette auf den Tisch. Es war einfach ungerecht. Alles. Und außerdem war sie auch noch mit dem Abwasch dran.

*

Der Rest des Abends verlief nicht so gut. Beim Spülen zerbrach Virginia eine Tasse. Danach verschüttete sie kalten Tee auf den Küchenboden, als sie die Teekanne ausleeren wollte und zu allem Unglück machte sie sich dann auch noch den Saum ihres Kleides nass, als sie den Tee aufwischen wollte.

Mit den Hausaufgaben lief es auch nicht besser. Ihr Bleistift brach ab, als sie gerade beim Rechnen war. Sie ging in das kleine Büro ihres Vaters, um den Bleistiftspitzer zu suchen, doch er lag nicht am gewohnten Ort. Das war bestimmt wieder Rodney gewesen. Immer nahm er Sachen mit auf sein Zimmer, als wäre er der Einzige im Haus, der sie brauchte.

Im Hof waren Stimmen zu hören. Ihr Vater und ihre Mutter kamen mit Danny zurück, nachdem sie das Wiesel frei gelassen hatten. Francine hatte sie begleitet. Virginia war froh, dass ihre Schwester ihr nicht wie ein kleines Hündchen nachrannte.

„Ich hoffe, es wagt sich nicht wieder in die Nähe von Mr. Powells Hühnerstall, sonst gerät es vielleicht wieder in eine Falle“, meinte Francine besorgt.

„Bestimmt hat es seine Lektion gelernt“, erwiderte Danny.

„Aber wenn es Hunger bekommt und weiß, wo es was zu fressen findet ...“

Francine ließ den Satz unbeendet. Trotzig warf Virginia ihr langes Haar zurück. Bestimmt war das Wiesel doch nicht so dumm, dass es zweimal denselben Fehler beging. Aber andererseits, falls es hungrig wurde, vielleicht wäre es dann bereit, das Risiko einzugehen. Virginia zuckte die Achseln. Wenn es so dumm war, dann hatte es vermutlich verdient, mit einem verletzten Bein herumzulaufen.

„Ich hoffe, es findet seine Familie wieder.“ Francine hatte schon wieder eine neue Sorge. „Denkt ihr, sie sind vielleicht weggegangen, während das Wiesel sich bei uns erholt hat?“

„Es wird sie schon wieder finden“, versicherte ihr Vater.

Virginia sah, wie ihr Vater den Arm um Francines Schulter legte. Der andere Ärmel war hochgesteckt und man sah deutlich, dass er nur noch einen Arm hatte. Virginia sah ihren Vater nur ungern ohne seine Prothese. Dieser Anblick erinnerte sie so deutlich daran, dass ihr Vater nicht vollkommen war. Zumindest körperlich nicht vollkommen. Und dann war es nur zu leicht, den Faden weiterzuspinnen. Zu erkennen, dass er vielleicht auch in anderer Hinsicht nicht vollkommen war.

Es hatte eine Zeit in ihrem Leben gegeben, wo sie gedacht hatte, ihr Vater sei absolut perfekt. Aber im vergangenen Jahr hatte sie viel gelernt. Viele Erkenntnisse hatte sie durch ihre Freundin Jenny bekommen. Jenny war aus der großen Stadt in ihren Ort gezogen, wo ihr Vater die Zeitung herausgab. Er war bei einer großen Zeitung in der Stadt angestellt gewesen, bis er beschlossen hatte, lieber eine eigene Zeitung zu haben. Jennys Vater wusste alles. Er hatte „alles erlebt“, sagte Jenny. Und dadurch war in ihm großes Misstrauen in die Menschheit entstanden. Nach Jennys Meinung konnte das Leben ziemlich rau und schwierig sein. Und die Leute – die Leute waren nicht so, wie sie schienen. Alle, ohne Ausnahme zeigten in der Öffentlichkeit ein anderes Gesicht. Doch dabei suchten sie nur ihren eigenen Vorteil.

Jennys Mutter hatte sie verlassen, sie und ihren Vater, und war mit einem Reporter auf irgendeine Insel durchgebrannt. Aber egal, hatte Jenny gesagt, ihr Vater hatte ihre Mutter sowieso nicht besonders geliebt. Was machte es schon aus, dass sie nicht mehr bei ihnen war? Vermutlich war ihr Vater froh, dass sie weg war. Sie hatte sich sowieso immer nur beklagt, hatte er gesagt. War nie mit irgendetwas zufrieden gewesen. Er hatte sie auch wirklich ziemlich schlecht behandelt.

Nachdem Jenny Virginia alle ihre persönlichen Geheimnisse anvertraut hatte, hatte Virginia zuerst eine tiefe Verunsicherung empfunden. Ihre Mutter würde so etwas doch nicht tun. Oder doch? Aber andererseits behandelte ihr Vater ihre Mutter auch nicht schlecht. Aber was wusste sie schon? Wie konnte sie ahnen, was hinter verschlossenen Türen vorging? Vielleicht zeigten ihre Eltern anderen Leuten ja auch nicht ihr wahres Gesicht.

In den ersten Nächten, nachdem Jenny sich ihr anvertraut hatte, hatte Virginia nicht gut geschlafen. Aber Jennys Zusicherung, sie wären jetzt alt genug, um allein für sich zu sorgen, hatte ihr geholfen, ihre Furcht zu besiegen. Jenny hatte Virginia sogar das feierliche Versprechen abgenommen, dass sie immer füreinander da sein würden. Sie beide gegen die ganze Welt, wenn es sein musste.

Doch das hatte Virginia nicht so beruhigt, wie sie es erwartet hatte. Irgendetwas stimmte nicht an diesem Plan. Aber bisher hatte es Virginia noch nicht geschafft, den Fehler zu finden.

Und während sie sich über den abgebrochenen Bleistift ärgerte und die leisen Stimmen durch das geöffnete Fenster hörte, dachte sie wieder darüber nach, dass ihre Welt im Augenblick völlig aus den Fugen geraten zu sein schien.

Ihre Gedanken wanderten zu den Worten ihrer Mutter zurück. Mr. Adamson hatte ihrer Mutter von ihrem kleinen Plausch erzählt. Er hatte ihr allerdings nicht gesagt, dass sie schrecklich spät von der Schule nach Hause gekommen war. Dass sie mit Jenny und ihren beiden Freunden in der Milchbar gewesen war. Warum? Warum hatte Mr. Adamson nur nette Dinge über sie gesagt? Virginia runzelte die Stirn.

Der arme Mr. Adamson. Sie wusste, dass sich die anderen Kinder über ihn lustig machten. Hielten sich die Nasen zu, wenn sie an seinem Haus vorbeiliefen. Erzählten unschöne Witze, wenn er in Hörweite war. Sicher, er war ein wenig schmutzig. Nach dem Tod seiner Frau hatte ihre Mutter monatelang versucht ihn zu überreden, ihr seine Wäsche zum Waschen zu geben. Immer wieder versicherte er ihr, er hätte nichts, was gewaschen werden müsste – noch nicht. Und wenn es etwas gäbe, würde er es selbst waschen. Natürlich tat er es nie, aber ihre Mutter hatte schließlich aufgegeben. Sie wollte sich nicht zu sehr in sein Leben einmischen, hatte sie zu Clara gesagt.

Irgendwie beunruhigten Virginia die Gedanken an den alten Mann. Alles beunruhigte sie im Moment. Die zerbrochene Tasse, eine vom Lieblingsgeschirr ihrer Mutter. Der nasse Saum. Das Wiesel, das, obwohl es jetzt wieder gesund war, vielleicht nicht vernünftig genug war, sich von den Fallen fern zu halten. Der leere Ärmel ihres Vaters. Francines großäugiges Gesicht, Jennys düstere Lebenseinstellung, der abgebrochene Bleistift. Alles ... alles trug dazu bei, dass sie sich noch elender fühlte. Sie wünschte, sie könnte einfach in ihr Bett kriechen und alles vergessen. *Alles*. Wenn nur ...

Die Welt war nicht gerecht. Sie war sicher, dass Jenny in diesem Punkt Recht hatte. Die Welt war nicht gerecht – und aus irgendeinem unerklärlichen Grunde machte das Leben auch keinen Spaß mehr. Sie war nicht sicher, was im Laufe der vergangenen Monate geschehen war, dass sie alle Lebensfreude verloren hatte. Aber irgendetwas raubte ihr alle Energie.

Sie schleuderte den abgebrochenen Bleistift quer durch den Raum in Richtung Abfalleimer. Wenn sie ihn nicht anspitzen konnte, war er sowieso unbrauchbar.

Kapitel 3

„Mama?“ Virginia stand in der Tür. Ihre Mutter sah von dem Buch in ihrer Hand auf.

„Virginia. Ich dachte, du würdest schon schlafen.“

„Ich ... ich konnte nicht einschlafen.“

Ihre Mutter legte das Buch beiseite und klopfte auf den Platz neben sich auf der Couch. „Stimmt was nicht?“

Einen Augenblick lang zuckte das junge Mädchen zurück. Der Tonfall ihrer Mutter und die kleine Geste zeigte ihr, dass sie aufgefordert wurde, ihr Herz zu öffnen. Gleichzeitig wusste sie auch, dass Jenny bei dieser Vorstellung verächtlich schnauben würde. Müttern durfte man nicht trauen.

Doch die Jahre, die sie in einem liebevollen Heim aufgewachsen war, halfen ihr, das Zögern zu überwinden. Sie ging zur Couch und setzte sich neben ihre Mutter.

„Wo ist Papa?“, fragte sie, nur um etwas zu sagen.

Ihre Mutter strich ihr das zerzauste Haar aus der Stirn. „Er ist in seinem Arbeitszimmer. Vor der Gerichtsverhandlung morgen hat er noch einiges zu tun.“

„Was denn für eine Gerichtsverhandlung?“

Virginia hatte sich immer für die Arbeit ihres Vaters interessiert. Häufig musste er mit dem einen oder anderen Fall vor Gericht gehen. Und sehr zum Stolz ihrer Mutter gewann er seine Fälle gewöhnlich. Virginia hatte ihren Vater immer als eine Art edlen Ritter gesehen, immer bereit, das Recht zu verteidigen.

„Eine Auseinandersetzung um ein Stück Land. Zwei verschiedene Parteien beanspruchen eine bestimmte Parzelle als ihren Besitz.“

„Und woher weiß Papa, wem es tatsächlich gehört?“

„Er hat in den Aufzeichnungen nachgesehen.“

„Dann wird er also gewinnen?“

Ihre Mutter lächelte und griff nach der Hand des Mädchens. „Ich bin sicher, dass er gewinnt. Das Recht ist auf seiner Seite.“

Virginia leckte sich die Lippen. Sie hatte nur Zeit herausgeschunden. Der Fall ihres Vaters war nicht, was sie wach gehalten hatte.

„Und was macht dir zu schaffen?“

Dieser Frage konnte Virginia nun nicht mehr ausweichen. Ihre Mutter wusste, dass sie etwas beschäftigte. Ihre Mutter wusste immer alles. „Ich ... ich ... ich habe mich mit Mr. Adamson unterhalten.“

„Ja, das hat er mir erzählt.“ Sie lächelte sie an. „Ich freue mich, dass du dann und wann mit ihm sprichst. Er ist sehr einsam.“

„Ich ... ich kam zu spät aus der Schule.“

Dieses Eingeständnis hing zwischen ihnen. Ihre Mutter wartete.

„Ich war schon zu spät dran, bevor ... bevor ich mich mit Mr. Adamson unterhalten habe.“

„Ja, ich weiß. Und ich war sehr enttäuscht, dass du mir nicht gehorcht hast“, sagte sie leise.

„Du hast es gewusst? Woher?“

„Ich bin an der Milchbar vorbeigekommen, als du und deine Freunde dort euer Eis gegessen habt.“

„Aber wie ... warum ... ?“ Sie brachte die Frage nicht über die Lippen.

„Warum ich keine Erklärung von dir verlangt habe?“

Virginia nickte.

„Dein Vater und ich sind zusammen nach Hause gegangen und haben darüber gesprochen. Wir machen uns große Sorgen um – um deine momentane Haltung. Wir wissen auch nicht, wie wir uns dir gegenüber verhalten sollen. Wir haben es mit Strafe versucht, mit Verboten, haben dir Privilegien vorenthalten, zusätzliche Pflichten im Haushalt übertragen. Aber das alles schien dich nur noch widerspenstiger zu machen. Ich wollte eigentlich morgen mal mit Oma sprechen und sie um Rat bitten.“

Virginia hatte das Gefühl, keine Luft mehr zu bekommen. Nicht das! Ihr Ungehorsam sollte nicht mit Oma besprochen werden. Was würde sie denken? Virginia konnte sich vorstellen, wie schockiert ihre Großmutter sein würde, wenn sie erfuhr, dass sie ganz bewusst und trotzig gegen Familienregeln verstieß. Oma liebte sie und vertraute ihr. Und wenn die Eröffnung ihrer Mutter das alles zerstörte?

„Bitte ... bitte nicht", hörte sie sich mit zitternder Stimme betteln. „Ich werde es nicht wieder tun. Ich verspreche es. Ich werde sofort nach der Schule nach Hause kommen."

„Virginia." Ihre Mutter ließ ihre Hand los und strich ihr die braunen Locken aus dem Gesicht. „Wir lieben dich. Wir möchten, dass du keine ... keine schmerzlichen Narben von Fehlern aus der Jugendzeit davonträgst. Ich weiß, dass ... dass es für dich ganz wichtig ist, mit deinen Freunden zusammen zu sein, um Unabhängigkeit zu lernen und erwachsen zu werden. Aber Papa und ich – wir machen uns Sorgen. Wir haben Angst, dass du vielleicht versuchst, zu schnell erwachsen zu werden. Dass du dir vielleicht – na ja, nicht gerade schlechte Freunde, aber ebenfalls noch sehr junge Freunde ausgesucht hast. Dass sie dich vielleicht ... ermutigen, Entscheidungen zu treffen, die du später bereuen wirst. Verstehst du?"

Virginia dachte lange und angestrengt nach, bevor sie langsam nickte. Die ruhige Stimme ihrer Mutter verscheuchte ihre Sorgen und ihre Worte klangen so logisch – sogar akzeptabel. Sie nickte langsam.

„Wir verlangen doch nicht mehr, als dass du dich an die Regeln hältst. Ist das wirklich so schwer?"

Virginia schüttelte den Kopf. So schlimm war es wirklich nicht. Die Regeln waren fair und überschaubar.

„Wir möchten, dass du nach der Schule zuerst nach Hause kommst und um Erlaubnis bittest, bevor du auf eigene Faust losziehst."

Sie nickte erneut.

„Du hast deine Pflichten im Haushalt zu erledigen und sie nicht an Clara abzuschieben."

Ihre Mutter wusste also auch, dass sie ihre Hausarbeit nicht getan hatte.

„Dein Fehlverhalten wirkt sich auf unsere ganze Familie aus. Francine ist vor Sorge, du könntest bestraft werden, beinahe krank geworden."

Also auch Francine. Ihre Mutter wusste sogar das. Virginia schluckte schwer und nickte erneut. „Werde ich denn?", fragte sie schließlich.

„Wirst du was?"

„B ... bestraft?" Es fiel ihr schwer, die Worte auszusprechen.

„Ja. Ja, ich denke schon. Du warst ungehorsam. Du kennst unsere Familienregeln. Ungehorsam hat Konsequenzen – richtig?"

Virginia schluckte erneut. Es war dumm gewesen anzunehmen, sie würde ohne Strafe davonkommen.

„Und was wird es sein?", fragte sie, als ihre Mutter schwieg.

„Ich weiß es wirklich noch nicht. Dein Vater und ich sind uns noch nicht einig darüber. Was denkst du denn?"

Virginia runzelte die Stirn. Noch nie war sie aufgefordert worden, selbst einen Vorschlag für eine Strafe zu machen. Sie überlegte einen Augenblick, ob ihre Mutter das ernst meinte. Ein Blick auf ihr Gesicht zeigte Virginia jedoch, dass es so war.

„Ich ... ich weiß nicht. Vielleicht ... vielleicht ..." Sie konnte nicht richtig denken. Keinesfalls war sie bereit, sich eine harte Strafe aufzuerlegen, aber auf der anderen Seite durfte sie auch nicht zu lasch sein. Die Strafe musste dem Vergehen angepasst sein, wie ihr Vater, der Rechtsanwalt, oft sagte. Er hatte versucht, dieses Prinzip auch in seiner Familie zu praktizieren. Eine geringe Strafe für ein in den Augen ihrer Eltern schweres Vergehen vorzuschlagen, wäre, als würde sie zugeben, dass sie für eine vernünftige Einschätzung noch nicht reif genug war.

„Ich ... ich weiß es wirklich nicht", meinte sie schließlich lahm.

„Das ist auch nicht leicht", gab ihre Mutter zu. „Es macht keine Freude, die eigenen Kinder zu bestrafen." Sie zögerte, dann fuhr sie fort: „Aber ich bin sehr froh, dass du zu mir gekommen bist und gebeichtet hast. Dein Vater wird das auch so empfinden. Das wird die Strafe abmildern, wenn auch nicht aufheben."

Virginia nickte. Sie wollte weinen, aber dafür war sie nun wirklich schon zu alt. Trotzdem – wie schön wäre es, wenn sie sich jetzt in die Arme ihrer Mutter flüchten und an ihrer Schulter weinen könnte.

Eine Strafe stand also noch aus. Hätte sie einfach schweigen und so tun sollen, als wäre nichts geschehen? Nein – ihre Eltern wussten ja bereits Bescheid. Sie hatten schon darüber gesprochen, was sie unternehmen sollten und ihre Mutter hatte sogar vorgehabt, mit Oma zu sprechen. Oh, von ganzem Herzen hoffte Virginia, dass sie das nicht tun würde.

„Du wirst doch nicht mit Oma sprechen, oder?" Sie musste diese Frage einfach stellen.

„Du möchtest nicht, dass ich mit Oma rede?"

Virginia schüttelte den Kopf. Ihre Mutter schien einen Augenblick darüber nachzudenken, dann nickte sie. „Also gut. Ich werde nicht mit Oma darüber sprechen – dieses Mal."

Virginia war sehr erleichtert.

„Du gehst jetzt am besten zu Bett. Es ist schon spät. Denkst du, du kannst jetzt schlafen?" In der Stimme ihrer Mutter lag Besorgnis.

Virginia nickte stumm.

Die Hand ihrer Mutter lag leicht auf ihrer Schulter und sie beugte sich vor, um Virginia auf die Stirn zu küssen. „Dann gute Nacht", sagte sie und Virginia wusste, dass sie entlassen war.

An der Tür drehte sie sich noch einmal um.

„Mama ..." Sie zögerte. Sie spürte, wie die Tränen wieder in ihr hochstiegen und dachte an Francine und ihre ungewöhnliche Fähigkeit zu weinen. Sie unterdrückte die Tränen und schob leicht ihr Kinn vor.

Ihre Mutter hob den Blick von dem Buch, das sie wieder zur Hand genommen hatte. Sie wartete.

„Es tut mir Leid." Virginia sprach mit stockender Stimme.

Unendliche Erleichterung war auf dem Gesicht ihrer Mutter zu erkennen. Dann machte sich ein Lächeln breit. „Oh, ich bin so froh, das von dir zu hören. Ich fürchtete schon, diese Worte würden nie kommen."

Als Virginia sich abwandte, überlegte sie, ob ihre Mutter sich die Tränen abgewischt hatte.

*

„Die Jungen gehen nach der Schule zum Fluss."

Diese Botschaft war Virginia auf einem kleinen Stück Papier zusammen mit einem Radiergummi zugesteckt worden. Virginia las die Nachricht, dann zerknüllte sie den Zettel zu einer kleinen Kugel und steckte sie in die Rocktasche. Sie tat so, als würde sie den Radiergummi benutzen, bevor sie ihn seiner Besitzerin auf der anderen Seite des Ganges zurückreichte. Aber sie mied Jennys Blick. Sie wusste, was diese Nachricht bedeutete. Sie würde keine Zeit haben, zuerst nach Hause zu laufen und ihre Mutter um Erlaubnis zu bitten. Und selbst wenn, war Virginia ziemlich sicher, dass ihre Mutter einen solchen Ausflug nicht billigen würde. Die Milchbar am Ort war eine Sache, das einsame Flussufer eine ganz andere.

Doch sie würde so gern mitgehen. Sie wusste, es würde Spaß machen. Sicherlich würden die Jungen sehr vorwitzig sein. Es würde Spaß machen zu beobachten, wie einer den anderen zu übertrumpfen versuchte. Virginia konnte es beinahe vor sich sehen. Sie würden auf Baumstämmen balancieren, sich übermütig schubsen, sich auf die Überreste des Eises wagen. Ja, es würde sehr viel Spaß machen.

Auch ohne aufzusehen, wusste sie, dass Jenny auf ihre Antwort wartete. Sie brauchte nur den Kopf zu heben und kurz zu nicken. Dann würde Jenny wissen, dass sie mit von der Partie war.

Aber sie konnte den Kopf nicht heben – auch nicht nicken. Ein seltsames Kribbeln machte sich in ihrem Magen breit. Es war beinahe so, als würde sich eine eiserne Faust um ihren Magen legen und sie wand sich vor Unbehagen. Sie konnte nicht mitgehen. Jenny würde wütend sein; sie würde sie für einen Feigling halten. Aber sie konnte nicht mitgehen. Kein Spaß war es wert, das noch einmal zu erleben, was sie in der vergangenen Woche mitgemacht hatte. Noch immer hatte sie jeden zweiten Abend das Geschirr zu spülen und samstags den Gehsteig zu fegen. Sie hasste das, vor allem im Frühling, wo so viele Leute mit dem Frühlingsmatsch an den Stiefeln über die Holzbretter liefen, an dem dann die welken Blätter vom Herbst kleben blieben.

Sie machte mit ihren Rechenaufgaben weiter. Ihr Gesicht fühlte sich seltsam heiß an, ihre Konzentration war gleich Null.

Sie spürte, wie sie mit dem Ellbogen angeschubst wurde. Jenny reichte ihr erneut den Radiergummi. Wenn sie so weitermachte, würden sie beide in Schwierigkeiten geraten.

Den Blick auf die Seite vor sich gerichtet, nahm Virginia den Radiergummi entgegen, wobei sie darauf achtete, dass sie den Zettel, der darunter versteckt war, auch ganz bestimmt mit zu fassen bekam. Schnell vergewisserte sie sich, dass die Lehrerin ihr den Rücken zuwandte und faltete den kleinen Zettel auf. Jenny hatte so klein geschrieben, dass Virginia die Worte kaum entziffern konnte.

„Was ist los? Kommst du mit oder nicht?“ Der Zettel schien ihre Finger zu verbrennen.

Sie musste ihrer Freundin jetzt eine Antwort geben, aber sie vermied es, sich Jennys Blick auszusetzen. Jenny konnte sehr unangenehm werden, wenn etwas nicht so lief, wie sie sich das vorstellte.

Unmerklich schüttelte Virginia den Kopf, als sie den Radiergummi über den Gang zurückreichte. Nur ganz kurz sah sie Jenny an. Deren grünen Augen funkelten empört. Virginia wandte sich wieder ihrer Aufgabe zu und ihr Magen krampfte sich noch mehr zusammen.

Und wieder wurde sie mit dem Ellbogen angestoßen. Der Radiergummi kam zurück. Virginia war versucht, ihn zu ignorieren, aber sie hatte Angst, Jenny würde eine Szene machen und damit die Aufmerksamkeit der Lehrerin erregen. Ohne in Jennys Richtung zu sehen, streckte sie die Hand mit der geöffneten Handfläche aus. Jenny legte den Radiergummi und den Zettel in Virginias Hand und kniff sie dabei in den kleinen Finger. Virginia hätte beinahe aufgeschrien.

„Vielleicht sollte ich mir eine neue Freundin suchen“, lautete die Botschaft.

Virginias innerer Aufruhr machte ihr Magenschmerzen. Auf keinen Fall wollte sie Jenny verlieren; Jenny mit ihrem flammend roten Haar, ihren funkelnden Augen und ihrem ansteckenden Lachen. Jenny mit ihrem Befehlston und ihrem Gehabe, als wüsste sie um alles Bescheid. Jenny mit ihrer Wut, wenn nicht alles nach ihren Wünschen und ihren strengen Regeln lief. Virginia hatte sich sehr geehrt gefühlt, als Jenny sie zur Freundin erwählt hatte. Es hatte ihr an der Schule einen Status verliehen, den sie vorher nicht gehabt hatte. Wenn sie Jenny verlor, wäre sie wieder genau da, wo sie angefangen hatte. Einfach ein Mädchen aus der Klasse. Ein Niemand. Ein Nichts.

Aber wenn sie mitmachte? Was dann? Ihre Mama würde diesmal bestimmt mit ihrer Oma sprechen. Vielleicht würde sogar der Großvater mit hineingezogen. Das durfte nicht sein. Sie konnte es nicht ertragen, dass Enttäuschung die Liebe in Omas Augen überschattete.

Es war eine komplizierte Entscheidung. Eine schwierige Situation mitten in der Rechenstunde. Sie wünschte wirklich, Jenny hätte die Sache bis nach der Schule ruhen lassen, wo sie miteinander sprechen konnten, ohne Angst haben zu müssen, dabei ertappt zu werden. Aber sie wusste, dass Jenny jetzt eine Antwort wollte.

Alle Vorsicht beiseite lassend, drehte sie den kleinen Zettel um und schrieb in kleinen Buchstaben: „Heute Abend kann ich nicht. Frag mich ein anderes Mal.“ Sie drückte den Zettel fest gegen den Radiergummi, vergewisserte sich, dass die Lehrerin nicht hinsah und reichte beides über den Gang ihrer Freundin. Diese Nachricht gefiel Jenny genauso wenig wie ihr Kopfschütteln. Sie runzelte die Stirn, dann zuckte sie leicht mit den Achseln, als wollte sie Virginia zeigen, dass sie eben Pech gehabt hätte. Und dass es ihr noch Leid tun würde.

Für Virginia war der Tag gelaufen. Sie wusste, egal was noch passierte, nichts konnte ihn mehr retten. Sie würde jede Menge Spaß verpassen. Jenny war sauer auf sie. Die Jungs würden sie für langweilig halten. Alles ging schief. Wirklich alles.

„Virginia?"

Die Stimme der Lehrerin riss sie aus ihrer Träumerei. Ihr Kopf ruckte hoch. Sie wurde aufgerufen und hatte die Frage nicht mal gehört. Sie errötete, als sie das Kichern in der Klasse hörte.

„Es tut mir Leid", brachte sie stotternd heraus. „Ich ... ich habe die Frage nicht verstanden."

Das Lachen wurde lauter. Miss Crook klopfte mit ihrem Zeigestab auf den Boden und bat um Ruhe.

„Wenn ihr anderen so fleißig damit beschäftigt wärt, eure Rechenaufgaben zu erledigen wie Virginia, hättet ihr keinen Grund für eure Fröhlichkeit", ermahnte die Lehrerin.

Virginias Gesicht wurde jetzt dunkelrot. Sie hatte sich gar nicht auf ihre Rechenaufgabe konzentriert.

„Ich habe nach der Lösung von Aufgabe Nummer sieben gefragt", fuhr die Lehrerin fort. Das Gekicher der Schüler war verstummt. Stille lag auf der Klasse.

Virginia sah in ihr Heft. Höchst erleichtert stellte sie fest, dass sie Nummer sieben bereits gemacht hatte. Sie nahm ihr Heft und erhob sich. Mit äußerster Konzentration erklärte sie das mathematische Problem. Als sie fertig gesprochen hatte, hob sie den Blick und beobachtete die Reaktion der Lehrerin. Sie hoffte nur, dass sie die Aufgabe richtig gelöst hatte.

„Gut gemacht, Virginia", lobte die Lehrerin und klopfte erneut mit dem Zeigestock auf den Holzfußboden. „William – Aufgabe acht."

Virginia sank auf ihren Platz. Sie hatte das Gefühl, als hätte sie gerade vor einer Jury im Gerichtssaal ihres Vaters gestanden und sei für „nicht schuldig" befunden worden. Erleichterung machte sich in ihr breit, bis sie Jenny einen schnellen Blick zuwarf. Ihre Freundin war noch immer wütend und von ihr würde sie bestimmt keinen Freispruch bekommen.

Kapitel 4

Jenny gab nicht so leicht auf. Sie wartete vor der Schule auf Virginia. Virginias Schritt wurde langsamer, als sie ihre Freundin in einer kleinen Gruppe von Schülern entdeckte. Da standen drei Jungen zusammen mit Jenny und Ruth Riant. Virginia spürte, wie ihr Herz sank. Hatte Jenny sich etwa schon eine neue Freundin gesucht?

Als Jenny aufsah und sie rief, zwang Virginia ein Lächeln auf ihr Gesicht und setzte sich wieder in Bewegung.

„Ich dachte, du wärst schon weg", meinte sie lahm.

„Ich hoffte, du hättest deine Meinung vielleicht geändert", erwiderte Jenny.

Virginia runzelte die Stirn. Jenny machte es ihr wirklich schwer. Die drei Jungen sahen sie an. Sie wertete diese Blicke als Herausforderung. Gehörte sie nun zur Gruppe oder nicht?

Es war so verlockend, einfach mitzugehen und die Konsequenzen auf sich zu nehmen, wenn sie nach Hause kam. Aber Virginia hielt sich zurück. Sie sah schon das enttäuschte Gesicht ihrer Großmutter vor sich. „Ich kann nicht", brachte sie mühsam heraus. „Das habe ich dir doch schon gesagt."

„Na, wie du willst. Auf jeden Fall wirst du viel Spaß verpassen", schleuderte Jenny ihr entgegen und warf ihr rotes Haar zurück. Sie stieß einen schockierenden Fluch aus, um ihren Standpunkt klar zu machen. Virginia fehlten die Worte. Mit lautem Gelächter führte Jenny ihr kleines Gefolge die Stufen hinunter zur Straße. Virginia sah ihnen nach, wie sie fröhlich lachend und scherzend davongingen.

Das Herz tat ihr weh. Mit jeder Faser ihres Seins sehnte sie sich danach, mit von der Partie zu sein. Sie war versucht zu rufen: „Hey, wartet!", und ihnen nachzulaufen. Aber sie brachte keinen Ton heraus und ihre Füße weigerten sich, sich zu rühren. Sie blieb stehen, bis die kleine Clique um die Ecke gebogen war. Ihr Gesicht war heiß und ärgerliche Gedanken wirbelten ihr durch den Kopf. Es war nicht gerecht. Es war einfach nicht gerecht, dass ihre Eltern so ... so langweilig und streng waren. Sie verboten ihr alles, was Spaß machte. Nicht einen Augenblick konnte sie aus ihrem Dunstkreis verschwinden. Sie hielten sie noch immer für ein Kind.

Langsamen Schrittes machte sie sich auf den Heimweg. Ihre Stimmung war alles andere als fröhlich. Innerlich wütete sie, stieß zornig kleine Steine vor sich her und ganz bewusst schabte sie die Spitzen ihrer neuen schwarzen Stiefel ab. Es tat ihr gut, sich immer wieder die altmodische Art ihrer Eltern vor Augen zu stellen. Alle Privilegien, die ihre Geschwister hatten. Alle Ungerechtigkeiten des Lebens. Als sie ihre Straße erreichte, war sie davon überzeugt, der bedauernswerteste Mensch der Stadt zu sein. Vielleicht sogar der ganzen Welt.

„Was ist dir denn über die Leber gelaufen?"

Virginia fuhr zusammen. Mr. Adamson stand an seinem Zaun und sah sie an. Sein schmutziges Hemd hatte einen neuen Flecken dazubekommen. Virginia fragte sich, ob er vielleicht seinen Morgenkaffee darüber gegossen hatte.

„Ich habe Sie gar nicht gesehen", erwiderte sie.

„Nein, das hast du tatsächlich nicht. Im Schatten dieser dicken schwarzen Wolke, die da über dir schwebt, hast du bestimmt überhaupt nichts gesehen."

Impulsiv sah Virginia nach oben zum Himmel. Der alte Mann begann zu lachen. Sie errötete, als sie erkannte, dass er sie nur geneckt hatte.

„Hast du Sorgen?"

Wie sollte sie dem alten Nachbarn erklären, dass im Augenblick eigentlich alles schief ging? Da war sie nun auf dem Heimweg, während ihre Freunde sich am Fluss vergnügten. *Deren* Eltern vertrauten ihnen. Sie durften erwachsen werden. Es war einfach nicht gerecht.

„Na?"

Virginia hob den Kopf. „Es ist nur ... na ja, meine Eltern ..."

„Aha ..." erwiderte der alte Mann mit einem verständnisvollen Nicken. „Die Eltern. Sie können schon eine ziemliche Plage sein."

Virginia beobachtete, wie der alte Mann seinen arg mitgenommenen Hut abnahm und sich an seinem kahl werdenden Kopf kratzte. Seine grauen Haare waren recht dunkel. Virginia vermutete, dass er sie nicht öfter wusch als sein Hemd.

„Ich weiß noch, als ich ein Junge war", fuhr er fort. „Ich hatte einen sehr strengen Vater. Wir sind nie miteinander ausgekommen – bis ich zwanzig wurde. Auf einmal wurde der alte Bursche verständnisvoller. Als ich vierzig war, hatte er schon eine ganze Menge gelernt." Die Worte wurden von einem leisen Lachen begleitet, aber Virginia fand das gar nicht so lustig. Sie wusste genau, was der alte Mann sagen wollte.

„Ich rechne nicht damit, dass meine Mama und mein Papa sich ändern", erwiderte sie abrupt.

„Jetzt vielleicht noch nicht. Na ja ..." Er nahm den Hut ab und kratzte sich erneut. Virginia sah, wie sich der Gartenschmutz auf seinen Haaren verteilte. Kein Wunder, dass das Grau so dunkel aussah.

„Gib ihnen etwas Zeit", riet Mr. Adamson ihr. „Selbst alte Hunde können noch neue Tricks lernen, wenn sie einen guten Lehrer haben."

„Na, von mir werden sie bestimmt nichts lernen", brummte Virginia.

„Von dir? Nein. Vermutlich nicht. Weißt du, das ist auch nicht die Aufgabe von euch Kindern, so wie ich die Sache sehe."

Seine Worte waren nicht beleidigend gemeint und Virginia fasste sie auch nicht so auf. Sie wollte gerade fragen, was seiner Meinung nach die Aufgabe von jungen Leuten sei, als er abrupt das Thema wechselte.

„Ein paar meiner Tulpen blühen schon."

Er wirkte so eifrig, dass sie unbedingt darauf eingehen musste. „Die schönen gestreiften?"

„Nein, die kommen etwas später. Es sind die hellroten. Ein paar gelbe wollen auch schon aufgehen. Noch ein oder zwei Sonnentage, dann kann ich dir einen Strauß geben. Komm doch am Freitag bei mir vorbei. Dann sind sie bestimmt schon aufgeblüht."

Virginia nickte. Sie mochte die bunten Tulpen. Sie waren ein so wundervolles Zeichen dafür, dass der Schnee des Winters endlich geschmolzen war.

Mit einem Kopfnicken wandte sich der alte Mann ab. Er nahm seine kleine Harke zur Hand und widmete sich wieder seinen Blumenbeeten; das Zeichen dafür, dass ihre kleine Unterhaltung vorbei war. Mit langsamen Schritten näherte Virginia sich ihrem Zuhause.

Doch obwohl sie noch immer aufgebracht war, konnte sie sich nicht mehr so sehr in das Ungerechtigkeitsgefühl von vorhin hineinsteigern. Ihre Gedanken waren irgendwie in eine andere Richtung gelenkt worden. Nicht dass sie nicht noch immer wünschte, sich mit den anderen am Fluss zu vergnügen. Aber sie konnte sich nicht mehr so schrecklich darüber aufregen wie noch wenige Augenblicke zuvor.

Sie betrat das Haus und nahm den Duft von frisch gebackenem Brot wahr. Ihre Mutter war da. Francine und Danny saßen bereits am Küchentisch, ein großes Glas Milch und ein Teller mit frischem Brot und Erdbeermarmelade standen vor ihnen. Ihre Mutter lächelte sie an. „Hallo, Virginia! Willkommen zu Hause." Mit einem Kopfnicken deutete sie auf den Platz, auf dem bereits Milch und Brot auf Virginia warteten.

Einen Augenblick lang war Virginia versucht zu sagen: „Nein danke" und sich in ihr Zimmer zurückzuziehen. Aber das Brot roch so gut und sie war plötzlich so hungrig, dass sie sich zusammennahm. Als sie ihre Bücher auf den Tisch legte und sich auf ihrem Platz niederließ, ergriff Francine aufgeregt das Wort.

„Onkel Larry kommt zum Abendessen herüber."

Virginia betete Onkel Larry geradezu an. Es fiel ihr schwer, ihre Begeisterung zu unterdrücken. Sie warf ihrer Mutter schnell einen Blick zu, um zu sehen, ob das stimmte, obwohl sie wusste, dass Francine sie nicht anlügen würde.

„Nur Onkel Larry", erklärte ihre Mutter. „Tante Abbie und Georgia sind zu Abbies Eltern gefahren. Ich habe Larry zufällig auf der Post getroffen und zum Abendessen eingeladen."

Virginia brachte beinahe ein Lächeln zu Stande. Es war nicht mehr so wichtig, dass die anderen unten am Fluss Frösche jagten und über feuchte Baumstämme balancierten. Sie hatten keinen Onkel Larry.

*

Am folgenden Morgen schwärmte Jenny in den höchsten Tönen von ihren Erlebnissen am Fluss. Die meisten ihrer Worte waren nicht unmittelbar an Virginia gerichtet, aber doch so laut gesprochen, dass sie sie hören musste. Virginia war klar, dass sie ihr damit vor Augen stellen wollte, was sie alles verpasst hatte. Auch sie hätte viel zu berichten gehabt. Sie hätte von Onkel Larrys interessanten medizinischen Abenteuern erzählen können. Und dass er ihr geholfen hatte, das Geschirr zu spülen. Und wie viel Spaß sie nach dem Abendessen beim Ballspielen im Garten gehabt hatten. Sogar ihre Mama und Clara hatten mitgespielt. Und wie hatten sie alle gelacht, als Clara einem Ball nachgejagt und beinahe in Dannys Meerschweinchenstall gelandet war. Aber Virginia erzählte nichts. Sie war sicher, dass Jenny sie nicht verstehen, sondern nur verspotten würde.

Ruthie schien den ganzen Tag in Jennys Nähe herumzuhängen. Als sie sich zum Buchstabierwettbewerb aufstellten, schob sie sich sogar zwischen Jenny und Virginia. Normalerweise hätte Jenny bei so etwas lautstark protestiert, doch sie warf Virginia nur einen Blick zu, der sie warnen sollte, dass ihre Position in Gefahr war.

Virginia versuchte, das Tuscheln, die Blicke und das leise Gekicher zu ignorieren. Aber es tat weh. Tief in ihrem Innern machte es ihr schrecklich viel aus, doch sie wusste nicht, wie sie ihren Platz an Jennys Seite wieder zurückerobern sollte. Was konnte sie tun, um wieder in Jennys Gunst aufgenommen zu werden?

*

„Einige Kinder sind unten am Fluss gewesen."

Diese Bemerkung von ihrem Vater ließ alle Köpfe am Abendbrottisch hochfahren. Ihre Mutter ergriff das Wort. „Ist das ein Problem?"

„Sheriff Brown meint, es könnte zu einem werden."

„Die Kinder der Stadt spielen doch immer am Fluss", bemerkte Rodney, ohne im Essen inne zu halten.

„Aber der Fluss ist noch immer zum Teil mit einer Eisschicht überzogen. Das Eis würde das Gewicht eines Menschen nicht tragen und man darf ihm nicht trauen. Der Wasserstand ist im Augenblick recht hoch und in den Bergen liegt noch viel Schnee. Wenn jetzt noch starke Regenfälle dazukommen, wird der Fluss vermutlich über die Ufer treten."

Virginia verfolgte das Gespräch, beteiligte sich jedoch nicht daran. Ihre Schulfreunde waren in den vergangenen Tagen noch ein paar Mal am Fluss gewesen. Jedes Mal hatten sie damit geprahlt, wie viel Spaß sie gehabt und was sie alles angestellt hatten. Bisher war nichts passiert, außer dass sie mit nassen Hosenbeinen nach Hause gekommen waren. Allerdings war Samuel Boyce ausgerutscht und beinahe ins Wasser gefallen. Dabei hatte er seinen Hut verloren.

„Da trieb sein Hut im Fluss und tanzte mit der Strömung", hatte Jenny erzählt. „Ich sagte: ‚Was wirst du deiner Mama erzählen?' und er antwortete: ‚Ich werde ihr sagen, die Krähe vom alten, verrückten Marshall hätte ihn geholt.'" Alle brachen in Gelächter aus.

Virginia war in Hörweite vorübergegangen. Jenny war darauf bedacht, ihr immer wieder klar zu machen, wie viel Spaß sie verpasste. Aber Virginia hasste es, wenn die Leute Rett Marshall verspotteten. Natürlich wusste sie, dass das, was gesagt wurde, in gewisser Weise wahr war. Er war tatsächlich etwas seltsam. Zumindest war er nicht wie die anderen Leute. Ihre Großmutter hatte ihr Retts Geschichte erzählt.

Seine Eltern hatten sich so sehr ein Kind gewünscht. Seine Mama hatte mehrere Babys verloren und endlich hatte Gott ihnen Rett geschenkt. Sie war so glücklich darüber und Retts Papa war so stolz auf seinen Sohn gewesen. Und dann wurde festgestellt, dass der kleine Junge nicht normal war. Oh, er entwickelte sich körperlich, wenn auch langsamer als andere Kinder, aber geistig blieb er ein Kind. Trotzdem liebten sie ihn. Für seine Mama war er immer ihr *Baby* und sein Papa nahm den kleinen Jungen überallhin mit.

Schon früh stellten die Leute fest, dass Rett ungewöhnlich gut mit Tieren umgehen konnte. Er las die Kranken auf, sorgte für die Hilflosen und sprach mit den Wilden. Schon bald war er in der Stadt als der Junge bekannt, der die wilden Tiere zähmen konnte. Die Leute verstanden ihn vielleicht nicht, aber sie hatten einen seltsamen Respekt vor ihm.

Er durfte nach Herzenslust über die Hügel und in den Wäldern herumstromern. Irgendwie schien er nie älter zu werden. Rett blieb ein Junge, immer in Bewegung. Immer fand er neue Tiere. Immer war er frei.

Aber im Laufe der Jahre änderten sich die Dinge in seiner Umgebung. Seine Eltern waren nicht so alterslos wie er. Seine Mama starb als Erste. Sie war noch gar nicht so alt, als sie sich eine schlimme Bronchitis zuzog, die sie nie ganz auskurieren konnte. Den ganzen Winter über hustete und würgte sie. Virginias Oma und andere Nachbarn hatten versucht, ihr zu helfen. Ihr Onkel Larry hatte die Frau mehrere Monate lang behandelt, aber nichts schien zu helfen. Als der Frühling anbrach, starb sie und wurde auf dem kleinen Friedhof in der Nähe der Kirche beerdigt.

Ihr Mann und ihr Sohn verkrafteten diesen Schicksalsschlag nur schwer, aber sie machten weiter. Der Vater übernahm die Hausarbeit und kam damit auch ganz gut klar, was sogar die besonders kritischen Nachbarn fanden. Die Leute versuchten ihm zu helfen so gut sie konnten, aber natürlich hatten alle auch ihren eigenen Haushalt zu versorgen und schon bald stellten sie fest, dass er gut allein zurecht kam.

Und eines Tages erschien Retts Vater vor dem Haus ihrer Eltern. Er sei gerade bei Doktor Larry gewesen, erklärte er, und hätte erfahren, dass sein Herz nicht in Ordnung sei. Das hätte er schon geahnt, sagte er. Seit Wandas Tod hätte er sich immer so müde und schlapp gefühlt. Aber er mache sich Sorgen um Rett. Was würde aus seinem Jungen werden, wenn er tot sei?

Die Davis hatten darüber gesprochen. Darüber gebetet. Schließlich gingen sie zu Mr. Marshall. Rett könnte gern bei ihnen wohnen, sagten sie ihm. Sie würden für ihn sorgen, solange sie dazu in der Lage seien. Aber der Vater hatte andere Vorstellungen. Er war der Meinung, es sei besser für seinen Jungen, der mittlerweile ein Mann über vierzig war, in der Stadt zu bleiben. Er hatte von einer neuen Pension gehört. Er würde die Farm verkaufen, einen Treuhandfonds für seinen Sohn anlegen und in die Stadt ziehen, damit Rett sich an die neue Umgebung gewöhnen könnte, bevor sein Herz nicht mehr mitmachte.

Nach dem Umzug hatte Rett zuerst nicht gewusst, was er mit sich anfangen sollte. Unruhig lief er in dem einen Zimmer umher, das sie nun ihr Zuhause nannten, und schließlich hatte sein Vater erkannt, dass er die freie Natur brauchte. Er bat seine Wirtin, seinem Sohn ein Proviantpaket fertig zu machen, und damit zog er nun Tag für Tag los, bei jedem Wetter.

„Geh nur“, sagte der Vater zu seinem Sohn. „Aber achte darauf, dass du abends wieder nach Hause kommst.“ Und daran hielt Rett sich auch. Zufrieden und wohlgelaunt kehrte er abends nach Hause zurück. Onkel Larry hatte gesagt, Rett Marshall besäße die Konstitution eines Ochsen. Virginia hatte keine Ahnung, was das bedeutete, aber Onkel Larry sagte das immer so, als wäre es etwas Gutes und Bewundernswürdiges.

Vater und Sohn wohnten beinahe ein Jahr in der Pension, als Mr. Marshalls Herz plötzlich versagte. Er war tot, noch bevor Onkel Larry geholt werden konnte. Der Verlust seines Vaters steigerte Retts Wanderlust noch. Aber noch immer kam er jeden Abend nach Hause. Hungrig und häufig vollkommen durchnässt – aber zufrieden.

Sein einziges Problem war, dass er nicht wusste, was er mit seiner zahmen Krähe machen sollte. Sie war das einzige Tier, das Rett je behalten hatte. Die anderen hatte er, nachdem er sie gesund gepflegt hatte, immer wieder frei gelassen. Doch die Krähe begleitete Rett, wo er ging und stand. Sie saß auf seiner

Schulter oder flatterte vor ihm her. Seine Wirtin erlaubte ihm nicht, den Vogel in seinem Zimmer zu halten. Rett hatte im Garten einen Käfig gebaut, aber es war ihm überhaupt nicht recht, den Vogel Nacht für Nacht allein draußen zu lassen. Die Leute behaupteten, dass Rett häufig bei dem Vogel draußen blieb, wenn ein schlimmer Sturm aufzog.

Die Bewohner der Stadt meinten, mit der Krähe könnte man sich besser verständigen als mit Rett. Die Bemerkungen der meisten Leute in der Stadt waren gutmütig gemeint, sie waren nicht darauf angelegt, den seltsamen Mann zu verletzen. Doch bei den Schulkindern war es etwas ganz anderes. Sie neckten und verspotteten Rett, wo sie nur konnten, und schon oft war er zur Zielscheibe ihrer grausamen Scherze geworden. Virginia hasste das. Als sie noch jünger gewesen war, hatte sie Rett immer verteidigt. Man hatte sie deswegen sogar schon *Beklopptenfreundin* genannt. Doch als sie älter wurde und die Billigung ihrer Freunde immer wichtiger für sie wurde, hatte sie aufgehört, öffentlich für Rett einzutreten. Sie fand sich feige, aber sie war einfach nicht mutig genug, sich der Mehrheit zu widersetzen.

Danny dagegen empfand nicht solche Vorbehalte. Wenn jemand etwas Unschönes über Rett sagte und er bekam das mit, trat er sofort mutig für den seltsamen Mann ein. Virginia war darauf einerseits stolz, andererseits hoffte sie, die Kinder in der Schule würden sie nicht mit ihrem Bruder in einen Topf werfen. Doch sie musste unwillkürlich seinen Mut bewundern. Aber sicherlich würde auch Danny eines Tages erkennen, dass er für so etwas einen hohen Preis würde zahlen müssen. Sie war sicher, dass auch Danny dann den Mund halten würde.

Kapitel 5

„Hast du gehört, was diese langnasige Mrs. Parker überall herumerzählt?"

Mit funkelnden Augen warf Jenny zornig ihr rotes Haar. Virginia glaubte nicht, dass die Leute in ihrer kleinen Stadt auf das hörten, was über Mrs. Parkers Lippen kam. Zumindest ignorierten es ihre Eltern. „Tatsachen sind Tatsachen", sagte ihr Papa immer, „und bis man den Beweis hat, ist alles nur Hörensagen."

Aber immerhin war ihr Papa Rechtsanwalt. Er kümmerte sich nicht viel um Aussagen, die nicht durch handfeste Beweise untermauert werden konnten.

Und ihre Mama kümmerte sich auch nicht viel um Mrs. Parkers Geschichten, wenn auch aus einem vollkommen anderen Grund. Sie zitierte, was in der Bibel über Klatsch und Tratsch stand. Nach Mamas Meinung passten ein christlicher Lebenswandel und der Hang zum Tratschen nicht zueinander. Bei ihnen war es nicht üblich, Tratsch der Nachbarn mit nach Hause zu bringen.

Virginia betrachtete Jennys gerötetes Gesicht und zuckte die Achseln. Sie schien wieder in Jennys Gunst gestiegen zu sein, aber sie hatte keine Ahnung, was Mrs. Parker herumerzählt hatte und war eigentlich auch nicht sonderlich daran interessiert, es zu erfahren. Allerdings war Jenny ziemlich aufgebracht, das musste man schon sagen.

„Sie sagt, mein Papa sei ein Säufer."

Virginia zuckte nicht einmal mit der Wimper. In der Stadt war es kein Geheimnis, dass Jennys Vater ein Alkoholproblem hatte. Virginia nahm an, dass er sogar selbst diese Behauptung ohne Widerspruch hingenommen hätte. Aber das sagte sie natürlich nicht zu Jenny.

„Sie behauptet, er würde mich verprügeln."

Bei diesen Worten riss Virginia die Augen auf. Sie erinnerte sich daran, dass Jenny durchaus mit blauen Flecken und lahmen Erklärungen dafür in der Schule erschienen war.

„Sie sagt, das sei der Grund, warum meine Ma davongelaufen wäre."

„Woher weiß sie das alles denn?", fragte Virginia unschuldig. Ein wütendes Funkeln war die Antwort. Zu spät erkannte Virginia die Bedeutung ihrer Worte. Sie überlegte krampfhaft, wie sie ihren Fehler wieder ausbügeln konnte, aber es fiel ihr nichts ein.

In der Stadt war auch bekannt, dass Jennys Papa, wenn er zu viel getrunken hatte, mit jedem, der ihm zuhören wollte, über das harte Schicksal sprach, das ihm im Leben zuteil geworden war und über die launische Frau, an die er sieben lange Jahre „gekettet" gewesen war. Die Geschichte variierte von Mal zu Mal. Manchmal hatte er sie hinausgeworfen. Dann wieder schluchzte er unkontrollierbar, wenn er erzählte, wie sie ihn verlassen hatte, um mit einem Kerl davonzulaufen, den sie kaum kannte. Virginias Eltern erlaubten nicht, dass solche Geschichten zu Hause zum Besten gegeben wurden, aber Virginia hatte viel Gerede auf dem Schulhof mitbekommen. Für Mrs. Parker war es kein Problem, genug Informationen zu sammeln, um ihre geschwätzige Zunge über Wochen hinweg beschäftigt zu halten.

„Ich hasse das!", rief Jenny gerade. „Wie gern würde ich dieser alten Hexe einen wirklichen Grund zum Tratschen geben."

Virginia runzelte die Stirn und trat unruhig von einem Fuß auf den anderen. Was in der Luft lag, gefiel ihr überhaupt nicht.

Das Gespräch wurde durch das Läuten der Schulglocke unterbrochen. Virginia seufzte vor Erleichterung auf, aber Jenny war noch nicht fertig. Während sie gemeinsam zu dem roten Ziegelgebäude eilten, wütete sie weiter. „Ich werde was tun. Ganz bestimmt. Ich denke mir was aus. Du wirst schon sehen. Diese alte ..." Jenny gebrauchte ein Wort, das Virginia noch nie zuvor gehört hatte. Eine innere Stimme sagte ihr, dass dieser

Ausdruck von ihren Eltern nicht gebilligt werden würde. Allein der Klang des Wortes sagte ihr dies, wenn sie auch nicht wusste, was es bedeutete.

„... Ich werde ihr zeigen, was passiert, wenn man andere Leute verleumdet – wart's nur ab." Jenny schnaubte vor Empörung.

Virginia war froh, die harte Sitzfläche ihrer Bank unter sich zu spüren, als sie sich darauf niederließ. Sie fühlte sich fest und kühl an. Beinahe ein Trost nach Jennys heißer Wut. Bestimmt würde Jenny sich doch nicht zu einer Dummheit hinreißen lassen, oder? Bestimmt nicht.

Doch noch während Virginia nach ihrem Englischheft suchte, krampfte sich ihr Magen zusammen. Sie hatte das beunruhigende Gefühl, dass Jenny durchaus etwas Schlimmes tun könnte, und aus Gründen, die sie nicht erklären konnte, fürchtete sie auch, dass sie als Jennys Freundin mit hineingezogen werden würde. Der Versuch, sich da herauszuhalten, würde bedeuten, sich Jennys Zorn zuzuziehen. Und mehr als alles andere fürchtete Virginia es, wenn sich diese funkelnden grünen Augen abfällig auf sie richteten. Das war noch schlimmer als eine Strafe von ihren Eltern.

Die Tage gingen vorbei und Jenny sprach nicht mehr über Mrs. Parker. Virginia begann sich zu entspannen. Vielleicht blieb sie ja doch verschont.

Aber Jenny war mit anderen Plänen beschäftigt. Unentwegt wurde Virginia in unangenehme Situationen hineingezogen. Die Clique von Unzufriedenen rannte über Mr. Moss' Wiese, um seinen großen braunen Stier zu ärgern. Sie stellte eine Falle für die Krähe von Rett Marshall auf, um ihn auf der Suche nach ihr krächzen zu hören. Sie lachten dann darüber, wer wohl lauter krächzte, der Vogel oder der Mann. Virginia hatte es geschafft, sich mit akzeptablen Entschuldigungen von diesen Streichen fern zu halten. Aber es war nicht leicht, Nein zu sagen, als Jenny beschloss, in den Eisenwarenladen in der Stadt zu gehen, um den alten Mr. Lougin ein wenig zu ärgern. Man hatte Virginia erzählt, der alte Mann sei felsenfest davon überzeugt, alle Schulkinder seien Diebe und er würde sich beinahe den Hals verrenken bei dem Versuch, sie die ganze Zeit über zu beobachten, wenn sie ohne Begleitung ihrer Eltern seinen Laden betraten.

„Er denkt, jeder unter zwanzig sollte an der Leine gehalten werden“, spottete Freddie Crell und alle in der Gruppe lachten, als hätte er einen tollen Witz gemacht.

„Vielleicht noch besser in einem Käfig“, lästerte einer der anderen Jungen.

„Es macht ihn fast verrückt“, strahlte Jenny, „wenn er sieht, dass wir in seinem Laden herumschlendern und uns dies und das ansehen. Er bekommt Schweißausbrüche und sein Gesicht wird ganz rot. Es macht unheimlich Spaß.“

Das Gelächter schien Virginia in keinem Verhältnis zu der Aussage zu stehen. „Was wollen wir machen?“, fragte sie ein wenig besorgt.

Jenny stieß ihr charakteristisches Lachen aus. „Das ist es ja“, brachte sie schließlich heraus. „Wir brauchen doch gar nichts zu tun. Wir gehen einfach hinein und verteilen uns.“ Sie breitete ihre Hände aus. „Wir laufen herum und sehen uns um – und er wird total nervös. Es ist lustig. Er eilt hierher und dahin, zählt die Sachen in den Regalen, bei denen wir gerade gewesen sind, beobachtet alles wie ein Adler, bis ihm seine großen alten Augen beinahe aus dem Kopf fallen. Es ist wirklich lustig.“

Virginia fand das schrecklich gemein.

„Meine Eltern würden mich verhauen, wenn sie mich dabei erwischten“, murmelte Jedd Marlow, der irgendwie dazu gebracht worden war, sich der Clique anzuschließen. Virginia nahm an, es hatte etwas mit der Tatsache zu tun, dass Ruthie, die bei einigen der Streichen mitmachte, Jedd süß fand.

Virginia wollte gerade den Mund öffnen und Jedd zustimmen. Auch ihre Eltern würden von dieser Vorstellung nicht begeistert sein, wenn ihnen auch etwas anderes einfiel, als sie zu schlagen, um ihrem Missfallen Ausdruck zu verleihen. Aber dann sah sie, wie Jenny herumwirbelte und Jedd anfunkelte.

„Wir tun doch niemandem etwas. Wenn das nicht so eine öde Stadt wäre, dann bräuchten wir nicht nach eigenen Wegen zu suchen, um uns zu vergnügen, stimmt’s?“

Es war schon komisch mit Jenny: Sie fand für fast alles vernünftige Argumente. Virginia stellte fest, dass sie ihr zustimmte. Es war tatsächlich eine langweilige Stadt. Die Erwachsenen taten nicht viel, um die jungen Leute zu unterhalten. Vielleicht war es ihr Fehler, dass sich die jungen Leute dann selbst ihren Spaß suchten.

Aber Jedd blieb bei seiner Meinung. Er zuckte die Achseln. „Macht doch, was ihr wollt“, sagte er beiläufig. „Ich brauche mir auf jeden Fall keine Beschäftigung zu suchen. Zu Hause wartet genügend Arbeit auf mich. Und wenn ich damit fertig bin, dann werde ich mich mit einigen der Jungs zum Ballspielen treffen.“

Jennys Blick wurde noch eindringlicher. Aber sie blickte nur auf Jedds Rücken. Er hatte sich nämlich umgedreht und ging davon, vollkommen unberührt von Jennys Zorn.

„Ballspielen“, spottete Jenny verächtlich. „Ballspielen – auf einem schmutzigen alten Sandplatz. Wir haben nicht mal einen anständigen Sportplatz. Und er meint, das wäre Spaß.“ Virginia rechnete beinahe damit, dass Jenny noch ausspuckte. Aber sie schob ihren Ärger über Jedd schnell beiseite und das Funkeln kehrte in ihre Augen zurück. „Also, wer macht mit? Nur ein kleiner Spaß mit dem guten alten Mr. Lougin.“ Sie betonte den Namen des Mannes und schnitt bei jeder Silbe eine Grimasse.

Virginia sah Jedd nach. Sie konnte sein Pfeifen hören. Wenn sie nur den Mut gehabt hätte, es ihm gleich zu tun.

*

Der Ausflug zum Eisenwarengeschäft war ein ziemlicher Reinfall. Fünf Männer aus der Nachbarschaft saßen um ein großes Nagelfass herum, auf dem ein Schachbrett aufgebaut war. Mr. Telsworth schien mit Mr. Teigs in ein hartes Match verwickelt zu sein. Die anderen sahen interessiert zu. Als die Gruppe Schulkinder zögernd den Laden betrat, wandten die Männer den Blick von dem Schachbrett und richteten ihn auf die Kinder. Sogar Mr. Lougin schien bereit zu sein, sie willkommen zu heißen, wenn es ein Geschäft für ihn bedeutete.

„Kann ich euch jungen Leuten helfen?", fragte er gutmütig und kam auf sie zu.

Virginia hörte das verlegene Scharren der Füße. Niemand ergriff das Wort. Es gab ja auch nichts zu sagen. Schließlich fasste sich Jenny ein Herz.

„Wir haben uns gefragt, ob Sie diese großen Tintenfässchen haben, wie man sie in der Stadt bekommt."

Der Mann schüttelte den Kopf. „Keine großen Tintenfässchen. Ich habe nur die Üblichen."

„Nein, die wollen wir nicht. In die Großen geht mehr rein. Wir dachten nur ..."

„Ich werde mich mal drum kümmern." Mr. Lougin nahm seinen Bleistift hinter dem Ohr weg und zog sich den kleinen Notizblock heran. Er leckte den Bleistift mit der Zunge an, bevor er ihn auf das Papier aufsetzte, um sich eine Notiz bezüglich der großen Tintenfässer zu machen.

„Wie viele braucht ihr denn?", fragte er, ohne aufzusehen.

Jenny wich langsam zur Tür zurück. Ihre kleine Clique von Anhängern folgte ihr. Auf einmal schien sie die Situation nicht mehr so richtig unter Kontrolle zu haben. „Äh ... vielleicht ... vielleicht sechs oder acht."

Mr. Lougin zog die Augenbraue hoch. „Ein halbes Dutzend?"

Jenny nickte unsicher. Die kleine Gruppe verließ rückwärts den Laden und sammelte sich auf dem Bürgersteig. Virginia spürte, dass alle erleichtert aufatmeten.

„Große Tintenfässchen", flüsterte Freddie. „Ich hab noch nie von großen Tintenfässchen gehört."

Jenny blickte ihn vernichtend an. „Mr. Lougin bestimmt auch nicht", meinte sie und warf den Kopf zurück. „Niemand."

„Du meinst ...?" Sammie Boycie sprach die Frage nicht aus. Stattdessen begann es ihm zu dämmern und er brach in Gelächter aus. Damit war der Damm in der kleinen Gruppe gebrochen. Jenny lachte laut auf. Die Situation war gerettet; sie hatte wieder alles in der Hand. Der Ausflug war doch kein vollkommener Reinfall geworden.

*

„Vielleicht könntest du ja mal mit ihm sprechen."

Virginia schüttelte bereits den Kopf, noch bevor Jenny zu Ende gesprochen hatte.

„Immerhin geht er doch in deine Gemeinde, oder nicht?"

Virginia nickte. Das stimmte. Aber was hatte das damit zu tun? Außerdem konnte sie Jennys Wunsch, Jamison Curtis in einen ihrer kleinen Streiche einzubeziehen, einfach nicht verstehen. Sie hatte Jamison ein Dutzend Mal angesprochen. Es stimmte, dass man mit ihm so viel Spaß haben konnte wie mit kaum einem anderen, aber es stimmte auch, dass er mehr als einmal gegen Jennys Pläne Einspruch erhoben hatte. Trotzdem schlug sich Jenny das nicht aus dem Kopf. Virginia konnte es nicht verstehen. Sie wusste, dass sie längst draußen wäre, wenn sie Jennys Pläne so oft durchkreuzt hätte, wie Jamison es getan hatte. Ohne Vergebung. Ohne Verzeihen.

„Er würde ... er würde nicht auf mich hören", murmelte sie.

„Natürlich würde er das. Ich denke, er mag dich", warf Ruthie ein. Jenny warf ihr einen Blick zu, der sie sofort zum Schweigen brachte. „Glaube ich", beendete sie lahm.

Virginia schüttelte erneut den Kopf. Jamison Curtis war gut zwei Jahre älter als sie. In der Kirche saß er immer bei den größeren Jungen. Er nahm seinen Glauben ernst. Sehr ernst. Der Pastor war der Meinung, dass aus Jamison noch etwas werden könnte. Jedes Kind in der Gemeinde wusste und akzeptierte das. Jamison war der geborene Führer, kein Nachfolger. Und schon gar nicht würde er jemandem wie Jenny folgen.

„Er wird es niemals tun – egal, wer ihn fragt", beharrte Virginia und ging damit das Risiko ein, sich Jennys Zorn zuzuziehen.

„Wir wollen doch gar nichts Schlimmes tun", drang Jenny in sie. „Vielleicht nur ... nur auf ein Eis oder eine Cola in die Milchbar gehen."

Virginia dachte zurück an das letzte Mal, als sie mit Jenny auf ein Eis in die Milchbar gegangen war. Es hatte Spaß gemacht. Sie liebte Eis. Aber sie fragte sich auch, ob es das wert gewesen war. Noch immer erinnerte sie sich an die vielen Abende des Geschirrspülens. Sie hasste Spülen. Und sie mochte es auch nicht, mit ihrer Familie nicht im Reinen zu sein.

Ihre Gedanken eilten voraus und beinahe gegen ihren Willen überlegte sie, ob Freddie vielleicht wieder einen Nickel übrig hatte, den er bereit war auszugeben, damit sie sich ein Eis teilen konnten. Auch das hatte Spaß gemacht. Aber irgendwie hatten sich die Dinge verändert. Sie wusste nicht, wie es kam, auf jeden Fall empfand sie nicht mehr dasselbe für Freddie wie früher. Es störte sie, wenn er zu dicht an ihrer Seite ging und anscheinend dachte, er hätte das Recht dazu. Als ob sie sein Mädchen wäre oder so etwas. In gewisser Weise gab er ihr das Gefühl, etwas Besonderes zu sein. Aber andererseits fühlte sie sich auch ein wenig in die Enge getrieben.

Aber Jenny hatte schon wieder das Wort ergriffen. „Nur auf ein schnelles Eis."

Das schien ein recht ungefährlicher Plan zu sein, verglichen mit dem, was Jenny sonst so vorgeschlagen hatte. Einen Augenblick zog Virginia in Erwägung, Jennys Botschafterin zu spielen. Doch dann zögerte sie.

„Er hat zu tun", meinte sie leichthin.

„Jeden Abend?"

Virginia nickte.

„Nun, niemand will ihn von seinen Pflichten abhalten. Es dauert doch nur ein paar Minuten, ein Eis zu essen."

„Er geht immer sofort nach Hause."

„Aber bestimmt braucht er doch nicht –"

„Dann frag du ihn doch einfach selbst", unterbrach Virginia sie. Sie wurde mit einem wütenden Funkeln belohnt.

Sie überlegte fieberhaft, wie sie ihre Gedanken in Worte fassen konnte, ohne Jenny herauszufordern. „Ich ... ich wollte ... nur ..." Sie zuckte die Achseln. „Wozu brauchen wir ihn denn überhaupt?"

Das war ihr vollkommen schleierhaft. Wieso war Jenny so daran gelegen, dass Jamison mitkam? Er hatte doch sehr deutlich gesagt, dass er nicht die Absicht hatte, sich auf ihre Spielchen einzulassen. Oder ging es etwa genau darum? Fühlte sich

Jenny nicht wohl, wenn sie nicht alle kontrollieren konnte? Aber es gab noch mehrere andere Jungen und Mädchen, mit denen sich Jenny überhaupt nicht abgab. Warum also Jamison? Virginia verstand das einfach nicht.

„Sie findet ihn süß“, erklärte Ruthie leise lachend.

Virginia riss die Augen auf. Nie wäre sie auf die Idee gekommen, dass Jenny sich in Jamison verguckt haben könnte. Sie waren so ... so verschieden. So vollkommen unterschiedlich. Bestimmt machte Ruthie nur Spaß.

Ein schneller Rippenstoß ließ das Mädchen nach Luft schnappen. „Halt den Mund, Ruth“, erwiderte Jenny scharf, aber ihr Gesicht war gerötet und sie leugnete es nicht.

Es stimmte also. Es stimmte tatsächlich. Jenny hatte sich in Jamison verguckt! Falls Virginia es gewagt hätte, wäre sie allein bei dem Gedanken daran in lautes Gelächter ausgebrochen, doch sie starrte die Freundin nur mit offenem Mund an.

Dann schüttelte sie wieder den Kopf. „Er würde nicht mitkommen“, wiederholte sie. Ihre Worte waren sorgfältig gewählt und sie sprach kaum lauter als ein Flüstern. „Nicht wegen mir. Und auch nicht wegen dir. Er ... er widersetzt sich nie seinen Eltern. Niemals.“

Jenny warf wütend ihre rote Haarpracht nach hinten. „Ist er wirklich so langweilig?“

„Nein. Er ist überhaupt nicht langweilig.“ Virginias Antwort kam eindeutig zu schnell. Sie mäßigte den Tonfall und fuhr fort, weil Jenny sie anstarrte und darauf wartete, dass sie weitersprach. „Er ist ... er ist sehr lustig in der Kirche. Er macht Quatsch und ... alles. Er bringt uns zum Lachen. Er –“

Aber Jenny schien genug gehört zu haben. Sie stieß Virginia beiseite. „Vielleicht werde ich auch mal in die Kirche kommen“, sagte sie und warf erneut den Kopf zurück. Und als sie sich umdrehte, um Virginia selbstgefällig anzusehen, funkelten ihre Augen wieder.

Kapitel 6

„Ich hab's!", begrüßte Jenny Virginia am folgenden Morgen, als sie sich an der Ecke trafen, um das letzte Stück gemeinsam zur Schule zu gehen. Ihr Gesicht war vor Erregung gerötet und Virginia merkte, wie sich auch ihr eigener Pulsschlag beschleunigte.

„Was hast du?"

Sie war sicher, dass die Antwort nur etwas mit Jamison Curtis zu tun haben konnte, darum war sie erstaunt, als Jenny antwortete: „Ich weiß jetzt, wie ich die neugierige alte Parker anführen kann."

Virginia blinzelte. Sie dachte, Jenny hätte ihren Racheplan längst aufgegeben. Sie wollte sie nach dem Plan fragen, gleichzeitig fürchtete sie sich aber auch davor, auf irgendeine Weise in das Ganze mit einbezogen zu werden.

„Wir werden ihr Grund zum Tratschen geben", beeilte sich Jenny zu sagen.

Virginia schluckte. Sie hatte Recht gehabt; Jenny gebrauchte das Wort „wir".

„Was hast du vor?"

„Wir", korrigierte Jenny. „Ich werde dir alles in der Pause erzählen. Ich kann es kaum erwarten. Ich habe mir das letzte Nacht im Bett ausgedacht. Warte nur; die ganze Stadt wird erfahren, dass sie eine neugierige alte Tratschtante ist."

Virginia runzelte die Stirn. Die Stadt wusste bereits, was es über Mrs. Parker zu wissen gab. Die Leute akzeptierten sie einfach so, wie sie war, und ignorierten den größten Teil ihres Geredes. Wer kümmerte sich schon groß um Mrs. Parker?

Virginia wusste nicht, ob sie die Pause herbeisehnte oder nicht. In gewisser Weise beschleunigte sich ihr Herzschlag allein bei dem Gedanken an Jennys Plan. Doch er machte ihr auch ein wenig Angst. Bestimmt würde sie zu Hause Ärger bekommen – es sei denn, der Plan war so gut, dass sie nicht ertappt werden konnten.

Als die Glocke die Pause ankündigte, spürte Virginia Jennys Blick auf sich ruhen. Mit einem Kopfnicken forderte Jenny Virginia auf, den Raum zu verlassen und sie an ihrem üblichen Treffpunkt zu erwarten.

Wortlos verstaute sie ihre Bücher in ihrem Tisch, erhob sich und folgte Jenny aus dem Raum. Ihr Mund war unangenehm trocken. Sie versuchte zu schlucken, aber es ging nicht.

Jenny ging weiter, bis sie um die Ecke gebogen war. Dann drehte sie sich um und lehnte sich an die von der Sonne erwärmte Mauer. Ein breites Grinsen machte sich auf ihrem Gesicht breit.

„Du kennst doch diesen Pappelhain unten bei dem Haus der Parkers, nicht?“, begann sie.

Virginia nickte.

„Also, wir werden Mrs. Parker einen Grund geben, ihre Zunge in Gang zu setzen.“

„Aber –“

„Wir werden uns dort unten treffen – als Geheimtreffpunkt, sozusagen.“

„Sie wird uns gar nicht sehen.“

„Oh doch, das wird sie. Sie beobachtet immer alle Leute.“

„Sie wird nicht einmal wissen, dass wir es sind.“

„Darum geht es ja gerade. Wir wollen nicht, dass sie es weiß. Dieses Nichtwissen wird sie ja verrückt machen.“

Virginia runzelte die Stirn. Sie konnte Jenny absolut nicht folgen.

„Sie wird ihr Fernglas hervorholen und versuchen herauszufinden, wer sich dort trifft.“

„Sie hat ein Fernglas?“

„Sicher hat sie eins. Wie sonst, glaubst du, kriegt sie alles mit?“

Virginia zuckte die Achseln. Sie hatte keine Ahnung, wieso Mrs. Parker immer über alles in der Stadt Bescheid wusste.

„Wenn sie ein Fernglas hat, dann wird sie uns auch erkennen", argwöhnte sie. „Sie kennt mich, seit ich geboren wurde. Und du mit deinen roten Haaren. Niemand sonst in der Stadt hat solche Haare."

„Wir werden uns verkleiden", meinte Jenny verschlagen.

„Verkleiden?"

Das klang ja immer gefährlicher, fand Virginia. Was würden sie Schlimmes tun, wenn dazu eine Verkleidung notwendig war?

„Ich muss nach der Schule sofort nach Hause kommen", argumentierte sie. „Ich möchte nicht schon wieder Ärger kriegen."

„Wir werden es nicht nach der Schule machen, sondern am Samstag. Deine Eltern lassen dich am Samstag doch raus, oder?"

Virginia war wütend. Das klang ja fast so, als würden ihre Eltern sie gefangen halten oder so etwas. „Natürlich darf ich am Samstag raus", explodierte sie. „Ich kann tun, was ich will, wenn ich meine Hausarbeit erledigt habe."

„Siehst du", meinte Jenny zufrieden. Virginia wünschte, sie hätte keine so gewagte Aussage gemacht. „Wann bist du denn fertig mit deiner Arbeit?"

Virginia zögerte. Sie hatte den Plan noch immer nicht gehört. Nach einem kurzen Zögern fragte sie: „Was hast du vor? Ich möchte niemandem weh tun und ganz bestimmt möchte ich keinen Ärger bekommen."

„Niemand wird Schaden nehmen. Es handelt sich um einen harmlosen kleinen Scherz, das ist alles."

Dann wandte sich Jenny zornig um. „Junge, bist du heute langweilig. Du kannst einem aber auch jeden Spaß vermiesen. Es würde mir überhaupt nicht gefallen, in einer Familie mit solchen Langweilern zu leben. Ist es das, was eure blöde Kirche euch beibringt, dass niemand jemals Spaß im Leben haben kann? Zuerst Jamison und jetzt auch noch du. Seid ihr alle ein Haufen alter Trantüten!"

Virginia schob ihr Kinn vor. „Das stimmt nicht", gab sie verletzt zurück. „Und woher willst du dir ein Urteil über unsere

Kirche bilden? Du bist ja nie da gewesen. Vermutlich würdest du den Weg nicht einmal finden, wenn dich jemand an der Hand nähme."

Noch nie hatten sie so miteinander gestritten. Noch nie hatte Virginia Jenny so offen angegriffen, aber die Tatsache, dass Jenny ihre Familie und ihre Gemeinde schlecht machte, verlieh ihr plötzlich jede Menge Mut.

„Vielleicht sollte ich Ruthie fragen", erwiderte Jenny hitzig.

„Vielleicht solltest du das tun", meinte Virginia. Sie hob nun ebenfalls den Kopf. „Vielleicht solltest du auch deinen kleinen Plan ganz allein ausführen, anstatt andere Leute mit da reinzuziehen."

„Niemand wird Ärger bekommen. Das habe ich dir doch bereits gesagt. Es ist nur ein kleiner Scherz, mehr nicht."

„Das sagst du immer. Nur ein harmloser Spaß. Aber immer bringst du irgendjemanden in Schwierigkeiten. Freddie und George mussten drei Wochen lang Mr. Moss' Scheune auskehren, nachdem ihr den Stier geärgert habt. Sam sagte, er hätte eine Woche nicht mehr sitzen können, nachdem du ihm in der Schule diese Zettel über Mr. Henkels Toupet geschickt hast. Und Ruthie hat arg Probleme bekommen, nachdem sie diese Worte auf Mercers Zaun gemalt hatte."

„Das ist doch was anderes", beharrte Jenny. „Hier geht es doch nur um einen harmlosen Spaß, um Mrs. Parker eine Lehre zu erteilen. Deine Eltern haben doch nichts dagegen, wenn man anderen Leuten eine Lektion erteilt, nicht?"

„Nun ... ihre Vorstellung von einer Lektion und deine könnten ziemlich unterschiedlich sein", meinte Virginia. Sie konnte kaum glauben, dass sie Jenny so Kontra gab.

„Okay, wenn du nicht mehr meine Freundin sein willst ...", begann Jenny und wandte sich langsam um.

Allein die Worte ließen Virginia erschaudern. „Natürlich möchte ich ... noch deine Freundin sein", stammelte sie. „Es ist nur ..."

„Dann sei da. Am Samstag um halb zwei. Komm von hinten, damit niemand dich sieht. Ich werde die Verkleidung mitbringen."

Und damit ging Jenny davon, bevor Virginia überhaupt antworten konnte.

*

Virginia war nicht gerade in bester Stimmung, als sie zu Hause ankam. Clara machte sich in der Küche zu schaffen. Offensichtlich bereitete sie gerade etwas vor. Aber Clara bereitete immer etwas vor. Virginia machte sich nicht die Mühe herauszufinden, worum es sich handelte. Sie warf einen Blick auf den Küchentisch. Vermutlich würde sie nach dem Abendessen auch noch die Backutensilien abzuwaschen haben. Clara hatte viel Spaß am Backen und sie, Virginia, hatte dann hinterher das zweifelhafte Vergnügen, das dreckige Geschirr zu spülen. Es war einfach nicht fair.

Mit einem trübsinnigen Blick in Claras Richtung begab sich Virginia in ihr Zimmer.

„Willst du keine Milch und ...“

„Nein“, erwiderte Virginia kurz angebunden. „Ich brauche nicht noch mehr schmutziges Geschirr zum Abwaschen als das, was du bereits produzierst.“

Clara zuckte die Achseln und schwieg. Aber was immer sie da im Ofen hatte, es roch ziemlich gut. Virginias Magen begann zu knurren.

*

Jenny verlor kein Wort mehr über den bevorstehenden Samstag. Die ganze Woche lang quälte sie Virginia mit ihrem Schweigen über ihre Pläne. Eigentlich unterhielten sie sich die ganzen Tage über sehr wenig.

Ruthie hing an Jenny wie eine Klette. Allein ihre Gegenwart verärgerte Virginia, denn wenn sie in der Nähe war, konnte sie keine Fragen stellen. Jenny hatte ganz klar gemacht, dass ihr Plan, was immer er auch zum Ziel hatte, absolut geheim bleiben musste.

Am Freitag legten die drei Mädchen das erste Stück des

Heimwegs von der Schule gemeinsam zurück. Als sie sich an ihrer üblichen Ecke trennten, wandte sich Jenny um und sah Virginia fest in die Augen. „Sei da!“, mehr sagte sie nicht, aber Virginia hörte mehr aus diesen Worten heraus. Ruthie sah von einer zur anderen und öffnete den Mund, als wollte sie etwas fragen, doch nachdem sie die beiden Gesichter gesehen hatte, änderte sie ihre Meinung.

Und so kam es, dass sich Virginia am folgenden Tag mit schleppendem Gang und klopfendem Herzen auf den Weg zu dem kleinen Pappelwäldchen bei der Pferdekoppel der Parkers machte.

„Hierher.“ Virginia hörte Jennys Flüstern und wirbelte herum, um zu sehen, wo sie steckte.

Jenny kniete hinter einer knorrigen Weide. Ihre Hand umklammerte einen großen Jutesack, der neben ihr auf dem Boden lag. Virginia warf ihr einen nervösen Blick zu, dann lief sie schnell zu ihr hinüber.

„Was ist denn das?“, flüsterte sie atemlos und mit rauer Stimme.

„Unsere Verkleidung.“

Aus dem Jutesack holte Jenny einige ganz seltsam aussehende Kleidungsstücke hervor.

„Diese Kleidungsstücke schützen uns bestimmt nicht davor, von Mrs. Parker erkannt zu werden“, meinte Virginia bestimmt.

„Wir werden ihr den Rücken zukehren“, erwiderte Jenny.

„Und wozu brauchen wir dann überhaupt diese dummen Sachen? Sie weiß doch nicht ...“

Aber Jenny schlüpfte bereits in ein rotes Hemd und einen Männeroverall. „Pass auf, der Plan ist folgender.“ Sie deutete auf ein zerknittertes Kleid, das auf dem Boden lag. „Du ziehst das hier an und setzt diesen Hut auf, damit dein Gesicht nicht zu sehen ist. Ich bin etwas größer als du. Ich werde den Mann spielen.“

„Welchen Mann?“, fragte Virginia verwirrt.

„Den Mann, den du hier treffen willst, du Dummchen. Deinen Liebhaber.“

Virginia starrte sie verständnislos an. „Ich bin doch nicht gekommen, um mich mit einem Liebhaber zu treffen.“

„Sei doch nicht so begriffsstutzig“, schimpfte Jenny. „Wir *tun* doch nur so. Die alte Parker wird sich sonstwas denken. Das gehört doch zu dem Streich. Sie wird unbedingt versuchen herauszufinden, wer sich da in ihrem Wäldchen trifft.“

„Warum sollte sie das interessieren?“, fragte Virginia. Der Sinn dieser ganzen Sache war ihr ein Rätsel. Sie konnte Jennys Gedankengängen überhaupt nicht folgen.

„Weil sie schrecklich neugierig ist, darum. Sie denkt, sie müsste alles wissen. Verstehst du denn nicht? Sie wird beinahe verrückt werden bei ihrem Versuch, es herauszufinden.“

Virginia schüttelte den Kopf. Sie begriff es noch immer nicht.

„Zieh das an“, forderte Jenny sie ungeduldig auf. „Wir haben nicht den ganzen Tag Zeit.“

Gehorsam hob Virginia das Kleid auf und betrachtete es, um herauszufinden, wie herum sie es anziehen musste. Es war ganz zerknittert und zerdrückt. Ein scheußliches Stück. Sie zog es sich über den Kopf und zupfte es zurecht. Als sie den Kopf hob, bemerkte sie, dass Jenny bereits ihr Hemd und den Overall trug und sich gerade damit abmühte, ihre rote Haarpracht unter dem abgetragenen braunen Hut zu verstauen. Trotz ihrer Verwirrung konnte Virginia ein Lachen nicht unterdrücken. Jenny warf einen Blick auf Virginia und brach dann ebenfalls in Gelächter aus. Sie waren schon ein schöner Anblick! Zumindest dieser Teil des Planes machte Spaß.

„Pass auf, das ist der Plan“, sagte Jenny, als sie sich wieder gefasst hatten. „Du gehst zuerst. Bei den Pappeln bleibst du mit dem Rücken zum Haus stehen. Lauf unruhig hin und her, als würdest du auf jemanden warten. Aber sieh immer in Richtung der Bäume. Nach einer Weile werde ich herauskommen und du gehst auf mich zu. Verstanden?“

Virginia nickte. Das klang nicht sehr kompliziert.

„Hier ... hier ist dein Hut“, rief Jenny schnell, als Virginia sich zum Gehen wandte. „Du darfst nicht vergessen, ihn aufzusetzen. Du willst doch, dass dein Gesicht versteckt ist, und zwar die ganze Zeit. Sie darf nicht sehen, wer du bist. Das ist ganz wichtig.“

Virginia nickte. Vielleicht wurde das Ganze ja doch ein Mordsspaß. Sie setzte sich erneut in Bewegung. Ihr weiter Rock war viel zu lang und bauschte sich um ihre Fußgelenke. Mehr als einmal stolperte sie darüber. Sie musste den Rock mit beiden Händen hochhalten.

Als sie den Rand des Wäldchens erreicht hatte, achtete sie darauf, dass sie mit dem Rücken zum Haus der Parkers stand. Sie hielt den Kopf abgewandt, stellte sich in die Nähe eines Baumes und ließ ihre Röcke sinken. Für einen Frühlingstag war es schon recht warm und sie begann unter ihren vielen Kleidungsstücken zu schwitzen. Dann fiel ihr ein, dass sie ja ungeduldig herumlaufen sollte. Sie ging auf und ab und tat so, als würde sie in die undurchdringlichen Tiefen des Pappelwäldchens spähen. Zwei Pferde, die am anderen Ende der Koppel grasten, hoben den Kopf und starrten sie neugierig an. Eines schüttelte den Kopf, dann wandte es sich wieder dem grünen Gras zu.

Vor und zurück, vor und zurück lief Virginia. Sie wurde des Spielchens langsam überdrüssig. Warum kam Jenny nur nicht? Worauf wartete sie noch? Bestimmt hatte Mrs. Parker mittlerweile ihr Fernglas hervorgeholt, falls sie tatsächlich eines besaß, und es auf das Wäldchen gerichtet.

Während Virginia ungeduldig wartete, wurde ihr immer wärmer. Ihr Gesicht unter dem breitkrempigen Hut rötete sich. Ihre Schultern wurden von dem schweren Kleiderstoff heruntergedrückt. Ihre Nase begann zu jucken. Wo blieb Jenny nur?

Und dann ertönte ein Rascheln aus dem Wald und Jennys brauner Hut tauchte auf. Sie sah sich vorsichtig um. Ganz langsam kam sie näher, wobei sie kleine imaginäre Büsche beiseite schob. Virginia war so damit beschäftigt, ihr seltsames Verhalten zu beobachten, dass sie vollkommen vergaß, ihr entgegenzueilen.

„Los, lauf!“, zischte Jenny plötzlich.

Virginia raffte ihre Röcke, weil sie befürchtete, von einem

wilden Tier angegriffen oder von den Pferden der Parkers über den Haufen gerannt zu werden.

„Nein", schrie Jenny. „Zu mir."

Da fiel es Virginia wieder ein und sie änderte ihre Richtung. Mit ausgestreckten Armen lief sie auf Jenny zu. Das war beinahe ihr Verderben, denn sie hatte kaum zwei Schritte gemacht, als sie über den Saum ihres Rockes stolperte. Schnell riss sie den Rock hoch, in dem sich ihr Fuß verfangen hatte, und leider hörte sie, wie der Stoff riss. Sie schaffte es, nicht zu Boden zu gehen, taumelte allerdings einige Schritte vorwärts, bevor sie endlich ihr Gleichgewicht wiedergefunden hatte. Virginia prallte mit solcher Wucht gegen Jenny, dass beide beinahe gestürzt wären. Es kostete sie einige Mühe, sich auf den Beinen zu halten, doch endlich gelang es ihnen beiden, sich wieder aufzurichten.

Virginia spürte, wie Jennys Arme sich um sie legten und sie näher an sich heranzogen. „Küss mich", zischte sie Virginia ins Ohr.

Automatisch fuhr Virginia zurück, doch Jennys Umklammerung verstärkte sich. „Küss mich", zischte Jenny erneut.

„Aber –?"

„Tu es einfach. Hast du denn noch niemanden geküsst?"

Natürlich hatte sie das schon. Jeden Abend machte sie ihre Runde und gab ihren Eltern einen Gutenachtkuss. Aber das ... das hier ... war so blöd.

„Küss mich", befahl Jenny zum dritten Mal.

Virginia beugte sich vor und gab Jenny einen schnellen Kuss auf die Wange.

„Nicht so. So küssen sich keine Liebenden", explodierte Jenny verächtlich.

Aber Virginia löste sich aus Jennys Umarmung. „Woher soll ich wissen, wie sich Liebende küssen?", gab sie zurück. Jetzt war sie richtig sauer.

Jenny ließ eine Kanonade von Schimpfwörtern los. „Ich dachte, deine Schwester hätte einen Freund."

„Ja, und?"

„Du hast nie gesehen, wie sie sich küssen?"

Virginia errötete. Sie hatte tatsächlich schon gesehen, wie Troy Clara geküsst hatte. Einmal, als sie an einem Ort gewesen war, wo sie nichts zu suchen hatte. Sie hatte ihnen nachspioniert. Heimlich und unerlaubt. Wenn ihre Mama das erfahren hätte, oder falls Clara es herausgefunden hätte, dann hätte sie bestimmt Ärger bekommen. Aber auf keinen Fall würde sie Jenny so küssen, wie Troy Clara geküsst hatte. Niemals.

„Küss mich", forderte Jenny erneut. „Mrs. Parker wird nie glauben, dass wir ein Liebespaar sind, wenn wir uns nicht küssen."

„Aber wir sind doch kein Liebespaar", beharrte Virginia und stieß Jenny erneut zurück.

„Aber wir tun doch so."

„Ich kann nicht einfach so tun."

„Du bist wirklich ein Stockfisch", rief Jenny angewidert. „Wenn du deine Rolle nicht spielen willst, wieso bist du denn dann überhaupt mitgekommen?"

„Du hast mich nie darüber aufgeklärt, was meine Rolle sein würde, weißt du nicht mehr?", gab Virginia aufgebracht zurück.

„Ich habe dir gesagt, wir würden ein Liebespaar spielen. Was denkst du denn, was die tun?"

Virginia wich noch weiter zurück. Dabei verfingen sich ihre Füße erneut in dem Saum ihrer Röcke und dieses Mal konnte sie ihr Gleichgewicht nicht halten. Wild nach einem Halt fuchtelnd schlug sie Jenny den Hut vom Kopf. Ihre roten Haare quollen hervor.

Virginia keuchte, dann suchte sie verzweifelt nach ihrem breitkrempigen Hut, der ihr beim Sturz vom Kopf gefallen war. Beide hatten nun vor dem Fernglas von Mrs. Parker ihre Verkleidung verloren. Was um alles in der Welt würde nun in der Stadt herumerzählt werden? Sie konnte nur Vermutungen anstellen. Was würden ihre Eltern zu ihrer Eskapade sagen? Und die Leute in der Gemeinde? Der Pastor? Virginia spürte, wie ihr das Blut in die Wangen stieg. Die ganze Stadt würde sie auslachen. Warum hatte sie sich von Jenny nur zu einem so lächerlichen Schauspiel überreden lassen?

Ärgerlich rappelte sie sich hoch und zog sich in den Schutz

der Bäume zurück. Mit einem giftigen Blick zurück raffte sie die Überreste der eingerissenen Röcke.

Sehr zu ihrem Erstaunen kam Jenny ihr nicht nach. Sie hob nicht einmal den heruntergefallenen Hut auf. Im Gegenteil, sie blieb einfach stehen, wo sie stand, ohne Deckung und blickte zum Hof der Parkers. Sie hüpfte von einem Bein auf das andere, mit fliegender Mähne, die Hände neben die Ohren gelegt und schnitt die schrecklichsten Grimassen. Virginia hörte sogar ihr kleines Lied: „Ätsch, ätsch, ätsch, ätsch."

Virginia zog scharf die Luft ein. *Ein harmloser Spaß*. Ganz bestimmt würden sie großen Ärger bekommen. Ohne auch nur nachzudenken, richtete sie sich zu ihrer vollen Größe auf und schrie, so laut sie konnte: „Jenny Woods, hör sofort damit auf und komm herüber."

Jenny hörte tatsächlich auf, wirbelte herum und sah sie fassungslos an.

Aber Virginia war noch nicht fertig. „Komm hierher", rief sie mit einer wütenden Handbewegung. „Du benimmst dich wie eine Schwachsinnige und wirst uns beide noch in große Schwierigkeiten bringen."

Jenny funkelte sie zornig an, warf ihr rotes Haar zurück und wandte sich wieder dem Haus der Parkers zu. Erneut setzte sie zu ihrem verrückten Tanz mit den Grimassen an und sang wieder „ätsch, ätsch, ätsch" dazu.

„Wie du willst, Jenny", rief Virginia zornig. „Ich werde kein Wort mehr mit dir reden."

Sie drehte sich um und setzte sich in Bewegung, wobei sie verzweifelt versuchte, sich das alte Kleid über den Kopf zu ziehen. Das war keine leichte Aufgabe, aber endlich schaffte sie es, sich davon zu befreien und es beiseite zu werfen.

„Du hast Recht", ertönte Jennys zornige Stimme hinter ihr. „Du wirst nicht mehr mit mir reden, weil ich dich nicht mehr in meine Nähe kommen lassen werde. Niemals wieder. Hast du mich verstanden, Virginia?"

Trotz ihrer Wut oder vielleicht gerade deswegen konnte Virginia ihre Tränen nicht mehr zurückhalten. Das war alles so dumm. So ungerecht. Warum dachte sich Jenny nur immer solche blöden Sachen aus? Jetzt würden sie keine Freundinnen mehr sein. Sie hatte sich jede Möglichkeit einer Versöhnung genommen und außerdem würde sie auch noch zum Opfer von Mrs. Parkers geschwätziger Zunge werden. Es war alles so schrecklich ungerecht. Und demütigend.

*

Am Ende jedes darauf folgenden Tages seufzte Virginia beim Zubettgehen erleichtert auf. Sie trauerte noch immer um ihre Freundschaft mit Jenny. Sie vermisste es, zu der kleinen Clique zu gehören. Aber bisher war noch kein Wort über den Zwischenfall unten auf der Weide der Parkers verlautet. Vielleicht saß Mrs. Parker doch nicht die ganze Zeit mit ihrem Fernglas am Fenster. Vielleicht besaß sie nicht einmal ein Fernglas.

Kapitel 7

Seit vier Tagen regnete es nun schon. Virginia zog den Kopf ein und warf sich dem Wind und dem peitschenden Regen entgegen. Sie hasste solches Wetter. Es versetzte sie immer in ganz üble Laune. Sie wünschte, sie müsste nicht zur Schule gehen. Tropfnass und mit angeklatschten Haaren kam sie in der Schule an. Es tröstete sie auch nicht, dass alle anderen in demselben Zustand waren. Sie hasste es.

Viele ihrer Mitschüler schienen ihre Gefühle zu teilen. Die Flure der kleinen Schule hallten wider von missmutigen Bemerkungen. Die Schüler beschimpften sich gegenseitig, weil sie mit ihren tropfenden Mänteln die Bücher nass machten, weil ihre Gummistiefel im Weg standen, weil ihre nassen Mäntel muffig rochen und Regenschirme aufrecht hingestellt wurden, wo sie doch eigentlich hätten gelegt werden sollen.

Ein Gutes hatte der Regen jedoch, fand Virginia. Als sie in den Pausen und über Mittag in ihrem Klassenzimmer saßen, begann Jenny wieder mit ihr zu sprechen. Zuerst waren es nur kleine, schnippische Kommentare. Bemerkungen, die nicht mehr ganz so scharf waren wie in der Vergangenheit. Dann weiteten sie sich sogar zu kleinen Gesprächen aus, die schließlich dazu führten, dass Virginia wieder in die Clique eingeladen wurde.

Virginia war sehr erleichtert. Es war ihr so wichtig, zu der Gruppe zu gehören, akzeptiert zu sein. Ihre Welt hellte sich trotz des andauernden Regens auf. Und als die Wolken schließlich vollends im Osten verschwanden und die Sonne wieder hervorkam, hatte sich Virginias Laune zusehends gebessert. Die Welt war gar nicht mehr so trübe.

Fröhlich kam sie an diesem Donnerstagnachmittag aus der Schule nach Hause. Mr. Adamson arbeitete wie gewöhnlich draußen in seinem Garten. Jetzt waren seine Hosenbeine nicht nur schmutzig sondern auch noch völlig durchweicht. Virginia war klar, dass es viel zu nass war für die Gartenarbeit, aber offensichtlich hielt es der alte Mann keine Minute länger mehr im Haus aus.

„Es ist ein wenig nass, nicht wahr?“, fragte sie und betrachtete seine durchweichten Sachen.

„Von den Bäumen tropft es etwas“, erwiderte er.

„Ihre Knie sind ganz nass.“

„Die trocknen wieder.“

„Aber was ist mit Ihrem Hexenschuss?“

Er zuckte die Achseln. Diese kleine Geste zeigte ihr, dass er dieser Angelegenheit wenig Beachtung schenkte. „Der Regen hat den Blumen arg zugesetzt. Habe den ganzen Tag damit zugebracht, sie hochzubinden. Martha wäre entsetzt, sie in diesem Zustand zu sehen.“

Virginias Blick wanderte erneut zu seiner nassen Hose. Sie stellte sich vor, dass seine Martha auch über seinen Zustand entsetzt sein würde, aber das behielt sie lieber für sich.

„Sie werden sich wieder erholen“, meinte sie stattdessen. „Pflanzen sind zäh.“

Der alte Mann nickte. „Du scheinst heute etwas fröhlicher zu sein“, bemerkte er. „In letzter Zeit bist du immer mit hängendem Kopf hier vorbeigegangen. Dein Gesicht war so lang, dass es beinahe über den Boden geschleift ist.“

Virginia lächelte peinlich berührt.

„Hat die Wetteränderung diesen Stimmungsumschwung bewirkt?“

Virginia nickte. Aber das war nicht die ganze Wahrheit. Sie hatte ihre Freundin wieder. Ruthie war an die Seite geschoben worden und sie, Virginia war wieder eingesetzt. „Jenny und ich – wir sind wieder gute Freundinnen“, gestand sie dem alten Mann.

„Jenny? Das freche Ding mit den karottenroten Haaren?“

Oh, dachte Virginia, *diese Bemerkung würde Jenny überhaupt nicht gefallen.* Aber sie nickte. Mr. Adamson meinte das richtige Mädchen.

Er blickte sie etwas verwirrt an. „Das habe ich nie verstanden“, fuhr er fort. „Ihr zwei seid doch so unterschiedlich wie Tag und Nacht. Wie kommt es, dass ihr Freundinnen seid?“

Das war eine komische Frage. Eine Frage, die Virginia nicht beantworten konnte. Sie hatte noch nie darüber nachgedacht. Jenny war eben ... eben Jenny. Voller Leben, voller Ideen. Eine geborene Anführerin. Alle wären glücklich gewesen, Jennys beste Freundin zu sein. Die Tatsache, dass Jenny Virginia erwählt hatte, war ... war ein kleines Wunder. Sie war sicher, dass jedes Mädchen in ihrer Klasse sie darum beneidete.

Aber von einem alten Mann wie Mr. Adamson konnte man nicht erwarten, dass er das verstand.

„Wir mögen uns eben“, erwiderte sie mit einem Achselzucken.

Er nickte, schien aber nicht zufrieden. „Dann habt ihr euch also wieder versöhnt?“, meinte er schließlich. Virginia spürte, dass er sich durchaus nicht darüber freute. „Na ja, am besten gehst du jetzt schnell nach Hause und ich wende mich wieder meiner Gartenarbeit zu. Sag deiner Mama vielen Dank für die leckeren Ingwerplätzchen.“

„Vermutlich hat Clara sie gebacken“, erklärte Virginia. Der Tag war ihr ein wenig verdorben. Die Sonne schien nicht mehr ganz so hell. *Clara die Gute.* Die Langweilige. Die Verlässliche. Mamas *besondere Helferin.*

„Eine gute Köchin, diese Clara“, meinte der alte Mann. „Wird mal eine gute Ehefrau.“

Ja, dachte Virginia, *und je eher, desto besser!*

„Also los, fort mit dir. Ich muss noch ein paar Pflanzen hochbinden.“

Virginia nickte. „Auf Wiedersehen, Mr. Adamson“, sagte sie höflich, als sie sich wieder in Bewegung setzte.

Sie sah über die Schulter zurück. Der alte Mann stand noch immer kopfschüttelnd an seinem Platz. Sie war nicht sicher, ob sein Gesichtsausdruck auf ihr Gespräch zurückzuführen war oder ob er über den Schaden nachdachte, den der Regen in seinen Blumenbeeten angerichtet hatte.

*

Am Freitagmorgen schien die Sonne wieder strahlend vom Himmel. Es tat so gut, keine Jacke anzuziehen und sich auf den Schulweg zu machen, ohne sich um Wind und Regen kümmern zu müssen. Virginia erlaubte Francine sogar, sie ein Stück zu begleiten. Sie war sicher, dass nichts ihre gute Laune würde trüben können. Doch als sie sich der Schule näherte und Francine vorlief, um sich mit einigen ihrer Klassenkameraden zu treffen, tauchte auf einmal wie aus dem Nichts Ruth auf. Sie gesellte sich zu Virginia, ohne auf eine Aufforderung zu warten.

„Kommst du auch?“, fragte sie ohne Vorrede.

Virginias Kopf fuhr hoch. In ihrem Blick lag Verwirrung. Ruth schien das großen Spaß zu machen. „Wohin?“

„Hat Jenny dich etwa noch nicht gefragt?“, fuhr Ruth unschuldig fort.

Virginia starrte sie an.

„*Mich* hat sie schon gefragt.“

Sie sagte das so anmaßend, dass die Wut in Virginia hochstieg und ihre Wangen zu glühen begannen. „Sie wird mir schon noch Bescheid sagen“, gab sie scharf zurück. „Wir haben uns halt noch nicht gesehen.“

Ruth lächelte sie verschmitzt an. Virginia wusste, dass sie ihr Geheimnis nicht für sich behalten würde. „Vielleicht aber auch nicht. Du hast ja schon so oft abgelehnt. Wir gehen nach der Schule zum Fluss. Sam sagt, durch den Regen ist er zu einem reißenden Strom geworden. Perfekt zum Floß fahren – und andere Sachen.“

Virginia war nicht sicher, was das „andere“ sein sollte, aber plötzlich hatte sie ein unangenehmes Gefühl in der Magengrube. Alle würden wieder zum Fluss gehen. Gerade erst war sie wieder in die Clique aufgenommen worden und schon würde sie erneut Nein sagen müssen.

Die Versuchung, nach Hause zu laufen und eine Krankheit vorzutäuschen, wenn ihre Mutter sie fragte, was los sei, war so groß, dass sie ihr kaum widerstehen konnte. Aber ihre Mutter war Krankenschwester. Sie erkannte die Anzeichen einer richtigen Krankheit. Außerdem würde sie darauf bestehen, dass Onkel Larry nach ihr sah. Er würde sie sofort entlarven. Nein, das konnte sie nicht riskieren. Sie würde in die Schule gehen müssen.

Ruthie hatte erneut das Wort ergriffen. „... und Georgie weiß, wo wir ein Floß auftreiben können. Mr. Taggart bewahrt eins unten bei der Brücke auf. Er benutzt das für –“

„Das könnt ihr doch nicht machen“, rief Virginia schockiert darüber, dass so etwas überhaupt in Betracht gezogen wurde. Sie blieb abrupt stehen und starrte das Mädchen vor sich an.

„Was meinst du denn?“

„Ihr könnt doch nicht einfach etwas nehmen, das euch gar nicht gehört –“

„Junge, bist du aber komisch!“ Ruth sprach noch verächtlicher mit ihr als Jenny. „Wir wollen es uns doch nur ausleihen. Nicht stehlen.“

„Aber ihr –“

„Wir bringen es ja zurück, okay?“

„Ich finde trotzdem –“

Ruth blickte sie ungeduldig an. „Kein Wunder, dass Jenny dich nicht gefragt hat. Vermutlich will sie dich gar nicht dabei haben. Mein Güte! Was bist du für eine Langweilerin.“

Virginia schluckte. War es das, was Jenny von ihr dachte? Bestand tatsächlich die Gefahr, dass sie nicht einmal gefragt werden würde?

Wut stieg wieder in ihr hoch. Zorn über Ruth, die es wieder einmal geschafft hatte, Zweifel in ihr aufkommen zu lassen. Ärger darüber, dass Jenny sie vielleicht nicht dabei haben wollte. Und unterschwellig auch Zorn auf ihre Eltern, weil bei ihr zu Hause so strenge Regeln herrschten.

Sie stürmte an Ruth vorbei und lief die Treppen zum Schulhaus hoch. Keinesfalls wollte sie dieses Gespräch fortsetzen.

Als Jenny ins Klassenzimmer kam, saß Virginia bereits an ihrem Tisch und beachtete sie nicht. Waren sie noch Freundinnen oder hatte Ruth es wieder einmal geschafft, sie auseinander zu bringen?

Aber sobald die ersten Übungen gemacht, die Aufgaben verteilt waren und Miss Crook sich an ihrem Pult über ihre Korrekturarbeiten beugte, spürte sie ein Zupfen an ihrem Ärmel. Der Radiergummi wurde wieder „ausgeliehen". Verlegen nahm sie ihn entgegen. Der kleine Zettel darunter verbrannte ihr beinahe die Finger und ihre Besorgnis wuchs ins Unermessliche.

Sie legte den Radiergummi auf ihren Tisch und steckte den Zettel unter ihr Buch. Nervös warf sie Jenny einen kurzen Blick zu. Das Mädchen nickte ihr zu und lächelte wissend.

Virginia sah zur Lehrerin hin. Miss Crook war noch immer mit ihren Korrekturen beschäftigt. Virginia holte den Zettel unter ihrem Buch hervor und strich ihn glatt.

„Nach der Schule. Am Fluss. Kommst du?"

Virginia neigte den Kopf. Am liebsten hätte sie die Augen geschlossen und die Worte gar nicht wahrgenommen. Ihre Gedanken wanderten zurück zu dem Gespräch am Abendbrottisch einige Wochen zuvor. Der Fluss war damals schon gefährlich gewesen und nach dem schweren Frühlingsregen war er angestiegen und noch reißender. Es war nicht nur ein Akt des Ungehorsams, sondern man lief Gefahr, sich zu verletzen – oder Schlimmeres. Aber wenn sie nicht mitging, wenn sie den Test jetzt nicht bestand, dann würde sie nie mehr aufgefordert werden, etwas mit Jennys Clique zu unternehmen, das wusste sie.

Ihr wurde schwindelig angesichts der Bedeutung ihrer Entscheidung. Was sollte sie tun? Was konnte sie tun? Schließlich nahm sie ihren Stift zur Hand, drehte den kleinen Zettel um und mit eigensinniger Entschlossenheit schrieb sie nur ein Wort darauf, steckte den Zettel wieder unter den Radiergummi und reichte ihn zurück. Sie wollte Jennys Blick nicht begegnen. Sie konnte ihrem Blick nicht begegnen, aber sie hörte das leise Rascheln des Papiers, als Jenny den Zettel auffaltete, einen leisen Seufzer ausstieß und leise „gut" vor sich hinflüsterte.

*

Sie ging gar nicht erst nach Hause, um ihre Mutter um Erlaubnis zu bitten. Sie wusste, dass sie diese Erlaubnis nie erhalten würde. Stattdessen schlich sie sich wie ein Verbrecher auf der Flucht auf Schleichwegen aus dem Ort.

In gewisser Weise war es aufregend, aber ihr Herz klopfte auch vor Gewissensbissen. Sie würde Ärger bekommen. Richtigen Ärger, wenn herauskam, was sie tat. Und es *würde* herauskommen, daran zweifelte sie nicht.

Sie waren übereingekommen, sich bei der kleinen Baumgruppe unten am Fluss in der Nähe der Brücke zu treffen. Sobald Virginia die letzten Häuser der Stadt hinter sich gelassen hatte, marschierte sie geradewegs zu diesem Treffpunkt. Zwei Jungen waren bereits da.

„Junge, das musst du dir ansehen", rief Sam. „Ein tosender Fluss!"

Vor Aufregung kippte seine Stimme um. Virginia erschauderte. In der Ferne konnte sie das Rauschen des Wassers hören und sie wusste, dass die Jungen Recht hatten.

„Georgie holt gerade das Floß", flüsterte Freddie verschwörerisch. Er trat dicht an Virginia heran.

Unwillkürlich wich Virginia einen Schritt zurück. Sie wollte nicht, dass Freddies Arm sie berührte. „Wo ist Jenny?", fragte sie. Ihre Stimme klang dünn.

„Sie wird gleich kommen. Sie musste noch was holen."

„Was denn?"

„Keine Ahnung. Hat sie nicht gesagt."

Nervös blickte Virginia zum Himmel hoch. Die Sonne wanderte langsam zum Westen. Jede Minute, die verging, würde ihr mehr Ärger einbringen. Sie hoffte nur, dass Jenny sich beeilte und sie alles schnell hinter sich bringen konnten.

„Da kommt Georgie", rief Freddie und lief dem Freund entgegen. Keuchend vor Anstrengung zog er ein Floß hinter sich her.

„Warum hast du es nicht in den Fluss geschoben?", schimpfte Sam. „Es war doch dumm, es zu ziehen."

„Wenn es erst mal im Wasser ist, wird es nicht mehr aufzuhalten sein, darum", keuchte Georgie.

Seine Worte ließen Virginia noch ängstlicher werden, aber Freddie schien ihre Besorgnis nicht zu teilen. Aufgeregt rieb er sich die Hände. Seine Augen funkelten vor Vorfreude. „Mensch“, rief er. „Das wird ein Spaß werden.“

Noch immer war Jenny nicht aufgetaucht. Die Jungen waren kaum noch zu halten. Sie konnten es nicht erwarten, das Floß ins Wasser zu lassen. Aber sie wussten auch, dass sie auf ihre Anführerin warten mussten. Niemals würde Jenny ihnen vergeben, wenn sie ohne sie anfangen würden.

Ungeduldig lief Virginia hin und her und betrachtete die länger werdenden Schatten. Sie wollte gerade sagen, dass es ihr zu lange dauerte, als Jenny und Ruth auftauchten. Sie waren außer Atem, ihre Gesichter gerötet vom Laufen und von der Aufregung. Jenny hielt ihren Ärmel hoch und schüttelte den Inhalt heraus. Fünf Lakritzstangen und mehrere Pfefferminzbonbons fielen heraus.

„Ich wollte eigentlich sechs, konnte aber nur fünf bekommen“, erklärte sie und verteilte die Lakritzstangen. „Wir werden teilen müssen.“

Virginia riss die Augen auf. „Woher hast du denn das Geld dazu?“

Jenny warf Georgie einen Blick zu und die Beiden brachen in schallendes Gelächter aus. Die anderen fielen ein. Virginia runzelte die Stirn. Sie wusste nicht, was daran so komisch war. Sie wandte den anderen den Rücken zu. „Kommt schon, lasst uns dieses Ding ins Wasser bringen. Ich muss nach Hause.“

Jenny packte sie ärgerlich am Ärmel. „Einen Augenblick mal, Fräulein Zimperlich“, zischte sie. „Wer hat hier das Sagen?“

Sie starrten sich an. Jennys grüne Augen funkelten, Virginia war verwirrt, aber wütend.

„Du“, gestand sie schließlich widerstrebend.

„Dann erteile ich auch die Befehle. Verstanden?“

Virginia konnte nur stumm nicken, aber sie war noch immer aufgebracht genug, um eine weitere Herausforderung zu riskieren. „Ich wollte nur, dass wir uns ein wenig beeilen.“

„*Ich* entscheide, ob wir in Eile sind oder nicht“, erwiderte

Jenny und warf den Kopf zurück. „Und zufälligerweise bin *ich* nicht in Eile."

Das war zu viel. Virginia starrte sie kalt an. „Du hast gut reden", schleuderte sie ihr entgegen. „Aber ich muss nach Hause."

„Sie muss nach Hause", hänselte Jenny, an die anderen gewandt. „Das kleine Fräulein Hosenscheißer muss nach Hause zu ihrer Mama."

Alle brachen in lautes Lachen aus. Das wurde von ihnen erwartet.

Virginias Ärger kochte über. Tränen traten ihr in die Augen. „Du weißt doch gar nicht, wie das ist", schleuderte sie dem anderen Mädchen entgegen. „Du hast keine Mama, die dir sagt, was du zu tun hast. Du weißt nicht, wie viel Glück –" Dann brach sie ab. Mit einem Schlag wurde ihr klar, was für einen Blödsinn sie da redete.

Sie drehte sich auf dem Absatz herum und floh in das Wäldchen. Sie gehörte nicht dazu. Das wusste sie. Das war nicht ihre Clique. Das „ausgeliehene" Floß. Das Ignorieren von Anweisungen. Die Herausforderung des gefährlich angeschwollenen Flusses. Sie gehörte nicht hierher. Sie würde nach Hause gehen.

Plötzlich wurde ihr bewusst, dass sie noch immer die Lakritzstange in der Hand hielt. Sie sah darauf hinunter und ganz plötzlich verstand sie, warum die anderen gelacht hatten. Die Lakritzstange war natürlich gestohlen. Allein der Gedanke ließ sie entsetzt zusammenfahren. Sie hatte noch nie etwas gestohlen. Niemals.

Sie wirbelte herum und warf die Lakritzstange in Richtung der anderen, die zusammenstanden und ihr nachsahen. Sie fiel ins Gras, kurz vor dem beabsichtigten Ziel, aber sie wartete nicht ab, ob sie wohl aufgehoben wurde. Schnell raffte sie ihre Röcke, wirbelte herum und rannte nach Hause.

„Das wirst du noch bereuen, Virginia ...", hörte sie Jennys zornigen Ausruf, aber sie lief immer weiter.

Kapitel 8

Auf dem Heimweg überlegte sich Virginia, wie sie unbemerkt ins Haus schlüpfen könnte. Wie sehnte sie sich nach der Abgeschiedenheit ihres Zimmers! Sie fühlte sich ganz krank. Sie war wieder ungehorsam gewesen; eine Strafe erwartete sie. Aber es war nicht der Gedanke an die Strafe, der sie am meisten beunruhigte.

Sie war verwirrt. Auf der einen Seite hasste sie es, wieder ausgeschlossen zu sein. Auf der anderen Seite war sie erleichtert, endlich den Druck los zu sein, Jenny immer gefallen zu wollen. Sie gehörten nicht zusammen. Das wusste sie jetzt. Sie waren zu verschieden in ihrer Art, die Dinge zu sehen. Jenny glaubte ja nicht einmal an Gott. Und obwohl es Zeiten gegeben hatte, wo Virginia wünschte, sie könnte Gottes Gegenwart aus ihrem Leben verbannen, wusste sie doch tief in ihrem Innern, dass sie das einfach nicht konnte. Ob sie es nun wollte oder nicht, er existierte. Und deshalb war sie ihm verantwortlich – wie, das hatte sie selbst noch nicht ganz herausgefunden. Es war ein beängstigender Gedanke, der sie oft beschäftigte.

Aber Virginias Gedanken wandten sich jetzt anderen Dingen zu, während sie nach Hause eilte. Greifbaren Dingen. Sichtbaren Dingen. Zum Beispiel den ärgerlichen Augen ihrer Mutter. Der strengen Stimme ihres Vaters. Claras schockiertem Ausdruck und Francines furchtsamem Gesicht. Und ihre Brüder würden ebenfalls mitreden. Alles würde wieder von vorn beginnen. Und das Schlimmste war, dass es rein gar nichts gebracht hatte. Jenny war noch aufgebrachter als vorher und Virginia würde niemals wieder zu der Clique gehören.

Die Küchentür stand auf. Nur die Fliegengittertür war geschlossen. Virginia zögerte einen Augenblick. Ihre Hand lag auf dem Türknauf. Sie konnte Stimmen im Innern des Hauses hören. Sie wollte die Küche nicht betreten, wollte sich dem nicht stellen, was auf sie wartete.

„Soll ich sie suchen gehen?“, hörte sie Clara fragen.

Ihre Mutter antwortete mit gepresster Stimme: „Wo willst du denn suchen?“

„Das weiß ich auch nicht. Ich könnte es in der Milchbar versuchen.“

„Ich glaube nicht, dass du sie dort findest. Nicht einmal ein Teenager könnte einen Eisbecher so lange hinauszögern. So spät ist sie noch nie nach Hause gekommen.“

Virginia wand sich nervös. Da standen sie und machten sich Sorgen um sie. Sie würde sich geradewegs in die Höhle des Löwen begeben müssen. Sie konnte nichts vortäuschen. Wenn sie wenigstens hinten im Wohnzimmer wären oder im Garten...

„Meinst du, ich sollte Papa holen?“

Es herrschte einen Augenblick Stille. Virginia konnte sich vorstellen, wie der Blick ihrer Mutter zur Küchenuhr mit dem blauen Rand wanderte. „Er wird gleich nach Hause kommen. Es ist schon spät.“

„Sie kommt bestimmt gleich, Mama“, meinte Clara beruhigend. „Mädchen in dem Alter fällt es schwer, ihre Freundinnen zu verlassen. Sie haben immer den Eindruck, als hätten die anderen viel mehr Spaß als sie.“

„Oh Clara. Ich mache mir solche Sorgen um sie. Ich bin nicht sicher, dass ihre Freundschaften ... dass sie klug gewählt hat. Ich hoffe und bete ... ich möchte nicht, dass ihr etwas passiert.“

„Sie ist doch noch ein Kind, Mama. Sie wird sich schon wieder fangen.“

„Aber du hast nie –“

Clara lachte. „Natürlich habe ich. Ich habe genauso um Anerkennung gebuhlt wie Virginia. Ich war nur nicht mutig genug, es so offen zu zeigen.“

„Du?“

„Natürlich. Ich denke, das ist bei allen Teenagern so. Einige ... einige nehmen es nur ernster als andere.“

„Aber ich kann mich nicht erinnern, dass du dich bewusst unseren Regeln widersetzt hättest. Ich mache mir wirklich Sorgen um Virginia. Ich weiß nicht mehr, was ich noch machen soll. Wir haben gebetet. Wir haben argumentiert. Wir haben gestraft. Wir haben ... ich werde mit Großmama sprechen müssen. Vielleicht hat sie eine Idee."

Virginia hielt es nicht mehr länger aus. Schnell trat sie vor und riss die Fliegengittertür auf. Mit entschlossen vorgeschobenem Kinn trat sie ein. Wenn sie sie bestrafen wollten, nun gut – da war sie.

Beim Knallen der Fliegengittertür wirbelte ihre Mutter herum. Ihre erste Reaktion war tiefste Erleichterung. Sie rührte sich und Virginia fragte sich, ob ihre Mutter wohl zu ihr eilen und ihr abgeirrtes Kind in die Arme nehmen würde. Aber dann verwandelte sich ihre Freude in Frustration.

„Zieh dich um, Virginia, und wasch dich. Das Abendessen wird in wenigen Minuten auf dem Tisch stehen. Über deine Verspätung werden wir nach dem Abendessen sprechen."

Virginia drehte sich um. Sie würden es nicht einfach hinter sich bringen. Sie musste warten und sich elend fühlen. Plötzlich hatte sie keinen Appetit mehr auf Abendessen.

„Ich habe keinen Hunger", rief sie über die Schulter zurück, als sie den Raum verließ.

„Du wirst dich mit uns an den Tisch setzen", antwortete ihre Mutter fest. „Auch wenn du nichts essen möchtest."

Das hatte also auch nicht funktioniert. Wieder stieg die Wut in ihr hoch. Dann hätte sie ja ebenso gut mit ihren Freunden am Fluss bleiben und sich amüsieren können. Sie würde sowieso dafür bezahlen müssen, als hätte sie es getan.

Sie zog sich um und wusch sich, wie ihr aufgetragen worden war, aber erst als ihr Vater sie rief, verließ sie ihr Zimmer. Beim Klang seiner Stimme schleppte sie sich gehorsam an den großen Küchentisch. Es war nicht ratsam, ihren Vater zweimal rufen zu lassen.

Sie schlüpfte an ihren Platz und senkte den Kopf. Keinesfalls wollte sie eines der anderen Familienmitglieder ansehen. Sie brauchte nicht den Kopf zu heben, um festzustellen, dass ihre Mutter ihr Lieblingsessen gekocht hatte. Sie roch das leckere Brathähnchen. Trotz ihrer Entschlossenheit begann ihr Magen zu knurren. Nach der Schule hatte sie nicht einmal Milch und Kekse gehabt.

Ihr Vater sprach das Tischgebet, doch Virginia hörte kaum auf die Worte. Beim Amen riss sie sich zusammen. Jetzt wurden die Schüsseln herumgereicht. Sie würde auf eine harte Probe gestellt werden.

„Ich will ein Stück Brust", verkündete Francine wie immer.

„Kann ich bitte ein Stück Brust haben?", korrigierte ihre Mutter.

Francine berichtigte sich.

Virginia hätte von jedem sagen können, welches Stück vom Hähnchen er haben wollte. Clara würde auch ein Stück von der Brust nehmen, Rodney einen Schenkel, Danny auch. Ihr Papa würde zwei Flügel nehmen. Etwas weißes und etwas dunkles Fleisch. Und Mutter würde den Hals nehmen, oder den Rücken und behaupten, es wären ihre Lieblingsstücke, obwohl die ganze Familie wusste, dass sie nur die Stücke nahm, an denen niemand sonst interessiert war.

Das andere Bruststück wäre für Virginia gewesen. Das Wasser lief ihr im Mund zusammen, wenn sie nur daran dachte. Und das dampfende Kartoffelpüree mit der schönen Soße machte die Sache auch nicht besser. Auch nicht der Gedanke an die Zwiebeln mit Petersilie in Sahnesoße. Ohne ein Wort zu sagen, legte ihre Mutter ihr ein Stück Brustfleisch auf den Teller. Virginia überlegte, es zu ignorieren, aber sie konnte es nicht. Ihre Mutter tat ihr auch eine Portion Kartoffelpüree mit Soße und Zwiebeln auf den Teller, während sie munter mit den anderen Familienmitgliedern plauderte.

Wie gewöhnlich erkundigten sich die Eltern bei ihren Kindern, was sie an diesem Tag erlebt hatten. Virginia hoffte nur, sie würden nicht auch sie fragen. Sie hatte kaum etwas zu sagen.

Zum Nachtisch gab es Zitronenkuchen. Virginia steckte gerade den letzten Bissen in den Mund, als draußen Schritte zu hören waren und ein lautes Klopfen an der Tür ertönte.

Bevor ihr Vater noch öffnen konnte, hörten sie jemanden rufen. „Am Fluss hat es einen Unfall gegeben."

Ihr Vater riss die Tür auf. Jedd Marlow stand davor. Der junge Mann schien schon weiterlaufen zu wollen, doch Virginias Vater hielt ihn an der Schulter fest.

„Was ist los, Junge?"

„Doktor Larry braucht Mrs. Simpsons Hilfe. Einige Kinder sind im Fluss verunglückt und schwer verletzt."

Der ganze Raum begann sich um Virginia zu drehen. Ihr Magen rebellierte. Sie hoffte nur, dass sie das Hähnchen bei sich behalten konnte.

*

Es schien eine Ewigkeit zu dauern, bis ihre Mutter zurückkehrte. Clara hatte alles übernommen. Sie schickte die Jüngeren zu Bett, aber Virginia konnte nicht einschlafen. Sie lief unruhig in ihrem Zimmer herum und wartete auf das Geräusch der Tür, die Schritte ihrer Mutter in der Küche.

Was war passiert? Wer war verletzt worden? Wie schlimm war es? Und wenn sie nun bei den anderen geblieben wäre? Solche Fragen und andere lasteten schwer auf ihr und ließen sie nicht zur Ruhe kommen.

Die Uhr im Flur hatte bereits Mitternacht geschlagen, als die Tür endlich geöffnet wurde. Als Virginia unten Stimmen hörte, kroch sie aus dem Bett und schlich zur Küche. Ihre Mama saß müde und traurig am Küchentisch. Ihr Vater goss gerade dampfenden Tee in zwei Tassen. „Du siehst erschöpft aus", hörte Virginia ihn zu ihrer Mutter sagen. „Werden die Kinder wieder in Ordnung kommen?"

Ihre Mutter schüttelte den Kopf, während sie ihre Handschuhe auszog und sie auf den Küchentisch legte. „Wir wissen es noch nicht. Der eine Junge ist in ziemlich üblem Zustand. Wenn Rett Marshall nicht gewesen wäre, wäre er jetzt bestimmt tot."

„Was ist passiert?"

„Das weiß man noch nicht so genau. Wie es scheint, sind sie mit dem Floß auf dem –" Ihre Mutter sah auf und entdeckte Virginia, die sich an den Türrahmen klammerte. Wortlos streckte sie ihr die Hand entgegen. Virginia kam näher. Sie wusste, dass ihr Gemütszustand deutlich auf ihrem Gesicht abzulesen war.

„Es waren einige deiner Schulfreunde, Virginia."

Virginia nickte schweigend. So sehr sie auch Bescheid wissen wollte, sie schaffte es nicht, sich nach ihnen zu erkundigen.

Virginia spürte, wie sich der Arm ihrer Mutter um ihre Taille legte. „Sie hatten einen Unfall auf dem Fluss. Wie es scheint, sind sie mit einem Floß gefahren."

Wieder nickte Virginia.

„Einer von ihnen, der Boycie-Junge, hat es problemlos zum Ufer geschafft. Er hätte sich an einem überhängenden Ast festgeklammert, sagte er. Er half auch einem der Mädchen, Ruth heißt sie, sich festzuhalten, bis Hilfe kam."

Ihre Mutter nahm die Tasse Tee entgegen und wandte sich wieder an ihren Vater. „Der Booth-Junge – George, nicht?–, hat eine böse Wunde am Kopf. Er musste mit vielen Stichen genäht werden. Darum wollte Larry mich auch dabei haben. Und der andere Junge, der Sohn der Crells, er hat am längsten im Wasser getrieben. Wir wissen noch immer nicht, ob er es schaffen wird, und wenn, ob er einen Gehirnschaden davonträgt."

Ihre Mutter schien sich wieder an Virginia zu erinnern. Sie wandte sich ihr zu. Mit einer Hand strich sie ihr das wirre Haar aus dem Gesicht. Sie beugte sich vor und drückte einen Kuss auf die Stirn ihrer Tochter. „Es tut mir Leid, Liebes. Ich weiß, es sind deine Klassenkameraden. Das muss schlimm für dich sein."

Aber Virginias Gedanken wirbelten durcheinander. Ihr Herz klopfte zum Zerspringen. „Und Jenny?", brachte sie schließlich über die vor Furcht steifen Lippen. „Was ist mit Jenny?"

Ihre Eltern sahen sich an. „Was meinst du? Woher wusstest du –?"

Mit einem Schlag war Virginia klar, dass sie ihr Geheimnis preisgegeben hatte. Erschrocken riss sie die Augen auf, dann lehnte sie den Kopf an die Schulter ihrer Mutter und begann zu schluchzen.

Ihre Mutter drückte sie an sich und ließ sie weinen. Mit der anderen Hand strich sie ihr eine Haarsträhne aus dem Gesicht.

Als das Schluchzen nachließ, ergriff ihr Vater das Wort. „Ich denke, du solltest dich hinsetzen und uns alles erzählen."

Virginia putzte sich mit dem Taschentuch, das ihre Mutter ihr gereicht hatte, die Nase und wischte sich die Tränen ab. „Nach der Schule sind wir zum Fluss hinuntergegangen", begann sie langsam. Nervös zupfte sie an dem Taschentuch in ihrer Hand.

„Warum?"

„Sie wussten, dass er ... dass der Wasserstand sehr hoch war, so dass ... so dass man gut mit dem Floß fahren konnte."

„Aber man konnte nicht gut mit dem Floß fahren", protestierte ihr Vater. Verärgerung lag in seiner Stimme. „Es war sehr gefährlich und hätte einen Menschen das Leben kosten können. Hat es vielleicht schon."

Virginia brach beinahe wieder in Tränen aus.

„Wie viele wart ihr?", fragte ihre Mutter kurz angebunden.

„Sechs", erwiderte Virginia und stellte sich die Gruppe vor. „Freddie, George, Sam und Ruthie und Jenny und ich."

„Gott sei Dank", seufzte ihre Mutter erleichtert. „Dann haben wir alle gefunden. Sie waren so erregt, dass wir nicht sicher waren, ob sie klar denken konnten. Sie stehen alle unter Schock."

„Sie wollten doch nur Floß fahren", verteidigte Virginia sie.

Ihr Vater sagte nichts dazu. „Was ist passiert?", fragte er stattdessen.

„Ich weiß nicht. Ich ... ich ... Jenny und Ruthie kamen so spät und ich ... ich bin dann einfach nach Hause gegangen."

Virginia bemerkte die Blicke, die sich ihre Eltern zuwarfen. Mit einem tiefen Seufzer legte sich der Arm ihrer Mutter noch fester um sie.

„Dann bist du nach Hause gekommen, bevor sie das Floß genommen haben?"

„Sie hatten es bereits. Sie haben es unter der Brücke weggeholt. Es gehört Mr. Taggart."

„Sie haben also ein Floß gestohlen."

„Sie wollten es nur ausleihen", versuchte Virginia zu erklären.

„Aber sie hatten keine Erlaubnis dazu, nicht?"

„Nein."

„Weiter", forderte ihr Vater sie auf.

„Also, sie hatten das Floß schon und wir warteten auf Jenny und Ruthie und als sie kamen –" Sie zögerte. Würde sie es wagen, ihren Eltern zu erzählen, dass Jenny auch Süßigkeiten gestohlen hatte? Mussten ihre Eltern das überhaupt wissen? Sie beschloss, diesen Teil zu überspringen. Es hatte ja nichts mit dem Unfall zu tun und ihre Eltern hatten ihr immer eingeschärft, keinen Klatsch weiterzugeben.

„Ich ... ich war sauer auf sie, darum bin ich nach Hause gegangen. Die anderen wollten das Floß ausprobieren."

„Was ist also passiert?" Ihr Papa wandte sich wieder an ihre Mama.

„Wir wissen es nicht genau. Sie sind in eine Strömung geraten. Irgendetwas ist schief gegangen. Larry meint, sie wären vielleicht gegen einen Felsen im Wasser geworfen worden oder so etwas. Auf jeden Fall ist das Floß wohl umgekippt. Sie fielen alle ins Wasser. Der eine Junge hat sich den Kopf gestoßen, vermutlich an einem Stein. Wie ich schon sagte, ein paar von ihnen schafften es, sich an einem überhängenden Ast festzuhalten, aber sie stehen noch unter Schock und leiden an Unterkühlung von dem eiskalten Wasser. Der eine Junge ging unter. Wurde von der Strömung mitgerissen. Es war Rett, der ihn herauszog. Vermutlich hat er die Schreie gehört. Erst beim dritten Mal ist es ihm gelungen, wie Ruthie erzählte. Doch der Crell-Junge war lange unter Wasser ... vielleicht zu lange." Ihre Mutter brach ab und schüttelte den Kopf. „Larry weiß nicht, ob er es schaffen wird."

Virginia fühlte sich hundeelend.

„Was für schreckliche Nachrichten für die Eltern."

Virginias Vater fuhr sich mit der Hand durch die Haare. Virginia fiel auf, dass er genauso bleich und erschöpft wirkte wie ihre Mutter.

„Die Crells sind jetzt bei ihm. Sie hoffen und beten, dass er aufwacht."

„Und alles wegen eines dummen Vergnügens auf dem Fluss.

Sie hätten alle ertrinken können. Alle." Die Spannung in der Stimme ihres Vaters ließ eine neue Welle der Übelkeit in Virginia hochsteigen.

„Es hätte auch Virginia treffen können." Ihre Mutter brachte kaum mehr als ein Flüstern heraus. Ihr Arm legte sich noch fester um Virginia und ihre Augen füllten sich mit Tränen.

„Wir wissen nie", sagte ihr Vater, „wenn wir um Gottes Schutz für unsere Kinder beten, wie er unsere Gebete erhört."

Ihre Mutter schien zu bewegt zu sein, um zu antworten.

Virginia bemerkte, dass sie ihren Tee ganz vergessen hatten. Er wurde kalt, während ihre Eltern aufgewühlt am Tisch saßen.

„Larry macht sich auch um Rett Sorgen. Er verweigert jegliche Behandlung, aber auch er war lange Zeit in dem eisigen Wasser. Wenn er nicht gewesen wäre ..." Der Gedanke blieb unausgesprochen.

Virginia kam der flüchtige Gedanke, was die Jungen wohl jetzt von dem Krähenmann denken würden. Er hatte einigen seiner schlimmsten Peiniger das Leben gerettet.

Und dann fiel ihr ein, dass sie noch immer nicht wusste, wie es Jenny ging.

„Mama, was ... was ist mit Jenny? Ist sie ...?" Sie konnte den Satz nicht zu Ende sprechen. Der Gedanke war zu beängstigend.

„Jenny ist in übler Verfassung. Sie ist ziemlich fest gegen die Felsen geschleudert worden und hat einige Schnitte und Schürfwunden davongetragen, dazu einen gebrochenen Arm, ein gebrochenes Schlüsselbein und zwei oder drei gebrochene Rippen."

Virginia spürte, wie alle Luft aus ihren Lungen entwich. „Wird sie ...?"

„Onkel Larry hofft, dass sie es schafft. Aber es wird lange dauern, bis ihre Wunden verheilt sein werden." Ihre Mutter seufzte. Sie zögerte einen Augenblick, bevor sie weitersprach. Ihr Blick suchte den ihres Mannes, als brauchte sie seinen Rat, weil sie nicht wusste, was sie sagen sollte. „Sie wird deine Freundschaft nun mehr denn je zuvor brauchen."

„Aber –" Wie sollte sie ihren Eltern klarmachen, dass sie

und Jenny keine Freunde mehr waren? Dass Jenny es mit dem Diebstahl im Süßwarenladen zu weit getrieben hatte? Dass Jenny sie vermutlich gar nicht mehr wiedersehen wollte? Eltern verstanden solche Dinge nicht. Virginia presste die Lippen aufeinander. Es gab nichts zu sagen.

„Es ist spät geworden“, sagte ihr Vater. „Du gehst jetzt am besten wieder ins Bett. Wir alle müssen jetzt etwas schlafen.“

Virginia fragte sich, ob sie in dieser Nacht überhaupt Schlaf finden würde; ob überhaupt jemand würde schlafen können.

Ihre Mutter zog sie an sich und gab ihr einen Kuss. Erneut traten Tränen in ihre Augen. „Du weißt gar nicht, wie sehr ich Gott dafür danke, dass dir nichts passiert ist. Aber während ich mich freue, leben andere Eltern in Angst. Ihre Kinder leiden heute Nacht und schweben zwischen Leben und Tod. Verstehst du das, Virginia? Hast du eine Ahnung, was diese Eltern durchmachen? Kannst du überhaupt begreifen, wie sehr wir dich lieben? Warum wir versuchen, dich zu beschützen?“

Virginia konnte nur stumm nicken. Sie begriff allmählich.

Aber Jenny hatte keine Mutter, die für sie sorgte und für ihre Bewahrung betete. Unwillkürlich fiel ihr wieder ein, was sie gesagt hatte. „Du hast keine Mama. Du weißt nicht, welches Glück –“

Tränen stiegen Virginia in die Augen und liefen ihr die Wangen hinunter. „Es tut mir Leid“, flüsterte sie in das Haar ihrer Mutter. „Sehr Leid. Ich werde so etwas nicht wieder tun. Ich verspreche es.“

Sie spürte, wie sich der Arm ihres Vaters um sie legte. Er kniete sich neben sie und drückte sie an sich. Auch ihre Mutter war in diese Umarmung eingeschlossen. Sie spürte die Tränen auf seinen Wangen, als er sie an sich drückte. „Ich denke, wir sollten miteinander beten, bevor du zu Bett gehst“, sagte er. „Es gibt so vieles, für das wir dankbar sein können. Andere haben nicht so viel Glück gehabt. Wir müssen für diese Familien beten.“

Virginia nickte und wischte sich mit dem Ärmel ihres Nachthemds die Tränen ab. Das war eine gute Idee.

Kapitel 9

Virginia wusste nicht, ob ihre Mutter nun mit ihrer Großmutter über ihren Ungehorsam gesprochen hatte oder nicht. Doch als die Familie beim Sonntagsessen zusammenkam, war sie nicht erstaunt, als Oma Marty auf den Platz neben sich auf der Hollywoodschaukel klopfte und sie zu einem kleinen Plauderstündchen aufforderte.

Es war nicht ungewöhnlich, dass ihre Großmutter mit ihren Enkelkindern sprach, doch als Virginia Platz nahm und den Arm ihrer Großmutter um sich spürte, hatte sie das Gefühl, dass dieses Gespräch anders sein würde.

Eine Zeitlang schaukelten sie schweigend hin und her. Die anderen Familienmitglieder waren beschäftigt. Die Frauen spülten das Geschirr und legten die Kinder zum Mittagsschlaf hin, die Männer hatten sich auf die hintere Veranda zurückgezogen und lachten über Dinge, die nur Männer lustig finden.

Obwohl so viele Familienmitglieder über das ganze Land verteilt wohnten, war es noch immer eine stattliche Anzahl, die zu dem gewohnten Sonntagsessen auf der Heimatfarm erschien. Darum kam es Virginia merkwürdig vor, dass sie und ihre Großmutter nun ganz allein auf der vorderen Veranda saßen.

„Ich habe von deinen kleinen Freunden gehört“, begann ihre Großmutter.

Virginia wollte widersprechen, dass es keine *kleinen* Freunde waren, aber sie ließ es lieber. Ihrer Großmutter würde sie nie widersprechen.

„Es ist eine Schande, dass sie diesen Unfall hatten.“

Virginia nickte zustimmend.

„Die Jugend ist manchmal etwas zu leichtsinnig.“

Virginia gab mit einem Kopfnicken zu, dass das vielleicht stimmte.

„Und doch scheint es so wichtig zu sein, dazuzugehören – ein Teil der Gruppe zu sein, nicht?"

Wieder konnte Virginia nur nicken.

„Warum ist das so, was meinst du?"

Virginia runzelte die Stirn. Erwartete ihre Großmutter tatsächlich eine Antwort?

„Warum ist es dir so wichtig, zu dieser Clique zu gehören, dass du bereit bist, solche Risiken einzugehen?", fuhr Oma Marty fort.

„Ich weiß nicht", erwiderte Virginia lahm.

„Denk doch mal einen Augenblick darüber nach, ob dir vielleicht eine Antwort einfällt."

Virginia überlegte. „Ich glaube, ich möchte einfach, dass sie mich mögen", meinte sie schließlich.

„Und du denkst, das funktioniert? Wenn du alles tust, was sie wollen? Selbst wenn es bedeutet, dass jemand in Gefahr gerät?"

„Na ja, als ich *nicht* getan habe, was sie wollten, wusste ich, dass es nicht funktioniert."

„Waren sie aufgebracht darüber?"

Virginia nickte. Jenny war allerdings sehr böse geworden. „Jenny wollte mich sogar nicht mal mehr zur Freundin haben. Sie hat sich Ruthie zugewendet."

„Und das hat dir weh getan?"

Virginia nickte.

„Du fühltest dich ... ausgeschlossen?"

Wieder nickte Virginia.

„Kein schönes Gefühl", stimmte ihre Großmutter zu. „Ich erinnere mich an meine Kindheit. Meine beste Freundin, zumindest hielt ich sie damals dafür ... also, es stellte sich heraus, dass sie gar nicht meine Freundin war. Auf jeden Fall war sie ein kluges Ding. Auch sehr beliebt. Alle Mädchen dachten, sie wären jemand Besonderes, wenn sie sie zur Freundin hätten. Und die Jungen fanden sie ... keck. Aber sie war auch sehr verschlagen. Sogar gemein, wenn sie wollte.

Meine Mama war nicht damit einverstanden, dass ich mit ihr befreundet war. Sie war der Meinung, dass es mit ihr sicher Ärger geben würde. Und sie hatte Recht. Manchmal scheinen die Erwachsenen einen Riecher für solche Sachen zu haben. Damals wollte ich das natürlich nicht zugeben, ich habe es auch nicht getan. Ich habe meinen Kopf durchgesetzt. Dachte, meine Mama würde das alles nicht verstehen."

Sie brach ab und Virginia wartete.

„Na ja, eines Tages hat diese ‚beste Freundin' mir gesagt, die Melonen im Garten des Nachbarn seien reif. Ein großes Exemplar sah besonders gut aus. Sie dachte, wir könnten in den Garten schleichen und uns diese Melone holen. Ich hatte Angst. Aber ich wusste, ich musste es tun, wenn ich sie als Freundin behalten wollte. Aber wenn ich das tat und ertappt wurde, würde ich bestimmt schreckliche Schläge von meinem Pa bekommen. Das wusste ich auch."

„Und was hast du getan?", fragte Virginia.

„Ich konnte doch nicht meine beste Freundin im Stich lassen, nicht? Darum war ich damit einverstanden. Sie schmiedete die Pläne. Wir wollten uns nach Einbruch der Dunkelheit in den Garten schleichen. Ich musste aus dem Fenster meines Zimmers klettern, nachdem ich zu Bett gegangen war. Beim Hinausklettern habe ich mich schlimm an der Hand verletzt. Ich spüre den Schmerz noch immer – wann immer ich darüber nachdenke."

Sie erschauderte und Virginia spürte beinahe ebenfalls den Schnitt. „Auf jeden Fall wussten wir nicht, dass der alte Wilchuck nachts seine Jagdhunde im Garten laufen ließ. Kaum waren wir über den Zaun geklettert, als sich diese Biester auf uns stürzten und wie verrückt bellten. Wir dachten, sie würden die ganze Nachbarschaft aufwecken, einschließlich der Toten auf dem Friedhof."

Virginia blickte ihre Großmutter an, um zu sehen, ob ihre Geschichte ernst gemeint war oder ob sie nur Spaß machte. Ihre Großmutter schien die Frage in ihrem Blick zu erkennen.

„Das ist die Wahrheit", erklärte sie. „Ich erzähle es genau, wie es passiert ist. Also, ich wandte mich an meine Freundin –

meine beste Freundin – und rief: ‚Lauf', und sie lief los und ich war ihr direkt auf den Fersen. Ich rannte so schnell mich meine Beine trugen. Aber ich hatte kaum ein paar Schritte gemacht, als ich stolperte und schon waren mir diese großen Köter auf den Fersen. Ich schrie nach meiner Freundin, aber sie lief einfach weiter. Zum Glück für mich bellten die Hunde nur und bissen nicht. Doch das war noch nicht das Schlimmste. Der alte Wilchuck kam aus dem Haus, um zu sehen, was mit seinen Hunden los war, natürlich mit dem Gewehr in der Hand, und er fand mich auf dem Boden liegend. Er fragte mich, was ich da machte. Natürlich hatte ich keine gute Ausrede parat, darum schwieg ich lieber. Aber später hat meine liebe ‚Freundin' überall die Geschichte verbreitet, ich hätte in dem Garten Melonen stehlen wollen. Ich hätte damit vor ihr geprahlt, dass ich das vorhätte. Ich hätte gesagt, der alte Mr. Wilchuck wäre zu blöd, jemanden zu fassen. Na ja, auf jeden Fall bekam ich von meinem Vater die Tracht Prügel meines Lebens."

Virginia wand sich.

„Also, damals habe ich erkannt, dass eine Freundin, die dich in Schwierigkeiten bringt, keine richtige Freundin ist. Und dass man sehr viel besser ohne sie dran ist. Aber ich habe auch noch etwas anderes gelernt, obwohl ich es bisher noch keiner Seele gegenüber zugegeben habe. Meine Mama hatte die ganze Zeit über Recht gehabt. Das Mädchen war nicht gut für mich."

Sie schwieg und lauschte dem Quietschen der Schaukel. „Es ist so friedlich hier draußen. Das mag ich." Lächelnd sah sie Virginia an. Ihr Arm legte sich fest um die Schulter des jungen Mädchens. „Vor allem bei so lieber Gesellschaft."

Virginia brachte ein Grinsen zu Stande. Sie mochte die gemeinsame Zeit mit ihrer Großmutter auch. Aber der Druck in ihrer Magengegend wollte einfach nicht weggehen.

*

Virginia hatte gedacht, ihr dreizehnter Geburtstag wäre der wichtigste Geburtstag, den sie je erleben würde, darum war sie erstaunt festzustellen, dass ihre Aufregung wuchs, als ihr vierzehnter Geburtstag näher rückte. Vierzehn erschien ihr schon so viel erwachsener als dreizehn.

Doch mit der Aufregung wuchs auch die Traurigkeit in ihr. Ihre Freunde litten noch immer unter den Folgen des Floßunglücks vom Freitag zuvor.

Virginia hatte das noch vor niemandem eingestanden, aber sie konnte seitdem nicht mehr richtig schlafen. Es war auch schwierig, mit jemandem darüber zu sprechen. Immer wieder musste sie an den Tag am Fluss denken. Es war nicht ihre Idee gewesen, aber sie war mitgegangen. Hätte sie ihnen das ganze Unternehmen vielleicht ausreden können? Hätte sie einem Erwachsenen Bescheid sagen müssen? Aber sie war doch keine Petzliese. Trotzdem – es gab keine Entschuldigung für sie. Ihre Eltern hatten ihr immer gesagt, dass es in Ordnung war, ein Geheimnis zu verraten, wenn das Leben eines anderen Menschen auf dem Spiel stand. Sogar mehr als nur in Ordnung. Es war die Pflicht eines jeden.

Aber sie hatte nichts gesagt, obwohl sie gewusst hatte, dass der Fluss gefährlich war. Und sie hatte Freddie zurückgestoßen. Warum? Er war nur nett zu ihr gewesen. Und jetzt schwebte Freddie zwischen Leben und Tod. Immer musste sie daran denken. Sie fühlte sich gemein und ängstlich.

Und jetzt rückte ihr vierzehnter Geburtstag immer näher. Ein ganz besonderer Geburtstag und sie würde ihn nicht einmal genießen können. Das Leben war so schrecklich ungerecht.

„Wie möchtest du denn deinen Geburtstag feiern?“, fragte ihre Mutter beim Abendessen. Virginia merkte ihrer Stimme an, dass sie versuchte, besonders fröhlich zu klingen.

Virginia schluckte. Ihre Mutter ließ ihnen in der Regel nicht die Wahl, wie sie ihren Geburtstag verbringen wollten. Die Feier wurde immer so gestaltet wie die Geburtstage vorher: Im Kreis der Familie und vielleicht mit einigen Freunden.

Virginia hatte keine Zeit zu antworten, denn schon quietschte Francine: „Ich weiß! Eine große Geburtstagsparty.“

Virginia hätte Francine am liebsten eine Grimasse geschnitten. Eine Party? Jetzt? Aber bevor sie noch ihren Kopf heben konnte, hatte Danny schon einen anderen Vorschlag. „Wir könnten doch zu den Großeltern fahren."

Danny wollte am liebsten ständig auf der Farm sein. Wenn Virginia nicht so niedergeschlagen gewesen wäre, hätte sie vermutlich fröhlich zugestimmt. Doch so seufzte sie nur und biss sich auf die Lippe, damit sie nicht zitterte.

„Wir werden später darüber sprechen", meinte ihre Mutter schnell. Ihr Blick lag prüfend auf ihrer Tochter. Sie sah, wie sie um Fassung rang.

Schließlich machten sie zu Virginias Geburtstag sehr wenig. Es gab ihr Lieblingsessen, gebratenes Hähnchen und Kartoffelpüree. Oma und Opa kamen; das machte den Tag zu etwas Besonderem. Und ihre Mutter hatte einen Kuchen gebacken mit vierzehn Kerzen darauf. Virginia bekam schöne Geschenke von den Familienmitgliedern. Aber trotz aller Anstrengungen machte der Tag ihr keine besondere Freude.

Virginia fragte sich, ob wohl jemals alles wieder in Ordnung kommen würde. Die ganze Stadt war in Aufruhr wegen des Unfalls. Widersprüchliche Berichte kursierten; jeder wusste von neuen Einzelheiten zu berichten, neue Gerüchte wurden verbreitet. Virginia hörte Dinge, die absolut aus der Luft gegriffen waren: Sechs Kinder hätten sich auf dem Floß befunden und eine Leiche sei nie gefunden worden. Der alte Mr. Taggart hätte vier Schüsse auf die Kinder abgegeben, als sie versucht hatten, sein Floß zu stehlen, sie aber glücklicherweise verfehlt. Rett Marshall sei dem Floß meilenweit nachgeschwommen und hätte es dann schließlich in der schlimmsten Strömung übernommen. Rett Marshall hätte sich im Gebüsch neben dem Ufer versteckt und den Kindern aufgelauert, schließlich sogar das Floß zum Kentern gebracht und die Kinder im eiskalten Wasser hilflos treiben lassen, ohne ihnen zu helfen.

Ruthie und Sam ging es mittlerweile so gut, dass sie Ende der Woche wieder zur Schule gehen konnten. Ruthie wirkte nervös und schien sich ihrer abgeschürften Wange und der Narbe zu schämen, aber Sam genoss die Situation. Er sonnte sich in der Aufmerksamkeit und spielte die Rolle des großen Helden.

Georgie kam in der folgenden Woche wieder. Ein dicker Verband zierte seinen Kopf. Virginia musste sich unwillkürlich fragen, welchen Schaden der weiße Verband verdeckte, aber George schien es vorzuziehen, nicht darüber zu sprechen.

Die Berichte über Jenny hörten sich gut an. Es ging ihr besser als ursprünglich angenommen und ihre Genesung schien gut fortzuschreiten. Virginia überlegte, ob sie ihr vielleicht einen Besuch abstatten sollte, aber sie zögerte. Sie wusste ja nicht, ob Jenny sie überhaupt in ihrem Krankenzimmer sehen wollte.

Die Nachrichten über Freddie dagegen waren noch immer Besorgnis erregend. Virginia konnte nicht verhindern, dass sein Gesicht sie Nacht für Nacht verfolgte. Das Gesicht des Jungen war immer ernst und flehend. Nicht einmal sah sie sein schelmisches Lächeln oder die neckenden Augen. Wenn die Leute in der Stadt sich nach Freddie Crell erkundigten, schien keiner eine richtige Antwort geben zu können. Nicht einmal ihr Onkel Larry konnte ihr sagen, ob der Junge wieder gesund werden würde. Freddie war noch immer bewusstlos und brauchte rund um die Uhr Pflege. Virginias Mutter wechselte sich mit zwei anderen Frauen aus der Stadt ab.

Endlich waren die Ferien da und die warmen Tage des Sommers brachen an. Virginia hoffte, dass die Welt nun etwas von ihrer Normalität zurückgewinnen würde. Aber das sollte nicht sein. Unvermittelt kam die Nachricht, dass Freddie Crell gestorben war. Er hatte das Bewusstsein nicht wieder erlangt.

Es war eine traurige Beerdigung. Virginia saß mit bebenden Lippen in der Kirche und erlebte mit, wie Freddies Familie den Verstorbenen betrauerte. Seine beiden Schwestern weinten hemmungslos, sein jüngerer Bruder saß mit grimmigem Gesicht in der Bank und sah weder nach rechts noch nach links. Er schien entschlossen, nicht zu weinen. Seine Mutter wischte sich immer wieder die Tränen ab, bis mehrere Taschentücher durchnässt waren und sein Vater, ein großer, stämmiger Mann, sah so aus, als würde er jeden Augenblick explodieren.

Die Leute machten sich Sorgen um die Crells. Welche Auswirkungen würde die tiefe Trauer der Eltern auf den Rest der Familie haben? Virginia hörte, wie ihre Eltern sich flüsternd darüber unterhielten.

Und jetzt verwandelten sich Virginias nächtliche Träume in schreckliche Alpträume. Bei mehr als einer Gelegenheit wachte sie in kalten Schweiß gebadet und schluchzend auf. Sie hatte wieder Freddies Gesicht gesehen, und jetzt war es nicht nur traurig, sondern von Panik erfüllt. Und immer entglitt er ihr, rutschte über einen Felsvorsprung, in ein tiefes Loch, in einen wirbelnden Strom ... und immer konnte sie ihn mit ihrer Hand nicht erreichen.

*

Der Sommer war bereits angebrochen, als Virginia Jenny wiedersah. Die beiden Mädchen blieben wie erstarrt vor dem Lebensmittelladen auf dem Bürgersteig stehen. Virginia wusste nicht, wie sie sich verhalten sollte, was sie sagen sollte. Würde Jenny ihr noch immer feindlich gesinnt sein?

Jenny lächelte nicht gerade, aber sie wandte sich auch nicht ab. Sie wirkte älter, trauriger. Von ihrem übersprudelnden Temperament war nichts mehr zu merken.

„Hallo“, brachte Virginia schließlich beinahe schüchtern heraus. „Bist du ... geht es dir wieder besser?“

Jenny zuckte die Achseln. Sie trug den Arm noch immer in einer Schlinge. Onkel Larry sagte, sie würde viel Krankengymnastik machen müssen, damit sie die Hand wieder richtig gebrauchen konnte.

„Tut es noch sehr weh?“

„Es geht“, erwiderte Jenny.

Damit war die Unterhaltung auch schon beendet. Jenny wandte sich ab und Virginia schluckte ihre Enttäuschung hinunter und betrat den Laden.

In der folgenden Woche traf Virginia Jenny bei einem Picknick wieder. Sie wirkte so allein und verloren, dass Virginia unwillkürlich Mitleid mit ihr empfand. Trotzdem brachte sie nicht den Mut auf, auf sie zuzugehen.

Daher war sie sehr überrascht, als Jenny auf sie zukam. „Bist du mir noch böse?"

Virginia sah sie direkt an. „Nein."

„Ich dir auch nicht."

Mehr wurde nicht gesagt. Vielleicht war das auch nicht nötig – für den Augenblick. Sie standen schweigend beieinander, unsicher, aber nicht mehr allein. Doch Virginia wusste noch immer nicht, wie sich ihre Beziehung in Zukunft gestalten sollte. Waren sie wieder Freundinnen oder nur keine Feinde mehr? Sie wusste, sie wollte nicht mehr wegen Jenny in Schwierigkeiten geraten. Würde das eine Versuchung sein? Sie hätte Jenny gern gesagt, dass sie ihr nichts nachtrug, aber sie wagte auch nicht, die Beziehung zu intensivieren.

*

„Wie geht es der kleinen Woods?", fragte ihre Mutter eines Nachmittags, als sie in der Küche beschäftigt war und Virginia sich ein Glas Milch zu Claras frischem Ingwerbrot eingoss.

Virginia zuckte die Achseln. „Einigermaßen."

„Ist ihr Arm wieder in Ordnung?"

„Noch nicht ganz, denke ich. Sie kann ihre Hand noch nicht richtig gebrauchen."

„So eine Schande."

Es herrschte einen Augenblick Stille, während ihre Mutter ein paar Zwiebeln für den Eintopf schnitt. „Du solltest sie einmal einladen."

Diese Worte erstaunten Virginia. „Ich glaube nicht, dass sie kommen würde."

„Warum nicht?"

„Ich weiß nicht. Sie macht nicht oft Besuche."

„Vielleicht wird sie nicht eingeladen."

Darüber dachte Virginia nach. Das konnte vielleicht tatsächlich der Grund sein. „Sie hat keine Mutter."

„Ich weiß. Das muss sehr schwer für sie sein."

Virginia dachte auch darüber nach. Während sie noch damit

beschäftigt war, sprach ihre Mutter weiter. „Wie ich höre, ist ihr Vater fast immer unterwegs."

Das hatte Virginia nicht gewusst, aber es erstaunte sie nicht. „Er arbeitet eben", antwortete sie nach einem Schluck Milch.

„Die meisten Väter arbeiten. Aber einige haben mehr Zeit für ihre Familie als andere."

Virginia dachte an ihren Vater. Sie wusste, dass er sehr beschäftigt war, doch für seine Familie schien er immer Zeit zu finden. „Ich glaube, ihr Vater ist noch immer böse", meinte sie.

„Böse?" Ihre Mutter drehte sich zu ihr herum.

„Wegen ihrer Mama. Sie hat ihn und Jenny verlassen und ist davongelaufen."

„Oh." Ihre Mama wusste doch bestimmt, was in der Stadt geredet wurde. Dieses eine Wort kam leise, doch irgendwie verriet es tiefe Gefühle. Ihre Mutter wandte sich wieder ihrem Eintopf zu und nahm einen Löffel voll, um ihn abzuschmecken.

„Dann braucht Jenny wirklich eine Freundin. Sie muss schrecklich einsam sein."

In Virginia machte sich Unmut breit. „Mama", meinte sie offen. „*Sie* ist doch diejenige, die mich in all diese Schwierigkeiten gebracht hat. Sie hat mich dazu gedrängt, sie in die Milchbar zu begleiten und ... und ..." Sie beschloss, die unwichtigeren Dinge, zu denen Jenny ihre Clique angestiftet hatte, unausgesprochen zu lassen und gleich zu dem großen Ereignis zu kommen. „Sie hat sich den Plan ausgedacht, zum Fluss zu gehen. Sie hat das Floß gestohlen –"

„Ich verstehe."

Wieder Stille. „Du hast das Gefühl, es ist Jennys Schuld, dass du Ärger bekommen hast?" Als Virginia nicht antwortete, fuhr ihre Mutter fort: „Jenny hat dich also *gezwungen*, bei ihren Plänen mitzumachen?"

„Nein, natürlich nicht", gab Virginia zu.

„Aber jetzt möchtest du nicht mehr ihre Freundin sein?"

So war es gar nicht. Sie hatte gedacht, ihre Mutter wollte nicht mehr, dass sie mit Jenny befreundet war.

„Du denkst, dass du noch nicht stark genug bist, noch nicht erwachsen genug, um dich ihrem Drängen zu widersetzen, ist es das?“

Virginia wusste es nicht. Sie hatte die Sommermonate sehr gut auch ohne Jenny überstanden. Seither hatte sie keinen Ärger mehr mit ihren Eltern bekommen, zumindest keinen großen.

Ihre Mutter wandte sich ihr zu, wischte sich die Hände an ihrer Schürze ab und kam zu Virginia an den Tisch. „Ich weiß, dass das sehr verwirrend ist. Aber Virginia, es gibt einen großen Unterschied zwischen der Freundschaft zu einem Menschen, der uns braucht, und dem Mitmachen bei Dingen, von denen wir wissen, dass sie falsch sind.“ Sie zögerte. „Verstehst du, was ich zu sagen versuche?“

Virginia wischte sich die Milch vom Mund. Sie war nicht sicher. Aber ja ... ja, sie glaubte den Unterschied zu verstehen. Langsam nickte sie.

„Denkst du, dass wir ihr vielleicht helfen können, wenn wir zusammenarbeiten?“ Virginia runzelte die Stirn. Sie hatte keine Ahnung, was ihre Mutter vorhatte. Jenny war bestimmt nicht auf der Suche nach einer erwachsenen Freundin. „Du kannst sie ja hierher einladen. Vielleicht lädst du noch ein paar andere Freundinnen dazu ein, wenn sie nicht allein kommen möchte. Ich habe das Gefühl, dass sie ein sehr einsames kleines Mädchen ist.“

„Mama, sie ist nicht klein. Sie ist bereits vierzehn. Sie ist sogar älter als ich.“

Ihre Mutter lächelte. „Ich weiß, Virginia. Es tut mir Leid, aber eines Tages wirst du wissen, warum Eltern von ihren Kindern immer so sprechen.“ Sie hielt einen Augenblick inne, dann schlug sie vor: „Wir könnten sie auch in die Kirche einladen.“

„Sie wird niemals zur Kirche gehen.“

„Woher willst du das wissen? Hast du sie schon mal gefragt?“

„Na ja ... nein ... aber ...“

„Na, siehst du. Wir wissen es nicht genau, bis wir sie gefragt haben.“

Virginia erinnerte sich noch an Jennys Bemerkung darüber, dass sie zur Jugendgruppe in die Kirche gehen wollte – aber nur, um in Jamisons Nähe zu sein. Sie hatte das nicht richtig ernst gemeint. Natürlich war sie nie gekommen. Jenny war nicht der Typ, der an etwas Spaß hatte, das mit der Kirche zu tun hatte. Sie würde auch irgendwie nicht hineinpassen mit ihrer wilden Art und ihren Flüchen.

Virginia konnte froh sein, dass ihre Mutter Jenny helfen wollte, aber aus irgendeinem Grund fühlte sie sich schon wieder in die Ecke gedrängt. Sie kannte Jenny. Es würde ihr nicht gefallen, wenn sie sie drängte, in die Kirche zu gehen. Das wusste Virginia. Und doch fiel ihr auch wieder ein, was ihr beigebracht worden war: dass Christen anderen helfen sollten, dass sie ihren Glauben weitergeben sollten. Virginia war nicht einmal sicher, ob sie überhaupt einen Glauben hatte. Zumindest nicht so wie ihre Eltern. Auch nicht so wie der Glauben, von dem Claras Troy in der Jugendstunde erzählte.

Virginia ging zum Spülbecken, um ihr Milchglas auszuspülen. Ihre Mutter wartete noch immer auf ihre Antwort, aber es würde niemals funktionieren. Virginia war sich ihrer eigenen Beziehung zu Jesus zu unsicher, und wenn sie jemals versuchte, andere zu Jesus zu führen, würde sie ganz bestimmt nicht mit Jenny beginnen. Jenny suchte sich ihre Freunde selbst aus. Und im Augenblick hatte Virginia nicht das Gefühl, dass sie gern dazugehören würde.

Kapitel 10

Weitere Gerüchte verbreiteten sich in der Stadt. Mr. Crell begann die bekannten Tatsachen über den Unfall am Fluss anzuzweifeln. Die Berichte widersprachen sich, wie Mr. Crell behauptete, aber immer tauchte Rett Marshalls Name in seltsamen Zusammenhängen darin auf. Zuerst schüttelten die Leute nur den Kopf, doch allmählich machte sich auch in anderen die Spur eines Zweifels breit. Es war zumindest beunruhigend.

Normalerweise wäre über solchen Klatsch bei den Simpsons kein Wort verloren worden, aber eines Abends wurde dieses Thema von Danny vorsichtig beim Abendessen angeschnitten. Er hatte einfach zu viel Gerede in der Stadt mitbekommen.

„Man behauptet schreckliche Dinge über Rett. Böse Sachen."

Virginias Eltern sahen sich bedeutungsvoll an.

„Wir sollten nicht alles glauben, was wir hören", erwiderte ihr Vater ruhig.

„Aber es ist nicht richtig, so ein Zeug zu behaupten. Rett würde so etwas niemals tun."

„Was denn zum Beispiel?", fragte Francine unschuldig. Sie war noch zu klein, um solches Gerede in der Schule mitzubekommen.

„Dass er jemanden verletzen würde."

Francine riss die Augen auf. Virginia entdeckte zuerst Furcht darin, dann entschlossenes Leugnen. „Das würde er nicht tun", meinte Francine zuversichtlich. „Einmal bin ich hingefallen und habe mir das Knie aufgeschlagen. Er kam sofort zu mir und half mir auf, dann hat er mir den Staub abgeklopft und etwas aus einer kleinen Blechdose in seiner Jacke auf die Wunde gestrichen. Es ging mir sofort besser."

„Aha“, meinte Danny. Er sah sich prüfend in der Runde um, als gehöre er zu Retts Anklägern.

Virginia wusste auch über die Gerüchte Bescheid und sie beunruhigten sie. Immerhin konnte niemand mit absoluter Sicherheit sagen, was am Fluss passiert war.

„Man behauptet, er hätte das Floß umgestoßen“, erklärte Danny.

„Dafür gibt es keinerlei Beweise“, wandte ihr Vater schnell ein.

Francine runzelte die Stirn.

„Sie behaupten, er sei wütend gewesen, weil die Jungen ihn immer gehänselt haben, und wollte sich rächen“, fuhr Danny fort.

„Das ist reine Spekulation.“ Wieder kam der Einwand von ihrem Vater.

„Sie behaupten –“

Ihr Vater schob seinen Stuhl zurück und räusperte sich. Danny hielt mitten im Satz inne. „Ich denke, es ist an der Zeit, sich die Fakten einmal vor Augen zu halten“, meinte ihr Vater und aller Augen richteten sich auf ihn, „so wie sie von den Beteiligten geschildert wurden.“

Es herrschte vollkommene Stille.

„Also, im Frühling hat es einen Unfall am Fluss gegeben“, begann er nach typischer Rechtsanwalt-Manier.

Virginia seufzte. Würde denn niemals Gras über diesen schrecklichen Zwischenfall wachsen? Würde er sie ewig verfolgen? Sie litt noch immer unter Schlafstörungen und sie hatte gehört, dass George schrecklich abgenommen hatte. Er konnte nicht mehr richtig essen und schrie nachts oft im Traum. Seine Eltern machten sich große Sorgen um ihn.

Ihr Vater fuhr fort. „Es waren fünf junge Leute auf dem Floß. Sie fielen ins Wasser und wurden gerettet – auf die eine oder andere Weise, in unterschiedlicher Verfassung. Rett war da, das wissen wir. Alle vier Überlebenden haben das bestätigt. Rett hat das Floß nicht umgestoßen. George erinnert sich deutlich daran, dass das Floß gegen etwas unter Wasser gerammt und umgekippt ist. Ruth sagt, sie hat gesehen, wie Rett sich durch das Gebüsch gearbeitet hat, nachdem sie bereits an dem Ast hing. Zu diesem Zeitpunkt war seine Kleidung noch nicht nass. Es war Ruth, die Rett zugerufen hat: ‚Freddie ist noch im Wasser.' Daraufhin hat sich Rett in den Fluss geworfen.

Er blieb einige Zeit im Wasser, tastete sich vor, tauchte, konnte den Jungen aber nicht finden. Als er herauskam, befand sich Sam Boycie bereits am Ufer. Sam war verwirrt, aber er erinnert sich, dass Ruthie geschrien hat, Jenny sei verletzt. Rett hörte auf, nach Freddie zu suchen und hat zuerst Jenny ans Ufer gebracht. Dann ging er wieder ins Wasser.

Er konnte Freddie noch immer nicht finden, darum kam er wieder heraus, rannte weiter flussabwärts und stürzte sich erneut in den Fluss. Dieses Mal ging er noch weiter flussabwärts, tastete sich vorwärts und tauchte dann und wann unter. Er war beinahe bei der Biegung angekommen, als er schließlich mit Freddie in seinen Armen herauskam. Er trug ihn zurück und legte ihn neben die anderen. Dann half er Ruthie aus dem Wasser. Und danach ging er weg."

„Siehst du!", sagte Danny.

Francine wischte sich die Tränen ab, die ihr die Wangen hinunterliefen. Ihr weiches Herz konnte es kaum verkraften, diese dramatische Geschichte zu hören. Virginia saß zitternd am Tisch. Trotz der Zeit, die mittlerweile vergangen war, war alles noch zu real. Ihr wurde übel.

„Also, wir müssen zugeben, dass es einige Unregelmäßigkeiten in der Geschichte gibt, die die vier jungen Leute erzählen, aber das ist nichts von Bedeutung. Alles scheint auf einen durchaus glaubhaften Bericht hinzudeuten. Ich habe keinen Zweifel daran, dass Rett nur zum Wohle der Unfallopfer gehandelt hat."

Alles schien so klar zu sein, dass Virginia sich unwillkürlich fragte, woher all diese dummen Gerüchte kamen. Aber ihr Vater räusperte sich erneut.

„Also, Tatsache bleibt, dass Mr. Crell nicht zufrieden ist mit dieser Geschichte. Er behauptet, Rett hätte seinen Sohn nie gemocht, und er gibt sogar zu, dass Freddie Rett ‚im Überschwang der Jugend' manchmal gehänselt habe."

„*Gehänselt*?", schnaubte Rodney. „Diese Jungen waren Rett gegenüber die reinsten Ungeheuer."

Danny wollte ebenfalls einen Kommentar abgeben, doch ihr Vater hob die Hand.

„Mr. Crell hat eine Untersuchung des Falles beantragt. Dem sind wir nachgekommen, so weit das möglich war. Wir haben die Tatsachen zusammengefügt, wie sie uns dargestellt wurden, aber das hat Mr. Crell noch immer nicht zufrieden gestellt. Er möchte in dieser Angelegenheit vor Gericht gehen. Ich habe ihm versichert, es gebe keinen Beweis dafür, dass sich der Zwischenfall anders als berichtet abgespielt habe und es sei nicht vernünftig, dem noch weiter nachzugehen. Für den Augenblick wurde die Sache fallen gelassen, aber ich glaube nicht, dass Mr. Crell besonders glücklich mit der Entscheidung ist. Er könnte es noch einmal versuchen."

„Das ist nicht fair", behauptete Danny entschieden. „Rett ist ein Held und sie behandeln ihn wie einen Verbrecher."

„Das Leben ist nicht immer gerecht", stimmte ihr Vater zu. „Auf der anderen Seite haben die Crells einen Sohn verloren. Ich kann ihren Zorn verstehen, ihren Schmerz. Es ist natürlich, dass der Vater den Wunsch hat, Freddies Tod irgendwie zu rächen, einen Schuldigen zu finden. Sogar wenn es bedeutet, einem anderen Menschen weh zu tun. Wir handeln nicht immer vernünftig, wenn wir tief verletzt worden sind."

Virginias Blick fiel auf den leeren Ärmel ihres Vaters. *Hat er nach seinem Unfall vernünftig gehandelt?*, fragte sie sich. *Hat er sich jemanden gesucht, dem er die Schuld an dem geben konnte, was passiert war?*

Doch die Stimme ihrer Mutter unterbrach diese Gedankengänge. „Wir alle sollten für die Familie Crell beten", meinte sie leise. „Es ist unvorstellbar schrecklich, ein Kind zu verlieren. Freddies Eltern sind verwirrt und schlagen um sich; das kann ich verstehen. Seid nicht zu hart in eurer Kritik und denkt daran, man weiß nie, wie man selbst auf so großes Leid reagieren würde. Die Crells scheinen den Trost, den Gott ihnen geben könnte, zurückgewiesen zu haben. Der Pastor wollte sie mehrmals besuchen, aber er ist immer abgewiesen worden. Wir müssen beten."

Ihr Vater blickte von einem zum anderen. „Wie ihr wisst, haben wir euch immer gesagt, ihr sollt nicht auf Klatsch und Tratsch hören. Aber dieses Mal, dieses eine Mal, ändern wir diese Regel." Sein Blick suchte den ihrer Mutter, dann fuhr er mit ernster Stimme fort. „Wenn ihr etwas hört, das eurer Meinung nach wichtig sein könnte oder eine Gefahr für ... für jemanden darstellen könnte, dann sprecht bitte nicht mit anderen darüber. Erzählt es eurer Mutter oder mir."

„Ich verstehe nicht, wieso Mr. Crell dem Mann, der seinen Sohn aus dem Wasser gerettet hat, etwas Böses will", meinte Clara. Ärgerlich warf sie die Serviette neben ihren Teller. „Das ergibt doch überhaupt keinen Sinn."

Ihr Vater atmete tief durch. „Nun, die Crells behaupten, Rett hätte Freddie nicht allein lassen dürfen. Er hätte sofort versuchen müssen, ihn wiederzubeleben, dann hätte Freddie es bestimmt geschafft."

„Stimmt das?", fragte Rodney mit aufgerissenen Augen.

„Das werden wir nie erfahren."

„Aber ... aber woher sollte Rett so etwas können? Es ist ihm doch nie gezeigt worden."

„Er hat immer mit Tieren gearbeitet. Er scheint einen natürlichen Instinkt in Bezug auf die Behandlung von Verletzungen zu haben."

„Aber das ist doch etwas ganz anderes", wandte Clara ein.

„Wie kann man ihm vorwerfen, etwas unterlassen zu haben, was er gar nicht beherrschte?", fragte Danny.

Wieder zögerte ihr Vater, dann schien er den Eindruck zu haben, sie sollten alle Tatsachen kennen. „Mr. Crell ist der Meinung, dass Rett Freddie, als er ihn gefunden hat, nicht sofort herausgezogen, sondern im Gegenteil noch eine Weile unter Wasser gedrückt hat."

Virginia hatte das Gefühl, als würde alle Luft aus ihren Lungen entweichen. *Das wäre ja ... das wäre ...* aber nicht einmal in ihren Gedanken konnte sie das Wort aussprechen.

„Du meinst ... ?“, fragte Rodney. Aber auch er war nicht in der Lage, weiterzusprechen.

Ihr Vater nickte. „Mr. Crell hat Rett des Mordes beschuldigt.“

*

Noch nie war Virginia glücklicher gewesen, nach den Ferien wieder in die Schule zurückzukehren, wie in diesem Herbst. Sie hoffte, dass sie dann von dem schrecklichen Geschehen abgelenkt werden würde.

Aber das klappte nicht so, wie sie sich das vorgestellt hatte. Jenny war ja auch da. Noch immer konnte sie mit ihrer Hand den Stift nicht richtig halten. Jedes Mal, wenn Virginias Blick auf Jennys verletzte Finger fiel, spürte sie, wie sich ihr der Magen umdrehte.

Und Jenny wirkte so traurig. Fort war das Funkeln in ihren Augen und das übermütige Kichern. Stattdessen lag ein Ausdruck tiefer Traurigkeit in ihrem Blick, als hätte sich die ganze Welt gegen sie verschworen. Schlimmer noch, sie sah so aus, als hätte sie die Tatsachen akzeptiert und würde nicht einmal mehr dagegen ankämpfen wollen.

Während der ersten paar Tage hielt sich Virginia möglichst von Jenny fern. Sie mied den Kontakt so viel wie möglich und tat sich lieber mit Ida und Myrtle zusammen, zwei Mädchen aus der Gemeinde. Sie waren jünger als Virginia und früher hatte sie sich nicht mit ihnen abgegeben. Aber ihre Ansichten über Freundschaften hatten sich seit ihrer Erfahrung mit Jenny drastisch gewandelt.

Ihre Mutter dagegen fragte immer wieder nach Jenny. Wie ging es ihr? Wollte Virginia sie nicht einmal zu ihnen nach Hause einladen? In die Gemeinde? Zum Sonntagsessen? Virginia wünschte, ihre Mutter würde das Thema einfach ruhen lassen. Aber das tat sie nicht.

„Bist du noch immer böse mit Jenny?“, fragte sie eines Tages, als Virginia ihr half, das Gemüse für das Abendessen zu putzen.

Virginia blickte verwirrt auf. „Nein“, antwortete sie langsam. „Ich höre gar nichts mehr von ihr.“

„Es gibt nichts zu sagen.“

„Wie geht es ihrem Arm?“

„Einigermaßen.“ Noch während sie das Wort herausquetschte, wusste sie, dass das nicht stimmte. Vermutlich würde der Arm niemals wieder in Ordnung kommen. Sie korrigierte ihre Aussage. „Na ja, er ist noch immer steif und sie muss eigentlich jede Woche zur Gymnastik gehen, aber das tut sie nicht mehr. Ihr Papa sagt, es würde zu viel kosten und würde sowieso nichts bringen.“

„Oh.“

Schweigend putzten sie weiter.

„Ich habe eine Idee“, sagte ihre Mutter und wandte sich ihr zu. Virginia hielt mit ihrer Tätigkeit inne. Würde ihr gefallen, was ihre Mutter zu sagen hatte?

„Ich denke, ich werde mal mit Jennys Vater sprechen. Ich würde ihr gern mit der Gymnastik helfen – und es würde ihn keinen Cent kosten.“

Virginia blinzelte.

„Sie kann von der Schule mit dir nach Hause kommen und wir werden die Übungen hier machen.“

Virginia schluckte. „Ich weiß nicht, ob Jenny das gefallen wird“, meinte sie langsam.

„Na ja, das werden wir ja sehen. Ich werde mich auf jeden Fall bei nächster Gelegenheit einmal mit Mr. Woods unterhalten.“

Für sie schien die Angelegenheit damit erledigt zu sein. Insgeheim hoffte Virginia, dass Mr. Woods es verbieten würde, ohne lange darüber nachzudenken. Jenny hier zu haben, in ihrem Zuhause, wäre zu viel. Es war schon schwer genug, ihr in der Schule aus dem Weg zu gehen.

*

„Wie läuft es in der Schule?“

Virginias Kopf fuhr bei dieser Frage herum. Sie war tief in Gedanken versunken gewesen. Mr. Adamson stand an seinem Zaun, die Hände auf die Bretter gelegt. Sein Hut saß schief auf seinem schmutzigen Haar.

Sie blieb stehen und schaffte es, ihre Gedanken zu sammeln und sich auf den älteren Mann zu konzentrieren. „Prima“, antwortete sie beinahe automatisch.

„Habe gehört, dass ihr eine neue Lehrerin bekommen habt.“

Virginia nickte. „Miss Crook hat geheiratet.“

„Und wie ist die neue?“

Virginia dachte darüber nach. Eine Lehrerin war eine Lehrerin. Sie hatte der Neuen nicht viel Beachtung geschenkt. „Sie ist schon verheiratet“, erwiderte sie, da sie das Gefühl hatte, dass diese Information Mr. Adamson interessieren würde.

„Habe dich und diesen kleinen Rotschopf in letzter Zeit gar nicht mehr zusammen gesehen.“

Virginia schüttelte den Kopf. *Oh, aber das werden Sie wieder*, hätte sie antworten können. *Meine Mama hat sich vorgenommen, sich einzumischen. Jenny wird von jetzt an jeden Nachmittag mit mir nach Hause kommen.* Aber das sagte sie nicht. Stattdessen meinte sie nur: „Jenny geht es gut.“

„Das ist schön“, erwiderte der alte Mann. „Sie hat nach diesem Unfall einiges mitmachen müssen.“

Virginia nickte.

„Seid ihr noch immer Freundinnen?“

„Natürlich.“

Virginias Antwort war zu heftig gekommen. Die Augen des alten Mannes verdüsterten sich. „Und wie geht es deiner Familie?“, fragte er.

Diese Frage traf Virginia vollkommen unvorbereitet. Sie zögerte, dann sagte sie: „Ach, gut.“

„Habe gehört, dass deine Schwester ihre Hochzeit plant.“

Ja, das stimmte. Clara würde endlich ihren Troy heiraten.

„Im kommenden April", erklärte Virginia ohne große Begeisterung.

„Sie wird eine gute Ehefrau abgeben. Ist eine prima Köchin."

Virginia nickte. Über Claras Kochkünste wusste Mr. Adamson Bescheid. Clara kam immer mit kleinen Kostproben ihrer Köstlichkeiten zu ihm herüber.

„Du wirst sie bestimmt vermissen."

Darüber hatte Virginia noch gar nicht nachgedacht. Noch vor wenigen Monaten hatte sie es kaum erwarten können, dass Clara das Haus verließ. Aber so vieles hatte sich geändert. Clara und ihre Wichtigtuerei schienen ihr jetzt gar nicht mehr so nervtötend zu sein. Vermutlich würde sie sie tatsächlich vermissen, wenigstens ein bisschen. Wer würde mitten in der Nacht in ihr Zimmer kommen, wenn sie wieder einen ihrer Alpträume hatte?

Sie blickte zu Mr. Adamson auf und nickte langsam. „Ja, ich denke schon."

„Die Dahlien gedeihen gut dieses Jahr. Ich weiß, dass du jetzt nach Hause musst, aber wenn du in etwa zwanzig Minuten noch mal herüberkommst, habe ich einen Strauß für deine Mama fertig."

Zum ersten Mal lächelte Virginia. „Das würde ihr gefallen. Sie liebt Dahlien."

„Dann lauf jetzt."

Virginia lächelte ihn noch einmal an und rannte dann los. Ihre Mama würde sich freuen – und der Nachmittagsimbiss würde schon für sie bereitstehen, damit sie sich für ihre Hausarbeit stärken konnte.

*

Schon am folgenden Montag begleitete Jenny Virginia nach Hause. Zuerst waren sie sehr gehemmt im Umgang miteinander. Sie sprachen nicht viel.

Virginias Mutter und Clara waren in der Küche beschäftigt. Danny und Francine saßen bereits am Tisch und Danny machte kurzen Prozess mit seiner Limonade und dem Gewürzkuchen.

Virginia nahm an, dass er es eilig hatte, zu seinen Tieren zu kommen.

Francine trank wie gewöhnlich in kleinen Schlucken ihre Limonade und biss immer nur winzige Stücke von ihrem Kuchen ab. Dazwischen berichtete sie in allen Einzelheiten von ihrem recht ereignislosen Tag.

„Und Mrs. Howard hat gesagt, wir sollten jeden Tag ein frisches Taschentuch mitbringen und es am Ende des Tages wieder mit nach Hause nehmen. Clarissa hatte sieben Taschentücher in ihrem Pult – sieben! – und alle waren bereits benutzt und –"

„Francine", schimpfte Virginia, als sie und Jenny die große, gemütliche Küche betraten. „Sprich doch nicht von solchen ekligen Dingen, wenn du isst."

Francine schien einen Augenblick über diese Bemerkung nachzudenken. „Oh", meinte sie dann leise und ihre Augen begannen wieder zu schwimmen. Virginia wünschte, sie wäre nicht so barsch gewesen. Auf keinen Fall sollte Jenny ihre kleine Schwester in Tränen aufgelöst sehen.

Ihre Mutter griff ein. „Hallo Jenny. Komm herein. Ich hoffe, du magst Gewürzkuchen."

Jenny nickte und sah sich um.

„Entschuldigt mich bitte", sagte Danny zu niemand Besonderem und erhob sich. Gleichzeitig griff er nach seinem Hut.

„Stell deinen Teller und das Glas bitte auf die Anrichte", erinnerte ihn Clara.

Danny tat, wie ihm gesagt worden war, und stürzte aus der Küche.

„Er muss seine Tiere füttern", erklärte Francine Jenny. Sie hatte sich wieder gefangen.

Jennys Augen weiteten sich interessiert.

„Er hat ein kleines Fuchs-Baby", erklärte Francine. „Ein Habicht hat es beinahe geholt. Und einen Hasen, der schon ziemlich alt zu sein scheint. Und einen Sperling. Und ein –"

„Ich glaube nicht, dass Jenny das interessiert", unterbrach Virginia ihren Redefluss, aber dieses Mal bemühte sie sich, ihre

Stimme nicht so barsch klingen zu lassen. Sie wollte nicht riskieren, dass Francine erneut in Tränen ausbrach.

Francine brach ab, obwohl Virginia wusste, dass das Mädchen niemals verstehen würde, wie jemand sich nicht für Tiere interessieren könnte.

Aber Jenny wandte sich an Virginia. „Ich würde mir die Tiere gern mal ansehen“, sagte sie. „Denkst du, dein Bruder hat etwas dagegen?“

Kapitel 11

Die gewohnte Routine setzte wieder ein. Die Schule bestimmte ihren Tag, zu Hause waren die üblichen Pflichten zu erledigen und Jenny kam jeden Tag mit Virginia nach Hause, um ihre Übungen zu machen. Dann half Jenny bei Dingen mit, die sie mit ihrem verletzten Arm tun konnte, zum Beispiel den Tisch für das Abendessen zu decken. Gelegentlich, wenn ihr Vater nicht da war, aß sie sogar mit der Familie zu Abend.

Virginia begann sich an den neuen Tagesablauf zu gewöhnen. Sie fühlte sich zunehmend wohler dabei und von Jenny hatte sie den Eindruck, als könnte sie es kaum erwarten, nach der Schule zu den Simpsons zu kommen. Virginia fand offensichtlich, dass es Jenny gefiel, wenn ihre Mutter Belinda sich um sie kümmerte und manchmal empfand sie sogar einen Stich Eifersucht. Immerhin war sie *ihre* Mutter. Es war ja schließlich nicht Virginias Schuld, dass Jennys Mutter davongelaufen war, als sie noch ein kleines Mädchen gewesen war.

Es dauerte nicht lange, bis Jenny auch an den Samstagen auftauchte. Immer schien sie einen Vorwand zu finden, um bei den Simpsons vorbeizuschauen. Sie lauschte Francines Geschnatter, sah Danny zu, wie er seine kleine Menagerie versorgte, und half Clara beim Backen.

Virginias Gefühle waren in Aufruhr. Auf der einen Seite fand sie, dass Jenny zu stark in ihre Familie einbezogen wurde. Immerhin war es ihre Familie und nicht Jennys. Aber gleichzeitig nagten auch Schuldgefühle an ihr wegen dieser Einstellung. Sie wusste, es war falsch, so zu empfinden. Nur zögernd sprach sie abends ihr Gebet. Würde Gott auf jemanden hören, der so selbstsüchtige Gedanken hegte? Vielleicht war er der Meinung, dass sie eine Strafe verdient hatte. Das machte ihr schon ein wenig Angst.

*

Hüpfend kam Francine Virginia entgegen, als sie von einem Botengang zum Lebensmittelhändler zurückkam. „Wir fahren zu Opas Farm", rief sie schon, bevor sie ihre Schwester erreicht hatte.

Virginia, die an diesem heißen Sommertag sehr schwitzte, brachte ein Lächeln zu Stande. Ein Ausflug zur Farm war immer willkommen. Und an einem Samstag, das bedeutete, dass nicht so viele Cousinen und Cousins dabei sein würden und sie die Großeltern fast für sich allein haben würde.

„Mama möchte mit Oma über Claras Hochzeit sprechen und sie sagt, wir könnten mitkommen."

Virginia beschleunigte ihren Schritt. Francine wirbelte herum und hüpfte neben ihr her.

„Kommen die Jungen auch mit?", fragte Virginia.

„Nein, nur die Damen."

Virginia lächelte nachsichtig über Francines Bemerkung. Sie zählte sich zu den ‚Damen'. Aber auch sie wäre beinahe vor Freude über diesen Ausflug gehüpft.

„Wann?", fragte sie das Mädchen.

„Mama wartet nur darauf, dass du zurückkommst. Clara hat ihren Hut schon aufgesetzt."

Oh, das war wirklich zu schön.

Jenny. Sofort wurden ihre Schritte langsamer, als ihr einfiel, dass sie bereits fort sein würden, wenn Jenny einen Vorwand finden würde, zu ihnen herüberzukommen. Virginia bekam Gewissensbisse. Aber sie ignorierte ihr Gewissen und redete sich ein, es geschehe Jenny ganz Recht. In letzter Zeit hatte sie praktisch bei ihnen gewohnt. Immerhin hatte sie selbst ein Zuhause.

„Mama will schnell noch Jenny abholen", berichtete Francine begeistert. Virginia blieb abrupt stehen. „Jenny?"

„Ja. Sie meint, ein Besuch bei Oma würde ihr sicher gut tun."

Virginia spürte, wie der Zorn in ihr hochstieg. Warum sollte Jenny noch weiter in ihr Privatleben eindringen? Sie hatte den Simpson-Haushalt doch praktisch schon übernommen. Virginia hatte den Eindruck, dass es kaum noch eine Gelegenheit gab, wo nur die Familie zusammen war. Und jetzt wollte ihre Mama sie auch noch zu den Großeltern mitnehmen. Das war nicht fair. Es waren doch schließlich *ihre* Großeltern. Jenny hatte kein Recht, dabei zu sein. Vermutlich würde ihre Großmutter genauso viel Aufhebens um Jenny machen wie ihre Mutter. *Es war einfach nicht fair.*

Virginia spürte einen solchen Druck im Magen, dass sie fürchtete, krank zu werden. Francine, die normalerweise sehr empfindsam den Gefühlen anderer gegenüber war, schien das nicht zu bemerken. Sie hüpfte unbeirrt weiter.

„Denkst du, dass Jenny die Schaukel auf der Veranda gefallen wird?", fragte sie unschuldig. „Ich mag die Schaukel. Vor allem, wenn Oma mitschaukelt."

Der Druck in Virginias Magen verstärkte sich. Sie wollte ihre Großmutter nicht mit Jenny teilen. Und ganz bestimmt wollte sie nicht Großmutters Schaukel mit ihr teilen.

„Ich fahre nicht mit", verkündete sie entschlossen und blieb auf dem Gehsteig stehen.

Francine war zu schockiert, um auch nur ein Wort herauszubringen. Sie wirbelte herum und blickte ihre große Schwester an, als hätte sie den Verstand verloren.

Virginia funkelte sie an. „Geh los und sag Mama, dass ich nicht mitkomme."

Es war ein Befehl, doch Francine rührte sich nicht.

„Geh", wiederholte Virginia ziemlich laut. „Sie ist in Eile – los, sag es ihr."

„So sehr ist sie nun auch wieder nicht in Eile", brachte Francine schließlich heraus. „Sie wartet auf dich."

„Ich komme nicht mit."

Francine blinzelte und Virginia wusste, dass gleich die Tränen fließen würden. Der Gesichtsausdruck des Mädchens verursachte ihr Schuldgefühle.

„Mama nimmt Jenny doch nur wegen dir mit", versuchte Francine zu erklären.

„Nein", erklärte Virginia aufgebracht. „Mama nimmt Jenny Jennys wegen mit. In letzter Zeit denkt sie nur noch an Jenny."

Sie äffte ihre Mutter nach. „*Jenny braucht Freunde. Jenny braucht eine Familie. Jenny braucht die Gemeinde. Jenny braucht eine Krankenschwester.* Ich habe das alles so satt, dass ... dass ich brechen könnte!“

Francines Kinn begann zu zittern. Aber jetzt war es nicht nur Francine, die weinte. Virginia spürte, wie auch ihr die Tränen in die Augen stiegen.

„Ich komme nicht mit“, schleuderte sie Francine entgegen. „Das kannst du Mama ausrichten.“

„Sie braucht doch die Päckchen“, weinte Francine. „Sie wartet ... auf die Einkäufe.“

„Hier!“, erwiderte Virginia heftig und drückte ihrer Schwester die zwei Bündel in den Arm. „Und jetzt zieh los.“

Mit einem weiteren besorgten Blick auf ihre ältere Schwester drehte sich Francine um und eilte zum Haus zurück.

Virginia rannte, bis sie zu den Bäumen am Flussufer kam. Inzwischen war sie vollkommen außer Atem und schnappte nach Luft. Ihre Beine fühlten sich an wie Gummi. Sie sank auf den grasbewachsenen Boden und ließ ihren Tränen freien Lauf. Sie hasste Jenny. An allem Schlimmen, das ihr zugestoßen war, war nur Jenny schuld.

Zuerst hatte sie sie in alle möglichen Schwierigkeiten gebracht, und jetzt hetzte sie die ganze Familie gegen sie auf. Ihre Mama verbrachte mehr Zeit mit der Pflege von Jennys Hand, als sie jemals mit Virginia verbracht hatte. Sie umsorgte Jenny und bereitete ihr besondere Speisen zu, gab ihr kleine Päckchen mit Leckerbissen mit nach Hause und erzählte ihr immer wieder, wie sehr Gott sie liebte und ... ach immer so weiter.

Und jetzt das. Jenny würde ihr auch noch die Großmutter wegnehmen. Das war mehr, als Virginia ertragen konnte. Sehr viel mehr. Zu sehen, wie Oma Marty auch noch so viel Wirbel um Jenny machte, wäre einfach zu viel. Einen schrecklichen Augenblick lang wünschte sie, es wäre Jenny gewesen, die gestorben war, nicht Freddie Crell. Der Gedanke war so schrecklich, dass sie innerlich schnell weiterdachte. *Was hat Freddie getan, dass er den Tod verdient hat? Es war doch alles Jennys Idee ...* Aber gleichzeitig machten sich Schuldgefühle bemerkbar, dass sie solche Gedanken überhaupt zuließ. Sie schluchzte jetzt haltlos.

Ihre ganze sichere Welt wurde langsam auf den Kopf gestellt und es gab nichts, absolut gar nichts, was sie dagegen unternehmen konnte.

Plötzlich spürte sie eine Berührung an der Schulter, eine sanfte und doch feste Berührung. Ein eisiger Schreck fuhr ihr durch die Glieder.

Sie blieb vollkommen still liegen, hielt die Luft an und traute sich nicht, auch nur einen Muskel zu bewegen. Ein leises Murmeln drang an ihr Ohr. Es war kaum zu hören. Keine verständlichen Laute. Aber das federleichte Zurückstreichen der Haare und die sanfte Hand an ihrer Schulter erinnerte sie daran, wie Danny seine Tiere streichelte. Sie bewegte sich eben so viel, dass sie durch die Finger spähen konnte.

Rett Marshall kniete neben ihr, streichelte ihren Kopf und ihre Schulter. Der Ausdruck tiefen Mitleids und die Sanftmut in seinen Augen brachten ihr Herz, das wie ein Stein in ihrer Brust gelegen hatte, zum Schmelzen. Sie legte ihren Kopf wieder auf das trockene Gras und die frisch heruntergefallenen Blätter und ließ ihren Tränen erneut freien Lauf. Wildes Schluchzen schüttelte ihren Körper.

Er blieb so lange bei ihr, wie sie weinte. Als das Schluchzen nachließ und ihr die Tränen nicht mehr die Wangen herunterliefen, wurde ihr allmählich bewusst, dass sie jetzt allein war. Wann er gegangen war, wusste sie nicht zu sagen. Aber aus irgendeinem unerklärlichen Grund fühlte sie sich seltsam getröstet.

Schließlich setzte sie sich auf und wischte sich ihr Gesicht an ihrem Ärmel ab. Sie musste schrecklich aussehen und ihr war fürchterlich warm. Sie rappelte sich hoch und ging zum Fluss.

Es war nicht mehr der reißende Strom, der ihren Freund das Leben gekostet hatte, sondern er floss jetzt ruhig dahin. Das Wasser murmelte und flüsterte, und Virginia blieb am Ufer stehen und betrachtete es einen Augenblick, bevor sie in die Knie ging und ihr erhitztes Gesicht mit dem kühlen Wasser wusch.

Virginia grub ihre Hände in das kühle Gras. Sie wünschte,

sie könnte ewig dort sitzen bleiben. Kühl und getröstet. Fort von aller Verwirrung und allem Schmerz dieser Welt.

„Virginia?“

Die Stimme war leise und liebevoll. Virginia brauchte den Kopf nicht zu drehen. Sie wusste auch so, dass es Clara war, ihre große Schwester. Virginia spürte, wie ihr schon wieder Tränen in die Augen stiegen. Sie schluckte sie hinunter.

Clara sagte nichts. Virginia spürte eher, als dass sie sah, wie ihre Schwester sich neben ihr am Flussufer niederließ. Ihr Arm legte sich um ihre Taille und zog sie näher zu sich heran. Sie spürte Claras Wange an ihrem Haar.

So saßen sie eine ganze Weile nebeneinander da und beobachteten schweigend, wie das Wasser einen ins Wasser gefallenen Baumstamm umspülte. Ein Frosch tauchte auf und hüpfte beinahe über Virginias Fuß. Unter anderen Umständen hätte sie gelacht.

Schließlich ergriff Clara das Wort. „Möchtest du reden?“

Virginia schüttelte den Kopf. Nein, sie wollte nicht reden. Ihr Gewissen verurteilte sie für ihre bösen Gedanken. Clara würde das nie verstehen.

Clara wartete.

„Es ist nur –“, begann Virginia, aber sie hatte keine Ahnung, wie sie weitermachen sollte.

Clara strich ihr das Haar aus dem Gesicht. „Jenny?“

Claras Stimme war so leise, dass Virginia sich beinahe fragte, ob sie tatsächlich etwas gesagt hatte. Ohne es zu wollen, nickte sie.

„In letzter Zeit ist sie ziemlich viel bei uns gewesen, nicht?“

Wieder nickte Virginia.

„Zu viel?“

Oh, das war eine unmögliche Frage. Wenn sie nein sagte, würde sie lügen, aber wenn sie ja sagte, würde sie ihr böses Herz offenbaren. Clara würde ihr unweigerlich Vorhaltungen machen.

Aber Clara wartete erst gar nicht auf eine Antwort. „Du weißt, warum Mama versucht, ihr zu helfen. Das arme Mädchen hat ein schweres Leben gehabt. Ihre Mama hat sie verlassen und ihr Papa ... na ja, bisher hat er sich nicht gut um sie gekümmert."

Clara seufzte, dann beugte sie sich vor und nahm Virginias Gesicht in beide Hände. „Aber das ist nicht der wichtigste Grund. Mama hat das Gefühl, dass sie, wenn Jenny von ihr Liebe erfährt, viel eher die Möglichkeit hat, ihr klarzumachen, dass Gott sie liebt. Dass er ihr vergeben, sie in seine Familie aufnehmen möchte. Das weißt du doch, nicht?"

Virginia brachte ein Nicken zu Stande.

„Vergebung ist etwas sehr Kostbares", fuhr Clara fort. „Man kann niemals Frieden bekommen, wenn man keine Vergebung erfahren hat. Richtige Vergebung. Alle Hilfe, die wir Jenny geben, wird nicht viel nützen, wenn sie ihr eigentliches Bedürfnis nicht befriedigt, nämlich die Vergebung, den Frieden Gottes zu bekommen."

Virginia starrte auf den Fluss.

„Ohne diese Vergebung, diesen Frieden, kann niemand richtig glücklich werden. Es wird immer einen inneren Kampf geben. Erst wenn wir Gott in unser Leben aufnehmen, wenn wir ihm die Kontrolle über alles übertragen, wenn wir unser Denken von ihm bestimmen lassen, können wir diese inneren Konflikte überwinden. Wir müssen aufhören, gegen seinen Willen anzukämpfen, damit wir wahre Freude finden können. Darum kümmert sich Mama so um Jenny. Denn nur dann kann sie dieses tiefe innere Glück, diesen Frieden mitnehmen, was immer das Leben ihr bringt. Dafür beten wir alle."

Virginia dachte schweigend über diese Worte nach.

„Das wünschen sich Mama und Papa auch für ihre eigenen Kinder", fuhr Clara fort.

Virginia begann erneut zu schluchzen. Sie stürzte sich in die Arme ihrer Schwester und ließ ihren Tränen freien Lauf. Diesen Frieden hatte sie nicht. Sie war bisher nicht bereit gewesen, Gott die Kontrolle über ihr Leben zu übertragen. Sie hatte gegen ihn angekämpft und sich gewünscht, es würde ihn nicht geben, damit sie ihr Leben selbst in die Hand nehmen könnte. Aber das hatte nicht funktioniert. Es hatte einfach nicht geklappt. Es wurde immer schlimmer mit ihr, mit jedem Tag wurde sie unglücklicher. Ihr Herz war böse. Ihre Gedanken waren falsch. Sie war selbstsüchtig, grausam, gemein.

Clara hielt sie fest. Virginia spürte, wie sich Claras Tränen mit ihren eigenen mischten. „Ich habe dich lieb, kleine Schwester. So lieb“, hörte sie Clara flüstern.

Virginia konnte nicht mehr länger von Gott getrennt bleiben. Sie schaffte es einfach nicht, ihre schwere Last allein zu tragen. Gegen die Wahrheit anzukämpfen, machte diese Last nur noch schwerer.

„Würdest du mit mir beten?“, hörte sie sich sagen und sie spürte, wie sich Claras Arm noch fester um sie legte.

*

Schließlich fuhren doch alle noch zur Farm. Wenn Virginia ehrlich war, konnte sie nicht behaupten, dass es ihr leicht fiel, Jenny dabei zu haben, aber in ihr brannte nicht mehr dieser tiefe Zorn und diese große Eifersucht.

Sie war froh, dass ihre Großmutter sie fest an sich zog und sehr herzlich begrüßte. Jenny wurde als Virginias Freundin willkommen geheißen. Clara, ihre Mutter und Großmutter setzten sich mit einer Tasse Tee an den Küchentisch und begannen sofort, Pläne für die bevorstehende Hochzeit zu schmieden. Auf Francines Vorschlag hin machten sich die drei Mädchen auf den Weg zur Scheune, um die Katze mit ihren kleinen Katzenkindern zu suchen. Der Hund sprang fröhlich neben ihnen her.

Später machten sie sich Limonade und verzogen sich mit aufgeschnittenem Kürbisbrot auf die Verandaschaukel. Sie ließen sich gemeinsam darin nieder, jede mit einem Kätzchen auf dem Schoß. Großmutter war noch immer mit den anderen Frauen ins Gespräch vertieft und Virginia fühlte sich trotz ihres neu gefundenen Friedens unwillkürlich erleichtert.

Aber sie würde an ihren Gefühlen arbeiten. Sie hatte es Clara versprochen. Vor allem hatte sie es Gott versprochen.

Als es Zeit zum Aufbruch war, nahm ihre Großmutter sie wieder in den Arm. Virginia war sicher, dass Oma Marty über ihr Gebet am Fluss Bescheid wusste, denn sie drückte sie besonders lang und fest an sich. Dann beugte sie sich zu ihr herab, sah ihr in die Augen und flüsterte: „Ich habe dich lieb. Ich werde für dich beten."

Virginia fiel es schwer, die Tränen zurückzuhalten.

Ihr Großvater gesellte sich zu der kleinen Gruppe. Ein strahlendes Lächeln lag auf seinem Gesicht, während Virginia die Tränen zurückkämpfte und sich krampfhaft bemühte, ihre Gefühle unter Kontrolle zu behalten.

„Wie ich höre, werden wir bald eine Taufe haben", sagte er und nun umarmte er Virginia sehr herzlich. „Das ist die beste Neuigkeit, die ich seit langem gehört habe", flüsterte er ihr ins Ohr. „Wir werden da sein, darauf kannst du zählen."

Virginia brachte ein dankbares Lächeln zu Stande. Es tat so gut, so unendlich gut, ihre Großeltern glücklich zu machen. Und noch besser war es, die schwere Last der Ängste und Zweifel endlich nicht mehr mit sich herumschleppen zu müssen. Es stimmte, was ihre Mutter sagte, dass Gott sie noch mehr liebte als ihre Familie. Und endlich konnte sie das auch glauben. Mit seinem Frieden im Herzen fühlte sie sich eingehüllt und geborgen. Geliebt und beschützt und vollkommen erfüllt von Freude. Es war wundervoll. Auch sie umarmte ihren Großvater.

*

„So", sagte ihre Mutter, als sie sich in den Buggy setzten, um in die Stadt zurückzufahren. „Ich habe ein gutes Gefühl. Wir haben viel geschafft. Ich wusste, dass Mama uns eine große Hilfe sein würde."

Clara lachte. „Ich schätze, wenn die Erfahrung einen guten Lehrer ausmacht, dann haben wir in ihr wirklich eine hervorragende Ratgeberin", meinte sie. Sie klang sehr fröhlich. Virginia vermutete, dass das die bevorstehenden Monate über auch so bleiben würde.

„Ich kann es kaum erwarten, das alles mit Troy zu besprechen", fuhr Clara mit träumerischer Stimme fort.

Virginia hob den Kopf und sah ihre ältere Schwester an. Ihre Wangen waren gerötet und ein lebhaftes Funkeln lag in ihren dunkelblauen Augen. Sie würde heiraten. Dann würde sie nicht mehr zu Hause wohnen. Sie würde in das kleine Haus mit den grünen Fensterläden und dem mit Steinen gepflasterten Gehsteig in der Elm Street ziehen.

Virginia spürte, wie sich ihre Kehle zusammenschnürte. Sie würde sie wirklich sehr vermissen.

Kapitel 12

„Hast du Lust, mal mit mir in die Jugendgruppe zu kommen?“

Virginia stellte diese Frage, als sie und Jenny zusammen nach Hause gingen. Jenny schien die ehrliche Einladung herauszuhören und zu verstehen.

Sie blickte Virginia lange und eindringlich an, bevor sie antwortete: „Ich ... ich glaube, ich würde gern mitkommen. Ich meine ... ich ... Bist du sicher, dass sie ... sie mich dabei haben wollen?“

„Natürlich!“ Virginias Antwort kam so schnell und inbrünstig, dass sie selbst überrascht war. Würden die anderen Jenny tatsächlich akzeptieren? Alle? Jenny war eine Außenseiterin, anders als die anderen. Jennys Vater trank zu viel und fluchte. Jenny selbst benutzte oft ziemlich üble Schimpfwörter. Sie war eine Diebin, eine Rebellin.

Über ihre nächsten Worte dachte Virginia sorgfältig nach. „Ich bin sicher, man würde dich willkommen heißen. Seit dem Unfall haben wir oft für dich und ... und die anderen gebetet.“

Es war jetzt mitten im Winter. Weihnachten war bereits vorbei und die Leute hatten sich mittlerweile an die Kälte und den Schnee gewöhnt. Bei den Simpsons war mit den Gedanken und Träumen vom Frühling gleichzeitig die bevorstehende Hochzeit von Clara und Troy verbunden. Die Vorbereitungen hielten die Familie auf Trab und verkürzten die langen und langweiligen Wintertage.

„Ich würde gern kommen“, wiederholte Jenny, „aber ich habe auch ein wenig Angst davor.“

„Würde dein Vater dich denn mitgehen lassen?“

Jenny hielt inne. „Ich glaube nicht, dass er es überhaupt merken würde“, antwortete sie langsam. „Es interessiert ihn nicht, wo ich bin oder was ich mache.“

„Dann steht der Sache doch nichts im Wege.“ Virginia bemühte sich, Begeisterung in ihre Stimme zu legen und Jenny dadurch ihre Bedenken zu nehmen. „Du kennst die anderen ja schon von der Schule. Am Freitag treffen wir uns alle zum Schlittschuhlaufen an Conners Teich.“

„Ich ... ich habe keine Schlittschuhe.“

Virginia war sehr erstaunt. Sie hatte gedacht, alle Kinder in der Stadt würden Schlittschuhe besitzen. Es schien ihr auf die Schnelle keinen Weg zu geben, dieses Hindernis zu überwinden.

„Vielleicht könntest du einfach ... einfach mitkommen ... und zusehen“, schlug sie vor.

Jenny schüttelte den Kopf und zog die Nase kraus. „Das wäre nicht so gut.“ Sie zögerte und fügte dann hinzu: „Bestimmt würde der eine oder andere denken, er müsste mir Gesellschaft leisten und dann würde ich ihm den Spaß verderben.“

Virginia nahm an, dass Jenny mit „der eine oder andere“ sie meinte und vermutlich hatte sie Recht. Es war bestimmt nicht schön, selbst Schlittschuh zu laufen, während Jenny allein am Ufer saß.

„Vielleicht das nächste Mal“, meinte Jenny leise.

Virginia war sicher, Enttäuschung in der Stimme des Mädchens wahrgenommen zu haben. „Nächstes Mal wird eine Valentinsparty in der Gemeinde veranstaltet.“

Jenny nickte, dann wandte sie sich Virginia zu. „Muss man ein Valentinsgeschenk besorgen?“

Virginia runzelte die Stirn und zuckte die Achseln. „Einige tauschen Valentinsgeschenke aus, aber das braucht man nicht.“

„Ich meine, muss man einen ... du weißt schon – einen Freund mitbringen?“

„Einen Freund? Nein. Natürlich nicht. Pastor Doyle findet es gar nicht so gut, wenn wir ... na ja, wenn wir schon miteinander gehen. Nicht in unserem Alter.“

„Oh“, meinte Jenny leichthin.

Schweigend gingen sie weiter. Es war Jenny, die das Schweigen schließlich brach. „Würden deine Mama und dein Papa dir das denn erlauben?“

„Was denn?“

„Du weißt schon – mit einem Jungen zu gehen? Mit ihm auszugehen oder dass er dich besucht?“

Virginia hatte über eine Freundschaft noch nicht nachgedacht. „Ich bin doch erst vierzehn“, antwortete sie.

„Vierzehneinhalb“, korrigierte Jenny. „Einige Mädchen haben in dem Alter schon einen Freund.“

„Ich glaube nicht, dass meine Eltern mir das erlauben würden.“

„Wann hat Clara denn mit Troy angefangen?“

Virginia musste überlegen. Wann hatte Troy angefangen, sie zu besuchen? „Sie war sechzehn. Fast siebzehn.“

„Siebzehn? Das ist aber spät.“

„Bei ihrer Hochzeit wird sie neunzehn sein, fast zwanzig.“

„Das ist sehr alt.“

„Mama war noch älter.“

„Tatsächlich? Meine Mama war gerade sechzehn.“

Virginia blieb stehen und sah Jenny an. Dann war sie ja kaum älter gewesen als Jenny jetzt. Aber die Ehe von Jennys Eltern war auch nicht sonderlich gelungen. Davon sagte Virginia natürlich nichts, denn sie wollte ihre Freundin nicht verletzen.

„Hättest du gern einen Freund?“ Jenny war mit dem Thema noch nicht fertig. „Ich meine, wenn sie es dir erlauben würden?“

Virginia schob ihre Bücher unter den anderen Arm. Sie hatte noch nicht viel über Jungs und diese Dinge nachgedacht. Würde es ihr gefallen? Mit einem Jungen auszugehen? Händchen zu halten? Zuzulassen, dass er den Arm um sie legte? Sich vielleicht sogar küssen zu lassen? Solche Gedanken fand sie ein wenig peinlich, gleichzeitig aber auch aufregend.

Sie begann nervös und etwas schrill zu lachen. „Ich bin mit Freddie in die –“ Sie brach ab. Die Erinnerung an den Eisbecher, den sie sich mit dem jetzt verstorbenen Freddie geteilt hatte, war noch immer schmerzlich.

„Ich glaube nicht, dass das zählt“, wandte Jenny ein. „Wir waren ja mit anderen zusammen.“

„Oh.“

„Wusstest du, dass Mr. Crell noch immer sauer ist? Er sagt, er würde diesem Marshall heimzahlen, was er seinem Sohn angetan hätte.“

Virginia wirbelte zu Jenny herum. „Rett hat doch gar nichts Böses getan.“

„Woher weißt du das? Niemand erinnert sich mit Gewissheit daran. Ich auch nicht. Ich war beinahe bewusstlos, weil ich gegen den Felsen geschleudert worden war.“

„Und er hat dir das Leben gerettet“, sagte Virginia mit zitternder Stimme. „Wenn er nicht gewesen wäre, dann lägst du jetzt auch wie Freddie im Grab. Und ... er hat auch versucht, Freddie zu retten.“

„Woher willst du das wissen?“

„Weil ich ihn kenne und weil er nie einem anderen Menschen weh tun würde. Er könnte es gar nicht.“

„Woher willst du das wissen?“

Es war beinahe ihr erster Streit, seit sie ihre Freundschaft erneuert hatten. Virginia spürte, wie sie langsam wütend wurde. Sie dachte zurück an den Tag am Flussufer. An ihr haltloses Schluchzen und wie Rett Marshall liebevoll versucht hatte, sie zu trösten. Er konnte so etwas Gemeines überhaupt nicht getan haben. Sie wusste es einfach. Aber wie sollte sie das Jenny erklären?

„Du warst ja nicht dabei, nicht?“, beharrte Jenny.

„Nein, aber –“

„Siehst du? Niemand weiß es genau.“

„Ruth erinnert sich noch ganz gut.“

„Ruth ist fortgezogen. Sie lebt jetzt mit ihren Eltern in der Stadt. Und vielleicht hat sie sich gar nicht richtig erinnert. Die Leute sagen, man könnte sich durchaus etwas einreden, wenn man unter Schock steht.“

„Auf jeden Fall würde Rett nie jemandem weh tun. Da bin ich ganz sicher.“

Jenny sah sie wissend an. „Deine Meinung zählt nicht, Virginia. Das solltest du doch eigentlich wissen, wo dein Vater Rechtsanwalt ist. Du musst Beweise haben."

„Aber das ... das gilt auch umgekehrt", wütete Virginia. „Du musst auch Schuld beweisen."

„Na ja, vielleicht finden sie ja noch einen Beweis. Mr. Crell hat noch nicht aufgegeben. Er sagt, er wird nicht ruhen, bis dieser gefährliche Verrückte hinter Schloss und Riegel sitzt."

Diese Worte versetzten Virginia einen Stich. „Es ist ganz schön gemein, dass du so etwas sagst", schleuderte sie Jenny entgegen. „Immerhin hat er dir das Leben gerettet. Man könnte meinen, du wärst ein wenig dankbarer."

Jenny zuckte gleichgültig die Achseln. „Vielleicht haben die Leute ja Recht. Vielleicht hat er uns überhaupt erst ins Wasser gestoßen."

Virginia warf ihr einen vernichtenden Blick zu und drehte sich um. Sie hoffte nur, dass Jenny nicht so dumm war, ihr heute nach Hause zu folgen. Und vielleicht war es auch gar keine so gute Idee, dass sie mit in die Jugendstunde kam.

*

„Wo ist Jenny?", fragte Clara, als Virginia ihre Bücher auf die Kommode neben der Tür warf und sich an den Tisch setzte.

Virginias Gedanken überschlugen sich noch immer und ihr Gesicht war noch vor Zorn gerötet.

„Ich glaube nicht, dass sie heute kommt", antwortete sie, wobei sie sich Mühe gab, ihre Stimme so gleichgültig wie möglich klingen zu lassen.

Sie spürte Claras Blick auf sich, aber sie weigerte sich, sich umzudrehen und sich ihm zu stellen.

„Warum nicht?", fragte Francine, den Mund voller Plätzchen. „Hat sie zu Hause zu tun?"

Jenny hatte nie Pflichten zu Hause, zumindest keine regelmäßigen. Virginia fragte sich oft, wer die kleinen Arbeiten im Haus erledigte. Vielleicht blieben sie einfach liegen.

„Hattet ihr einen Streit?", fragte Danny.

Virginia hätte ihm am liebsten gesagt, er solle sich um seine eigenen Angelegenheiten kümmern, aber sie schluckte die Bemerkung hinunter. Sie hatte Clara versprochen zu versuchen, duldsamer mit anderen umzugehen.

„Danny, Mr. Adamson sagt, in seinem Garten würde ein Eichelhäher mit einem verletzten Flügel liegen", sagte Clara. „Er dachte, du würdest ihn dir vielleicht gern einmal ansehen."

Danny steckte sein letztes Plätzchen in den Mund und griff nach seinem Milchglas. Schon war er unterwegs.

Danny war kaum zur Tür hinaus, als es leise klopfte. Jenny kam herein. Sie warf Virginia einen Blick zu, lächelte versöhnlich, dann nickte sie Clara zu.

„Mama musste in die Stadt, aber sie sagte, sie käme rechtzeitig zurück, um mit dir deine Übungen zu machen", erklärte Clara, als sie ein weiteres Glas Milch auf den Tisch stellte.

Jenny setzte sich an den Tisch.

„Am Freitag gehen wir Schlittschuhlaufen auf dem Teich", berichtete Clara. Virginia nahm an, dass ihre Schwester nach einem Thema suchte, um die Spannung im Raum abzubauen.

„Sie hat keine Schlittschuhe", erklärte Virginia leichthin.

„Oh!" Nicht einmal Clara schien zu wissen, was man da tun konnte.

„Vielleicht gehe ich dann einfach nur zu der Valentinsparty eine Woche später", meinte Jenny in einem Versuch, höflich zu sein, wie Virginia annahm.

„Ja, das wäre nett." Clara lächelte Jenny an. „Das ist aber noch ganz schön lange hin. Zu schade, dass du nicht zum Schlittschuhlaufen mitkommen kannst. Es ist immer so schön."

Francine kicherte. „Beim Schlittschuhlaufen hat Troy Clara zum ersten Mal geküsst", informierte sie die am Tisch Sitzenden.

Clara errötete. „Woher weißt du das?" Sie zerzauste der Kleinen die Haare.

„Ich habe gehört, wie du es Josie erzählt hast."

„Du kleine Lauscherin", sagte Clara, aber in ihrer Stimme lag große Wärme.

„Es sti-himmt", sang Francine. „Es stimmt."

Clara versuchte nicht einmal, es zu leugnen.

Virginia spürte Jennys Blick auf sich. Sie wusste, es hatte etwas mit ihrem Gespräch über Freundschaften und Jungen zu tun, aber sie war nicht sicher, was sie ihr mitzuteilen versuchte.

„Valentinspartys sind auch schön“, sagte Virginia, um das Schweigen zu durchbrechen.

„Warte einen Augenblick.“ Clara wirbelte herum. Ihre Stimme klang aufgeregt. „Welche Schuhgröße hast du, Jenny?“

Jenny wirkte verwirrt, streckte Clara aber ihren Fuß entgegen, damit sie selbst nachsehen konnte. „Ich glaube, meine Schlittschuhe könnten dir passen. Warte hier.“

Virginia überlegte flüchtig, warum Clara Jenny wohl sagte, sie solle noch warten. In letzter Zeit hielt sie sich doch sowieso immer in ihrem Haus auf. Zum Glück besaß sie wenigstens so viel Anstand, noch bei sich zu Hause zu schlafen.

Schon bald war Clara wieder da. In der Hand hielt sie ein Paar Schlittschuhe. Sie kniete sich vor Jennys Stuhl auf den Boden. Jenny wandte sich ihr zu und zog den Stiefel von ihrem linken Fuß.

„Hmm. Vielleicht ein wenig zu groß, aber du kannst ja dicke Strümpfe anziehen. Ich denke, das wird ganz gut gehen. Siehst du! Jetzt kannst du auch zur Schlittschuhparty gehen.“

Erfreut erhob sich Clara und reichte Jenny die Schlittschuhe.

„Gehst du denn nicht mit Troy?“, fragte Virginia. Sie konnte ihre Enttäuschung kaum verbergen.

„Na ja ... doch, eigentlich schon. Aber wir werden uns dann halt um das Feuer kümmern und heiße Schokolade machen.“

Virginia wusste, wie groß Claras Verzicht war. Sie liebte Schlittschuhlaufen und man erzählte sich, sie sei die beste Läuferin der Gegend.

„Dann können sie sich am Feuer küssen anstatt auf dem Eis“, verkündete Francine mit einem spitzbübischen Blick. Clara versetzte ihr einen Rippenstoß.

*

Der Abend war kalt, der Mond hing riesengroß am Himmel. Sein sanfter Schein fiel auf die Bäume, die den gefrorenen Teich säumten.

Aufgeregte Stimmen hallten in der kalten Nachtluft wider, als sich die warm eingepackten jungen Leute allmählich am Teich einfanden. Ein lustig flackerndes Feuer streckte seine Flammenfinger bereits zum Himmel aus.

Es war der ideale Abend zum Schlittschuhlaufen. Virginia empfand große Vorfreude, als sie ihre Schlittschuhe anzog und zuschnürte. Sie war keine so gute Läuferin wie ihre Schwester, aber sie liebte es, über die glatte Eisfläche zu gleiten.

„Wo sind denn deine Schlittschuhe?“ Diese an Clara gerichtete Frage hörte sie mehr als einmal. Immer hatte Clara eine fröhliche Antwort parat. Sie und Troy würden auf das Feuer aufpassen und die heiße Schokolade kochen. Die anderen schienen sich mit diesen Erklärungen zufrieden zu geben. Clara gehörte jetzt schon zu den „Älteren“. Im kommenden Frühling würde sie heiraten. Vielleicht machte das Schlittschuhlaufen ihr keinen Spaß mehr.

Aber Virginia wusste es besser. Sie warf einen Blick auf Jenny, die auf einem Baumstamm saß und Claras sorgfältig gepflegte Schlittschuhe anzog. Hatte Jenny überhaupt auch nur eine Ahnung, was es Clara bedeutete, an diesem Abend auf das Laufen zu verzichten? Vermutlich nicht. Aber schließlich konnte Jenny manchmal ein wenig ... gefühllos sein. Immerhin dachte sie tatsächlich, Rett Marshall könnte jemandem etwas antun. Dieser ungerechte Vorwurf nagte noch immer an Virginia.

Aber sofort musste sie an ein Gespräch mit Clara denken. „Wir dürfen niemals zu hart sein in unserem Urteil über andere Leute“, hatte Clara gesagt. „Vielleicht haben sie nicht die Vorteile einer so guten Erziehung genossen, haben keine so besorgten Eltern gehabt wie wir oder nicht gelernt, was die Bibel uns lehrt. Wir sollten sie nicht wegen Dingen verurteilen, die sie nicht wissen können oder weil sie Fehler gemacht haben, die sie gar nicht als solche erkennen.“

Vielleicht traf das auch auf Jenny zu. Vielleicht war ihr nie beigebracht worden, das Gute im Menschen zu sehen, freundlich und dankbar zu sein. ...

Virginia hatte nun endlich ihre Schlittschuhe zugebunden und erhob sich.

„Brauchst du Hilfe?“, rief sie Jenny zu. Sie war entschlossen, ihre Einführung in die Jugendgruppe so angenehm wie möglich zu gestalten.

*

„Hat Jenny Spaß gehabt?“, fragte Virginias Mutter, als sie ihr aus dem langen Schal und der Mütze half.

„Ich glaube schon“, antwortete Clara, bevor Virginia etwas sagen konnte. „Ich war sehr stolz auf unsere Gruppe und besonders auf Virginia. Alle haben sich Mühe gegeben, dass Jenny sich wohl fühlt.“

Ihre Mutter lächelte. „Denkst du, sie wird auch weiterhin kommen, wo das Eis jetzt durch das Schlittschuhlaufen gebrochen ist?“

„Das Eis ist heute Abend nicht gebrochen“, meinte Rodney, der die Hände über den warmen Ofen hielt. „Dazu war es einfach zu kalt.“

„War es wirklich so eisig?“ Diese Frage kam von ihrem Vater.

„Es war schon kalt, aber ideal zum Schlittschuhlaufen“, versicherte Clara. „Das Eis sah prima aus.“

Erneut musste Virginia an Claras Geschenk an Jenny denken. Sie fragte sich, ob sie jemals so selbstlos sein könnte.

„Das freut mich aber“, meinte ihre Mutter. „Ich habe das Gefühl, dass du endlich einen Durchbruch geschafft hast, Virginia. Da Jenny jetzt schon mal mit der Jugendgruppe unterwegs gewesen ist, hoffe ich, dass sie auch mit in den Gottesdienst kommt. Ich denke, dass die Leute, die nicht zur Kirche gehen, manchmal recht seltsame Vorstellungen von uns Christen haben.“

„Sie denken, wir seien ... komisch oder so etwas“, warf Danny ein, der hatte aufbleiben dürfen, bis seine Geschwister zurückkehrten. Er konnte es kaum erwarten, bis auch er in die Jugendgruppe gehen durfte.

„Na ja ... ich weiß nicht“, sagte ihr Vater, „aber alles Neue und Unbekannte kann zuerst recht beängstigend sein. Ich bin froh, dass Jenny sich bei ihrem ersten Kontakt mit der Jugendgruppe amüsiert hat. Wir sind sehr stolz auf dich, Virginia.“

„Das war ich doch gar nicht“, gab Virginia zu, als sie ihre dicken Strümpfe auszog. „Sie hätte nicht mitgehen können, wenn Clara nicht gewesen wäre. Ich hatte nicht einmal daran gedacht, ihr meine Schlittschuhe anzubieten.“

Sie war noch immer selbstsüchtig und gedankenlos. Ein langer, weiter Weg lag vor ihr.

Kapitel 13

Virginia war erstaunt, dass Jenny der bevorstehenden Valentinsparty mit noch größerer Vorfreude entgegensah als sie selbst. Jenny schien von nichts anderem mehr sprechen zu können. Doch als Jamisons Name immer häufiger in diesen einseitigen Gesprächen fiel, begann Virginia zu begreifen, was für Jenny daran so interessant war.

Sie wollte etwas sagen, Jenny warnen, dass Jamison zu den „älteren Jungen“ gehörte. Dass er sicher kein bisschen interessiert war an einem zwei Jahre jüngeren Mädchen. Dass Nelly Bent bereits ein Auge auf Jamison geworfen hatte und Jamison das überhaupt nicht zu bemerken schien. Dass Jamison sich keinesfalls für ein Mädchen interessieren würde, das seinen Glauben nicht teilte. Aber sie schwieg, denn sie wollte Jenny nicht verärgern. Dann würde sie vielleicht nicht mehr in die Jugendstunde kommen.

„Ich habe meinem Vater gesagt, ich brauche ein neues Kleid“, erzählte Jenny Virginia aufgeregt, als sie an einem recht kalten Februarnachmittag gemeinsam von der Schule nach Hause gingen.

An ein neues Kleid hatte Virginia noch nicht gedacht. „Und, was hat er gesagt?“

„‚Na, dann besorg dir eins‘.“

„Das hat er gesagt?“ Virginia wünschte, auch für sie wäre es so leicht, ein neues Kleid zu bekommen. „Dann bekommst du also eins?“

„Natürlich“, erwiderte Jenny.

Virginia spürte einen Stich Eifersucht.

„Du kannst mit mir kommen, wenn ich den Stoff aussuche“, bot Jenny großzügig an.

„Ich muss Mama fragen.“

Am folgenden Samstag gingen beide Mädchen in den Gemischtwarenladen, damit Jenny sich einen Stoff aussuchen konnte. Die Schneiderin am Ort war bereits mit der Näharbeit beauftragt worden. Jenny hatte nicht Nähen gelernt, da sie keine Mutter hatte, die es ihr beibrachte.

Trotz ihrer gemischten Gefühle war auch Virginia sehr aufgeregt. Vielleicht war das ansteckend.

„Das ist das erste Kleid, das ich mir für einen ... du weißt schon – für einen Jungen aussuche." Jenny wusste sich in ihrer Begeisterung kaum zu bremsen.

Virginia runzelte die Stirn. Sie hatte gedacht, das Kleid sei für Jenny. „Was meinst du damit?"

„Du weißt schon", sagte Jenny und warf ihre roten Haare zurück. „Das ist das erste Mal, dass ich ... überlegen muss, was *ihm* wohl am besten gefällt."

„Wem?"

Jenny blickte sie verächtlich an. „Bist du aber schwer von Begriff!"

Endlich verstand Virginia, worauf Jenny anspielte. Sie meinte Jamison. „Oh. Ach so."

Ihr Kommentar klang leicht vorwurfsvoll und Jenny gab ein Schimpfwort von sich. Virginia hatte so gehofft, dass Jenny diese Ausdrucksweise ihres Vaters mittlerweile abgelegt hätte. Sie runzelte die Stirn.

„Tut mir Leid", beeilte sich Jenny zu sagen, aber sie sah gar nicht so aus, als würde es ihr tatsächlich Leid tun. Sie wirkte eher verärgert. „Aber manchmal bist du so ... so ... so schrecklich kindisch. Eines Tages wirst du erwachsen werden müssen."

Virginia schob das Kinn vor. „Falls Erwachsenwerden bedeutet, dass man mit Schimpfwörtern um sich wirft und –" Sie wollte sagen, *von Jungen schwärmt*, aber sie riss sich noch rechtzeitig zusammen. Letzteres gehörte vermutlich tatsächlich zum Prozess des Erwachsenwerdens dazu und nicht in dieselbe Kategorie wie der erste Vorwurf. „Na ja, ich benutze solche Wörter jedenfalls nicht. Mama und Papa –"

Jenny warf ihr einen eiskalten Blick zu. „Ich weiß, ich weiß.

Sie lassen nicht zu, dass ihr kleines Mädchen die Erwachsenensprache benutzt."

„Das ist nicht die Erwachsenensprache", beharrte Virginia. „Das ist ... das ist Gossensprache. Meine Eltern und meine Großeltern ... keiner von ihnen benutzt solche Wörter. Und sie sind erwachsen und –"

„Ist ja schon gut", unterbrach sie Jenny. „Ich habe ja gesagt, dass es mir Leid tut. Lass uns nicht streiten."

Schweigend gingen sie weiter. Virginia war froh, als sie den Laden erreichten und eintraten. Im Inneren war es warm und windgeschützt und unwillkürlich zog es sie zu dem großen Ofen in der Mitte des Raumes.

Mr. Eddy hob den Kopf und nickte ihnen zu. „Was kann ich für euch Mädchen tun? Es ist ja wirklich schrecklich kalt draußen."

„Ich brauche einen Stoff", sagte Jenny schnell. Ihre Stimme klang ganz aufgeregt.

„Meterware? Mrs. Eddy wird dir gern dabei behilflich sein."

Er wandte sich um und rief: „Cora! Hier braucht eine Kundin deine Hilfe."

Virginia ging so dicht an den Ofen heran, wie es ging, und stampfte leicht mit den Füßen, um die Blutzirkulation anzuregen. Es war zu kalt, um draußen zu sein, nur weil man Stoff für ein Kleid kaufen wollte, um damit einen Jungen bei der Valentinsparty zu beeindrucken.

Sie spürte einen Ellbogen in ihrer Seite. „Komm schon", sagte Jenny. „Sie ist da."

Gehorsam folgte Virginia ihr zum Regal mit den Flanell- und Baumwollstoffen. Mrs. Eddy hatte noch keinen Ton gesagt, auch kein Lächeln zu Stande gebracht. Missmutig holte sie die schweren Stoffballen herunter und legte sie vor Jenny auf die Theke. Jenny sah sie sich an, betastete einen und runzelte die Stirn.

„Haben Sie denn nichts ... Schöneres? Es soll für ein Partykleid sein", erklärte sie der Frau.

„Partykleid?"

Virginia hörte die Worte und die Verärgerung in der Stimme

der Frau. War sie vielleicht von einer Back- oder Flickarbeit fortgerufen worden? Dann fiel Virginia ein, dass Mrs. Eddy, wie Mrs. Parker erzählte, den größten Teil ihrer Zeit damit verbrachte, Groschenromane zu lesen. Vielleicht hatte sie gerade gelesen. Kein Wunder, dass sie so schlecht gelaunt war.

„Was ist mit diesem ... dem Blauen da?“ Jenny deutete auf das Regal.

„Der ist zu fein für ein Schulmädchen“, gab Mrs. Eddy unwirsch zurück.

Jenny ignorierte sie. „Oder der Grüne dort drüben – der da. Oder der Cremefarbene.“

„Der ist zu dünn für den Winter. Hier ist noch ein schöner Zimtfarbener.“

Jenny schnitt eine Grimasse. Obwohl sie für Virginia bestimmt war, hatte Mrs. Eddy sie gesehen und wurde noch missgelaunter. Virginia befürchtete, dass es Ärger geben würde. Wie man hörte, wieder von Mrs. Parker, konnte Mrs. Eddy recht unangenehm werden.

Virginia trat vor und sagte mit versöhnlicher Stimme: „Ich glaube, sie ist der Meinung, dass der zimtfarbene Stoff nicht zu ihrer Haarfarbe passt.“

Mrs. Eddy starrte Jennys Haare an, aber sie sagte kein Wort.

„Den blauen, grünen und cremefarbenen Stoff würde ich bitte gern näher ansehen“, wiederholte Jenny.

Wortlos griff die Frau nach den Ballen und ließ sie auf die Theke knallen.

„Ach“, rief Jenny und strahlte, als sie den cremefarbenen Stoff berührte.

Mrs. Eddy schlug ihre Hand schnell beiseite. „Fass ihn nicht an. Du machst den Stoff schmutzig“, sagte sie unfreundlich.

Einen schrecklichen Augenblick lang dachte Virginia, Jenny würde explodieren. Vielleicht würde sie wieder eines ihrer Schimpfwörter in den Mund nehmen ... oder Schlimmeres. Aber stattdessen griff Jenny in die Tasche und holte einige Geldscheine heraus. Entschlossen legte sie sie auf die Theke, während sie keinen Blick von Mrs. Eddy wandte. Die Frau schien die Botschaft verstanden zu haben. Jenny war eine gut zahlende Kundin. Und mit einem weiteren Blick, der besagen sollte, dass sie durchaus das Recht dazu hatte, griff sie erneut nach dem Stoff.

Sie wandte sich an Virginia. *Was meinst du?*, fragte ihr Blick.

„Er ist tatsächlich sehr dünn für den Winter“, meinte Virginia schließlich.

„Aber er ist sehr hübsch.“

„Der Blaue ist auch schön. Und ich denke, der Grüne würde gut zu deinen Augen passen.“

Jenny nahm den blauen Stoff und hielt ihn sich an. Dann legte sie ihn wieder hin und nahm den grünen. „Sieh genau hin“, trug sie Virginia auf. „Welcher ist der beste? Der Blaue, der Grüne?“ Sie tauschte sie erneut aus. „Oder der Cremefarbene?“ Sie griff nach dem Cremefarbenen und hielt ihn sich nahe an ihr Gesicht.

Zweifellos stand der Cremefarbene ihr am besten. Aber Mrs. Eddy hatte Recht. Er war viel zu dünn für den Winter. Es wäre nicht die richtige Wahl. Das war ein Stoff für ein Brautkleid.

„Vielleicht der Grüne“, überlegte Virginia.

Aber Jenny ließ sich nicht beirren. „Haben Sie einen Spiegel?“, fragte sie Mrs. Eddy.

Die Frau wirkte überrascht, nickte aber steif. Sie holte einen Spiegel unter dem Tisch hervor. Jenny machte sich selbst ein Bild. Virginia wandte sich ab. Sie wusste, auf welchen Stoff ihre Wahl fallen würde. Bestimmt bemerkte Jenny, dass der cremefarbene Stoff ihre grünen Augen zum Strahlen brachte und den rosigen Schimmer ihrer Wangen unterstrich. Sie würde diesen Stoff nehmen und jeder würde sie für einen Dummkopf halten, weil sie mitten im Winter einen so dünnen Stoff trug. Die reinste Dummheit.

Wenn sie eine Mutter hätte ... Virginia konnte sich gegen diesen Gedanken nicht wehren. Aber leider hatte Jenny keine Mutter.

„Wir könnten doch meine Mutter holen. Sie könnte uns bei der Entscheidung helfen“, hörte Virginia sich sagen. „Sie hat wirklich einen guten Geschmack bei der Stoffauswahl und ich wette, sie würde dir das Kleid sogar nähen.“

Aber Jenny drehte sich strahlend zu ihr um. „Das braucht sie nicht. Ich habe mich bereits entschieden."

*

Am Tag vor der Valentinsparty beschrieb Jenny Virginia ihr neues Kleid. Es war wunderschön ... und vollkommen unpassend. Aber das behielt Virginia für sich.

„Es ist ein Traum", sagte sie stattdessen, was ja auch durchaus stimmte.

„Denkst du, dass ... dass es ihm gefallen wird?"

Mittlerweile wusste Virginia, wer mit *ihm* gemeint war. Aber sie konnte es nicht sagen. Sie hatte keine Ahnung, was Jamison von dem Kleid halten würde. Sie wünschte, sie könnte Jenny sagen, dass sie sich viel zu viele Gedanken um die Meinung eines Jungen machte, den so etwas überhaupt nicht interessierte. Aber das brachte sie nicht fertig.

„Ich ... ich wüsste nicht, warum es ihm nicht gefallen sollte", stammelte sie lahm. „Es ist wirklich hübsch."

Das schien Jenny zufrieden zu stellen.

*

Der Abend der Valentinsparty war noch kälter als der Abend, an dem sie zum Schlittschuhlaufen gegangen waren. Virginia packte sich warm ein.

„Pass auf, dass du dicke Strümpfe und deinen warmen Pullover unter deinem Mantel trägst", riet ihr ihre Mutter. „Es ist kalt draußen. Sogar in der Kirche wird es kalt sein. Der Ofen kann nicht den ganzen Raum heizen."

Virginia dachte an Jenny. Wie würde sie in ihrem dünnen Kleid zurechtkommen? Die Beiden wollten sich an der Ecke treffen und den kurzen Weg gemeinsam zurücklegen. Rodney war schon in der Kirche, da er sich bereit erklärt hatte, das Feuer im Ofen zu entzünden. Clara war auch schon früher gegangen. Sie würde zusammen mit anderen für die Getränke sorgen.

Während Virginia durch den kalten Abend schritt, hoffte sie, dass Jenny sie nicht warten ließ. Es war viel zu kalt, um herumzustehen.

Aber Jenny war bereits da. Sie hüpfte von einem Fuß auf den anderen und rieb sich die Hände. Weißer Dampf stand vor ihrem Mund.

„Ich dachte schon, du würdest nie kommen", meinte sie ungeduldig.

„Ich bin pünktlich", entgegnete Virginia. „Du bist zu früh."

Jenny setzte sich in Bewegung, bevor Virginia sie überhaupt erreicht hatte. Virginia bemerkte, dass das Mädchen seinen leichten Sommermantel trug.

„Wo ist denn dein Wintermantel? Du wirst ja erfrieren", rief sie.

„Der würde das Kleid zerdrücken", gab Jenny einfach zurück.

„Aber –"

„Beeil dich."

Das schien allerdings eine gute Idee zu sein.

In der Kirche zogen sie ihre Mäntel, Schals und Mützen aus und hängten sie an die dafür vorgesehenen Haken. Virginia fand, dass Jenny vollkommen durchfroren wirkte. Sie rieb sich unablässig die Hände und trat von einem Fuß auf den anderen. Und dann bemerkte Virginia, dass Jenny auch dünne Strümpfe und Schuhe angezogen hatte.

„Jenny, du bist ja verrückt. Bestimmt wirst du krank werden", rief sie besorgt, doch sie erntete nur einen von Jennys berühmten Blicken. Sie begaben sich zu den anderen Jugendlichen.

Der Raum sah vollkommen verändert aus. Die harten Bänke waren zur Seite gerückt worden, so dass in der Mitte viel freier Platz blieb. Fröhliche rote Herzen und weiße Spitzengirlanden waren kunstvoll vom Dekorationskomitee aufgehängt worden. Auf den Fensterbänken brannten rote Kerzen, die bei jedem Luftzug flackerten. Obwohl Rodney sich alle Mühe mit dem Feuer gab, war es in dem Raum noch immer unangenehm kalt. Virginia war froh über ihre warmen Strümpfe und den Pullover.

Sie warf einen Blick auf Jenny und sah, wie ihre Freundin merklich zitterte.

Aber Jenny sah in dem cremefarbenen Kleid wirklich sehr hübsch aus. Falls es ihre Absicht gewesen war, die Aufmerksamkeit auf sich zu lenken, so war ihr das gelungen. In einem Raum voller Jugendlicher in dunkler Winterwolle und Flanellstoffen stach Jenny hervor wie ein Schmetterling in einem Strauch voller Motten. Virginia bemerkte die unterschiedlichsten Reaktionen bei den Mädchen. Einige betrachteten sie von der Seite und taten so, als wären sie überhaupt nicht beeindruckt von ihrer Erscheinung. Auch einige Jungen warfen ihr schnelle Seitenblicke zu und wandten sich dann sofort wieder ab.

Das Fest begann mit einer Reihe von Auflockerungsspielen. Virginia war froh, sich bewegen zu können und sie nahm an, dass sich Jenny sicherlich noch mehr darüber freute. Trotz ihrer klappernden Zähne schien Jenny sich zu amüsieren, auch wenn sie dem Ziel, Jamisons Aufmerksamkeit auf sich zu lenken, keinen Schritt näher kam.

Als die Zeit für die Getränke kam, verteilte Clara „zerbrochene Herzen“ aus Pappe, die „geflickt“ werden mussten, indem man den Partner mit der passenden anderen Hälfte fand. Die Beiden durften sich dann gemeinsam an heißem Apfelsaft und herzförmigen Ingwerplätzchen stärken. Virginia spürte, wie sich ihr Herzschlag beschleunigte. Ob ihre Eltern wohl wussten, dass Clara die Jugendlichen verkuppelte?

Aber ja, bestimmt wussten sie es. Das alles hier war eine saubere Sache in einer fröhlichen und behüteten Atmosphäre. Trotzdem war es beunruhigend zu denken, dass man während des Essens neben einem Jungen sitzen würde.

Sie sah sich nach Jenny um. Ob das die Gelegenheit für ihre Freundin sein würde? Falls Jennys Hälfte zu Jamisons passte, war sie bestimmt begeistert.

Alle jungen Leute liefen in dem Raum herum, nervös und aufgeregt, auf der Suche nach der anderen Hälfte ihres Herzens. Wenn sie sie gefunden hatten, zogen sie zu zweit los, um sich mit heißem Apfelsaft zu versorgen. Virginia bemerkte mehrere gerötete Gesichter und auch einige aufgebrachte Blicke, wenn ein Mädchen zusehen musste, wie ihr Angebeteter sich mit einem anderen Mädchen zusammentat. Rodney führte mit gerötetem Gesicht und offensichtlich nervös Ida Cross zu einer der Bänke an der Seite. Jeder hielt eine dampfende Tasse in der Hand.

Mehrere andere Paare suchten sich nun einen Platz. Virginia war so fasziniert von dem, was um sic herum vorging, dass sie sich noch nicht vom Fleck gerührt hatte.

Sie fing Jennys Blick auf. Da Jenny auch ihren Partner noch nicht gefunden hatte, machte sie sich mit ihrem „gebrochenen Herzen" auf den Weg zu Jamison. Doch in diesem Augenblick näherte sich ihr grinsend ein großer, dünner, etwas unbeholfen wirkender Junge, der gutmütig „Bohnenstange" genannt wurde. Er schob seine Hälfte an Jennys Herz und sehr zu Jennys Missvergnügen passten die beiden Hälften genau zueinander. Virginia wandte sich ab. Sie konnte es nicht ertragen, Jennys Gesichtsausdruck zu sehen und betrachtete lieber ihr eigenes Herz. Sie hatte noch immer keine Anstrengungen unternommen, ihren Partner zu finden. Fast alle waren mittlerweile fündig geworden. Es war überaus peinlich. Wieso war Clara überhaupt auf eine solche Idee gekommen?

Sie wollte sich gerade zurückziehen, als eine Stimme unmittelbar vor ihr sie zusammenfahren ließ. „Hey, sieht so aus, als würden unsere Herzen zusammenpassen."

Virginia blickte verwirrt auf und sah direkt in Jamisons Gesicht.

Kapitel 14

Virginia wagte es nicht, Jenny anzusehen. Den ganzen Abend über hatte Jenny versucht, Jamisons Aufmerksamkeit auf sich zu lenken, war dann von der alles andere als erwünschten „Bohnenstange“ weggeführt worden und jetzt ... jetzt wurde Virginia mit dem Jungen zusammengetan, auf den Jenny ein Auge geworfen hatte. Sie würde außer sich sein vor Zorn.

Virginia schluckte und spürte, wie sie errötete. Ihre Handflächen wurden plötzlich feucht. Es war nicht zu leugnen: Die beiden Stücke des Valentinsherzens passten genau zusammen.

„Sollen wir uns einen Becher Apfelsaft holen?“, fragte Jamison gerade.

Wie betäubt nickte Virginia und folgte ihm zu dem Tisch, an dem Clara die dampfenden Tassen verteilte. Clara bedachte sie mit einem schwesterlichen Lächeln, aber Virginia reagierte nicht. „Kekse?“

Virginia nickte stumm.

„Zwei oder drei?“

„Einen. Einer reicht.“ Virginia war sicher, dass sie ihn kaum hinunterbekommen würde.

Jamison nahm drei. „Wo möchtest du sitzen?“, fragte er.

Virginia sah sich um und überlegte, dass sie sich vielleicht zu Jenny und ihrem Partner setzen könnten, dann würde Jenny vielleicht doch noch Jamisons Aufmerksamkeit auf sich lenken können. Aber andererseits war das nicht unbedingt fair der armen „Bohnenstange“ gegenüber. Und außerdem könnte das bedeuten, dass sie sich dann mit ihm abgeben musste. Sie hatte nichts gegen den jungen Mann, im Gegenteil, er war sehr nett, aber sie hatte nicht den Wunsch, mit einem Jungen zusammengebracht zu werden. Daher war sie beinahe erleichtert zu sehen, dass neben Jenny kein Platz mehr frei war. Andere Paare hatten sich zu ihr auf die Bank gesetzt. Alle waren entschlossen, dem neuen Mädchen das Gefühl zu geben, willkommen zu sein, sogar in ihrer unpassenden Aufmachung.

Virginia ließ ihren Blick zu Jamisons Gesicht wandern. Ihr war nie aufgefallen, wie groß er war. Er überragte sie um gut einen halben Kopf. Aber eigentlich hatte sie auch noch nie so dicht neben ihm gestanden.

„Ich –“, begann sie, sprach den Satz aber nicht zu Ende.

„Da hinten bei Clara und Troy ist noch Platz“, sagte er und deutete mit der Tasse in der Hand in ihre Richtung.

Virginia wollte eigentlich nicht so gern neben ihrer großen Schwester und ihrem Freund sitzen, aber sonst war nirgendwo mehr Platz. Sie folgte Jamison ergeben. Clara rutschte zur Seite und klopfte auf den Platz neben sich. Sofort begannen die Drei miteinander zu plaudern und Virginia merkte, dass sie sich langsam entspannte. Vielleicht war es doch gar nicht so schlecht, hier bei Clara zu sitzen.

Als auch Virginia ins Gespräch gezogen wurde, hatte sie keine Probleme mehr, auf die an sie gerichteten Fragen zu antworten. Ja, in der Schule lief alles prima. Sie mochte die neue Lehrerin. Jamison erzählte, einige Schüler hätten gesagt, Mrs. Murray sei sehr streng, aber er hätte nichts gegen strenge Lehrer. Nicht solange sie auch gerecht waren. Dann wüsste man wenigstens, was einen erwartete, meinte er.

Virginia nickte. Jamison hatte noch nie Probleme in der Schule gehabt, so weit sie sich erinnerte. Sie war ein paar Mal mit der neuen Lehrerin aneinander geraten, aber dabei hatte es sich um Kleinigkeiten gehandelt, nichts, was die Eltern unbedingt hätten wissen müssen.

Schnell war die Pause vorüber und Troy erhob sich, um eine kurze Andacht zu halten. Wieder wünschte sich Virginia, sie könnte neben Jenny sitzen. Sie hoffte nur, dass ihre Freundin sich nicht unbehaglich fühlte, als Troy begann, darüber zu sprechen, was die Bibel über das Herz des Menschen sagte.

Er legte der Gruppe mehrere Herzen vor. Ein schwarzes sollte den Zustand des Sünders verdeutlichen, ein weiß gewaschenes stand für den Versuch des Menschen, seine Beziehung zu dem heiligen Gott in Ordnung zu bringen. Es sah nicht besonders gut aus; durch die weiße Farbe schimmerten noch dunkle, hässliche Flecken. Ein zerbrochenes Herz, das geheilt werden musste. Ein rotes sollte den Schmerz und das Leiden Christi verdeutlichen, der bereit gewesen war zu sterben, um Vergebung für die Menschen zu erwirken. Und dann hielt Troy ein strahlend weißes Herz in die Höhe.

„Schaffe in mir Gott, ein reines Herz, hat König David gebetet. Und es gibt nur einen Weg, ein solches Herz zu bekommen“, erklärte Troy. „Nur Gott kann dem Menschen seine Sünde wegnehmen. Nur er kann vergeben und uns ein reines, sauberes Herz schenken. Aber wir müssen ihn darum bitten, genau wie König David. Gott wird nur in unser Leben kommen und unsere Herzen reinigen, wenn wir ihn ehrlich darum bitten.“

Für Virginia war das keine neue Lektion. Im Laufe der Jahre hatte sie dies schon unzählige Male gehört. Aber das war das erste Mal, dass sie den bekannten Worten lauschte, ohne ein schlechtes Gefühl dabei zu haben. Sie war froh, dass sie nicht mehr von ihrer Schuld geplagt wurde. Sie hatte getan, worüber Troy sprach. Endlich. Sie hatte gebetet und Gott hatte ihr vergeben.

Aber was war mit Jenny? Wand sich Jenny unter diesen Worten? Oder zitterte sie nur, weil ihr Kleid viel zu dünn war?

*

„Na, du hast ja wirklich Glück gehabt“, zischte Jenny ärgerlich. „Oder hat die große Schwester die Valentinsherzen etwa manipuliert?“

Virginia runzelte die Stirn. Sie zogen hastig ihre Mäntel und Schals an und machten sich bereit für den Heimweg in der eisigen Kälte. Fast alle anderen waren bereits gegangen.

Virginia hatte sich erboten, Clara beim Aufräumen zu helfen. Auch Jenny hatte mitgemacht. Vermutlich hatte das etwas mit der Tatsache zu tun, dass auch Jamison noch half.

„Na?“, fragte Jenny nach.

„Ich weiß nicht, wovon du sprichst.“

Jenny schnaubte. „Tu doch nicht so unschuldig, Virginia. Du hast Jamison bekommen und ich die Bohnenstange.“

„Clara hat überhaupt nichts manipuliert“, erklärte Virginia hitzig. „So etwas würde sie nie tun. Falls du es noch nicht bemerkt hast, zwei andere Mädchen haben die Herzen verteilt.“

Das stimmte. Sogar Jenny musste das zugeben. „Auf jeden Fall scheint es dir nichts ausgemacht zu haben“, warf sie Virginia stattdessen vor.

„Ich hatte den Eindruck, dass du dich auch amüsiert hast“, gab Virginia zurück.

Das stimmte. Jedes Mal wenn sie zu Jenny herübergesehen hatte, hatte sie gerade gelacht. Manchmal ein wenig zu fröhlich und übermütig, vielleicht damit ihre Zähne nicht klapperten.

Jenny warf den Kopf zurück. „Kann man so sagen“, gab sie zu. „Er ist wirklich lustig.“

Sie machten sich gerade auf den Weg zur Tür, als Jamison auf sie zukam. „Wir sehen uns am Sonntag in der Kirche, Virginia“, rief er ihr zu und winkte.

Virginia zog die Tür fest hinter sich zu. Du meine Güte. Was würde Jenny jetzt deswegen wieder sagen?

*

Den Heimweg legten sie recht schweigsam zurück. Trotz des warmen Mantels, der Mütze und des Schals fror Virginia. *Wie hält Jenny das nur aus?*, fragte sie sich, aber sie wagte nicht zu fragen. Von ganzem Herzen hoffte sie, dass Jenny nicht krank werden würde. Sie überlegte, ob sie mit ihrer Mutter darüber sprechen sollte, wenn sie nach Hause kam.

Als sie sich der Straßenecke näherten, an der sie sich trennen würden, hatte Virginia den Eindruck, etwas sagen zu müssen. Jenny schien noch immer sauer auf sie zu sein. So sollte der Abend nicht zu Ende gehen.

„Ich hoffe, das Fest hat dir gefallen.“ Sie gab sich betont fröhlich.

„Ja.“ Jenny brachte kaum dieses eine Wort über die Lippen, so sehr klapperten ihr die Zähne.

„Ich hoffe, du kommst das nächste Mal wieder mit.“

„Das werde ich.“

Sie hatten ihre Ecke erreicht. Virginia drehte sich zu ihr um. „Dein Kleid ist wirklich sehr hübsch, Jenny. Allen ist das aufgefallen.“

Jenny erwiderte nichts, aber im Licht der Straßenlaterne sah Virginia ein hoffnungsvolles Funkeln in ihren Augen.

Virginia sah Jenny noch nach und eilte dann ebenfalls nach Hause.

Sie hatte kaum ein paar Schritte getan, als Jenny ihren Namen rief. Sie wirbelte herum. „Virginia“, rief Jenny. „Ich komme am Sonntag mit in die Kirche.“

Es dauerte einen Augenblick, bis Virginia begriff. Dann begann sie zu lächeln. Nur mit Mühe unterdrückte sie einen Aufschrei des Triumphs. Genau dafür hatten sie gebetet! Ihre Mutter würde sich sehr freuen.

Jenny eilte davon, bevor Virginia eine Antwort geben konnte. Als sie weiterging, überschlugen sich ihre Gedanken. Jenny würde in den Gottesdienst kommen. War es, weil sie von den jungen Leuten so herzlich aufgenommen worden war? Vielleicht aber auch wegen Troys Andacht über die Herzen. Aber vielleicht ... vielleicht war der Grund für ihre Bereitschaft auch nur Jamisons Bemerkung, als sie die Kirche verlassen hatten.

„Wir sehen uns am Sonntag in der Kirche, Virginia.“

*

Am folgenden Tag, dem Samstag, öffnete Virginia mit einem Putzlappen in der Hand auf das Klopfen hin die Haustür. Jenny stand davor. Wenigstens trug sie diesmal ihren warmen Wintermantel.

„Geht es dir gut?“ Virginia hatte die Frage ausgesprochen, bevor Jenny in die warme Küche eintreten konnte.

Jenny runzelte die Stirn. „Natürlich geht es mir gut. Was meinst du denn?“

„Ich habe mir Sorgen gemacht, dass du dir vielleicht eine Erkältung geholt haben könntest oder –“

Als sie Jennys Gesichtsausdruck sah, ließ sie den Satz unbeendet.

„Jenny!“, sagte Virginias Mutter, als sie mit einem Staubtuch in der Hand die Küche betrat. „Ich habe heute gar nicht mit dir gerechnet. Es ist so kalt draußen.“ Sie wandte sich an Virginia. „Mach Jenny doch schnell einen heißen Apfelsaft“, wies sie sie an. „Das treibt die Kälte aus den Knochen.“

Sie legte ihr Staubtuch beiseite und wischte sich die Hände an ihrer Schürze ab. „Wie geht es deiner Hand?“, fragte sie, während sie auf das Mädchen zuging.

„Gut.“

„Das glaube ich. Ich denke, es geht mit jeder Woche etwas besser.“

Sie blieb vor Jenny stehen, die gehorsam den verletzten Arm ausstreckte. Virginias Mutter nahm ihre Hand und begann sie vorsichtig zu massieren.

„Du meine Güte ... du bist ja ganz durchgefroren. Deine Finger sind schon fast blau. Ich hätte wirklich nicht gedacht, dass du heute bei der Kälte zur Behandlung kommst. Machst du auch immer deine Übungen?“

Jenny nickte, dann sagte sie: „Eigentlich bin ich nicht wegen der Behandlung gekommen. Ich wollte mich nach dem Gottesdienst erkundigen.“

Virginia sah, wie ihre Mutter die Augenbrauen hochzog. Sie lächelte, während sie auch weiterhin Jennys steif gefrorene Finger massierte.

„Die Bibelstunde beginnt um zehn Uhr. Danach kommt die Predigt. Ich denke, Pastor Doyle wird dir gefallen. Seine Predigten sind sehr interessant. Sogar die Kinder hören ihm gern zu.“

Virginia fragte sich, ob ihre Mutter den Eindruck haben

würde, die nun folgende Stille ausfüllen zu müssen. Aber das tat sie nicht. Sie massierte unbeirrt weiter Jennys Arm, die Hand, die Finger.

Endlich ergriff Jenny das Wort. „Was ... wie ... was tragen die Mädchen denn so in der Kirche?“

„Nun, wenn sich das Wetter über Nacht nicht drastisch ändert, würde ich vorschlagen, dass du die wärmsten Sachen anziehst, die du hast“, erwiderte Virginias Mutter fröhlich. „Draußen ist es schrecklich kalt. Der arme alte Heizofen schafft es bei der Kälte nicht, den Raum warm zu machen. Ich rechne damit, dass die Leute sogar bei der Predigt ihre Mäntel anlassen werden.“

„Werden ... reicht ein Schulkleid oder ziehen sich die Leute besonders hübsch an?“

Virginia fiel auf, wie seltsam es war, dass Jenny diese Frage ihrer Mutter stellte und nicht ihr. Im Laufe der Wochen, die Jenny nun schon wegen der Behandlung zu den Simpsons kam, schien sie sich recht gut mit Virginias Mutter angefreundet zu haben. Die Eifersucht, die Virginia früher empfunden hatte, war nun der ehrlichen Besorgnis gewichen. Sie war froh, dass Jenny mit ihrer Mutter reden konnte, wo sie doch keine eigene Mutter hatte.

Der Apfelsaft begann zu kochen und Virginia holte eine Tasse aus dem Schrank.

„Ein Schulkleid ist in Ordnung“, erwiderte ihre Mutter. „Die meisten Mädchen tragen ein einfaches Kleid zur Kirche. Es geht ja nicht darum, dass man sich herausputzt. Wir achten nicht darauf, was der andere trägt. Und Gott interessiert sowieso nur, wie es in unserem Herzen aussieht, nicht unsere Kleidung.“

Virginia stellte die Tasse vor Jenny hin. Ihre Mutter ließ Jennys Hand los und lächelte. „So. Du brauchst beide Hände, um deinen Apfelsaft zu trinken.“ Sie wandte sich an Virginia. „Hast du genug gemacht, dass wir Jenny Gesellschaft leisten können?“

Virginia nickte. In dem Topf war noch genug übrig.

„Gut. Ich könnte eine Pause vom Putzen gebrauchen.

Geh doch und hole auch Clara dazu. Sie ist im Schlafzimmer."

Während Virginia losging, um Clara zu rufen, goss ihre Mutter drei weitere Tassen Apfelsaft ein und stellte die Keksdose auf den Tisch.

„Hast du Lust, nach dem Gottesdienst zu uns zum Essen zu kommen?", hörte Virginia ihre Mutter fragen, als sie und Clara die Küche betraten.

Jenny nickte.

„Wir würden uns freuen, wenn auch dein Vater kommen würde." Mrs. Simpson hatte schon mehrfach eine solche Einladung ausgesprochen.

Jenny schüttelte nur stumm den Kopf.

„Auch wenn er nicht mit uns zur Kirche kommen kann, ist er doch herzlich bei uns zum Mittagessen willkommen." Auch das hatte Virginias Mutter schon mehrfach betont.

„Er verschläft fast den ganzen Sonntag. Er muss die meisten Nächte für seine Zeitung durcharbeiten und am Sonntag ist er dann völlig geschafft."

„Natürlich. Es muss sehr schwierig sein, eine Zeitung herauszugeben."

Jenny nickte. Sie sagte nicht extra, dass der Alkohol für seinen tiefen Schlaf mitverantwortlich war.

Aus dem Keller ertönte ein schriller Schrei. „Danny, du hast gemogelt!"

„Habe ich nicht", lautete die Antwort.

Schon bald waren schnelle Schritte auf der Holztreppe zu hören und die Tür flog auf. Francine tauchte mit wirrem Haar und schmutzigen Händen auf. Sie war schon so an Jennys Anwesenheit in ihrer Küche gewöhnt, dass sie nicht einmal innehielt, als sie sie am Küchentisch sitzen sah.

„Mama, Danny hat gemogelt", beharrte sie. „Wir haben einen Wettkampf veranstaltet, um zu sehen, wer als Erster fertig ist und er –"

„Habe ich nicht", rief eine Stimme aus den Tiefen des Kellers.

„Hast du doch."

Francine schien nicht so recht zu wissen, wen sie ansprechen sollte. Danny unten im Keller oder ihre Mutter am Tisch.

„Beruhigt euch doch erst mal“, ermahnte ihre Mutter.

Francine sah ihre Mutter mit feuchten Augen an.

„Jetzt mal von vorne. Wo liegt das Problem?“, fragte Belinda.

„Also, ich sollte die Obstgläser und die Regale abstauben ...“ Ihre Mutter nickte. Diese Samstagsarbeit hatte sie selbst Francine zugewiesen. „Und Danny war für die Gemüsegläser zuständig.“

Wieder Zustimmung.

„Also hat Danny gesagt: ‚Lass uns um die Wette arbeiten.‘ Und ich war damit einverstanden. Aber Danny hat das Regal mit den Bohnen ausgelassen und gleich mit den Zwiebeln und den Karotten angefangen. Und jetzt behauptet er, zuerst fertig geworden zu sein!“

„Komm“, sagte ihre Mutter. Sie nahm Francine bei der Hand und führte sie wieder hinunter in den Keller. Virginia wusste, dass der Streit beigelegt werden würde. Im Weggehen sagte Mama noch: „Wir könnten dich morgen ja abholen, Jenny. Gegen zwanzig vor zehn.“

Jenny nickte.

Clara erhob sich, streckte sich und wandte sich zum Gehen. „Die Pause hat gut getan, aber wenn ich vor dem Mittagessen fertig sein will, muss ich jetzt weitermachen.“

Virginia dachte an die Schränke, die sie gerade ausgewischt hatte, als Jenny gekommen war. Auch sie würde sich beeilen müssen, wenn sie ihre Arbeit bis zum Mittagessen schaffen wollte.

„Junge, hast du ein Glück“, sagte sie seufzend an ihre Freundin gewandt. „Keine Hausarbeit. Niemand, mit dem du dich streitest –“

Aber sie brach ab, bevor sie den Satz zu Ende gesprochen hatte. Ein seltsamer Ausdruck trat in Jennys Augen. Ein Ausdruck von Sehnsucht und Einsamkeit. Als ob sie gern zu einer großen, beschäftigten und lauten Familie gehört hätte. Virginia biss sich auf die Zunge.

*

Am folgenden Morgen bemerkte Virginia, wie ihre Mutter die Augen aufriss, als sie zum Frühstück herunterkam. Aber es war Rodney, der eine Bemerkung machte. „Wie kommt es, dass du noch nicht für die Kirche fertig bist?“

„Ich bin doch fertig“, antwortete Virginia. Ihre Stimme war ruhig, aber auch ein wenig herausfordernd.

„Nein, bist du nicht“, beharrte Rodney trotz ihrer unausgesprochenen Warnung. „Du trägst ein Alltagskleid.“

Virginia schenkte ihrem dunkelblauen Wollkleid keine Beachtung. Es war gewöhnlich und fade und noch nie ihr Lieblingskleid gewesen. Clara hatte es ihr vererbt und so langsam zeigten sich auch die ersten Verschleißerscheinungen.

Sehr viel lieber hätte sie ihr neues grünes mit dem orangefarbenen Muster angezogen. Nein, diese Farben reichten als Beschreibung nicht aus. Es war eher ... eher minz-grün mit sanfteren Melonentönen. So wie von der Sonne gewärmte Pfirsiche und reife Aprikosen. Die Manschetten waren mit Spitze abgesetzt. Es war ein wirklich schönes Kleid. Alle hatten ihr gesagt, wie gut es ihr stehe. Aber ...

Ihr Blick wanderte zu ihrer Mutter. Verstand sie es?

In den Augen ihrer Mutter schimmerten ungeweinte Tränen. Sie streckte die Hand aus, strich Virginia über die Schulter und nickte wortlos. Dann tupfte sie sich mit dem Taschentuch die Augen ab. Sie verstand es nicht nur, sie billigte es auch. Jenny würde nicht das einzige Mädchen in der Kirche sein, das ihr einfaches Schulkleid trug.

Kapitel 15

Allmählich wurde es wärmer, jeden Tag ein kleines bisschen, so dass man kaum den Unterschied merkte. Doch dann kam ein Morgen, als einem plötzlich klar wurde, dass man nicht mehr bis auf die Knochen fror, wenn man aus dem Haus ging. Als sicheres Zeichen für den nahenden Frühling begannen die Schulkinder sich gegen dicke Wollsocken und Schals zu wehren.

Virginia war froh über die Veränderung. Sie hatte den Winter so satt. Aber sie freute sich auf die Schlittenpartie, die sie mit ihrer Jugendgruppe geplant hatten. Und Jenny wollte mitkommen. Fast täglich hatte sie Virginia deswegen gelöchert. Jenny wusste bereits jedes Detail, das es zu wissen gab, doch trotzdem stellte sie noch immer weiter Fragen, die Virginia nicht beantworten konnte. Woher sollte Virginia wissen, was Ida anziehen wollte und ob Jamison einen eigenen Schlitten hatte?

„Ich hoffe, dass er einen Zweisitzer hat, falls er einen besitzt“, seufzte Jenny.

Virginia war perplex, doch dann verstand sie. Jenny wollte mit Jamison den Berg hinunterfahren.

Bevor Jenny auftauchte, hatte Virginia nie so viel über Jamison nachgedacht. Er gehörte eben zu ihrer Jugendgruppe. Er war einer der älteren Jungen, die die Mädchen je nach Lust und Laune entweder ärgerten oder ignorierten. Jetzt war Virginia gezwungen, ihn mit anderen Augen zu sehen; vermutlich weil Jenny unablässig von ihm schwärmte, aber auch die Valentinsparty hatte ihren Teil dazu beigetragen. Und dann war da noch die Tatsache, dass Jamison jeden Sonntag versuchte, irgendwie Kontakt mit ihr aufzunehmen. Oft war es nur ein Kopfnicken oder ein einfaches Hallo. Aber einmal hatte er sie angesprochen und an einem anderen Sonntag hatte er ihr den schweren Mantel aufgehängt. Virginia war leicht errötet.

Jenny ließ das Thema Jamison niemals ruhen. Jamison dies und Jamison das. Virginia hatte es so satt. Gleichzeitig wollte sie nichts tun oder sagen, das Jenny beleidigen würde. Sie kam jetzt jeden Sonntag in den Gottesdienst und hatte sogar extra dafür ein schönes Kleid bekommen. Es war dunkelgrün und hatte früher Clara gehört. Clara hatte die Übergabe sehr geschickt angestellt. Virginia erinnerte sich noch sehr gut daran. Sie und Jenny hatten am Küchentisch vor ihren Schulbüchern gesessen und so getan, als würden sie lernen. Aber eigentlich hatte Jenny mal wieder von Jamison geschwärmt.

„Am Sonntag hat er mich angesehen. Ich rechne jetzt jeden Tag damit, dass er sich erklärt."

Virginia war zusammengezuckt.

„Hast du denn nicht bemerkt, wie er mich angesehen hat? Denkst du, er mag mich? Komm schon, sei ehrlich."

Virginia schluckte. Was sollte sie darauf antworten?

In diesem Augenblick war Clara in die Küche gekommen. Sie hatte das grüne Kleid über ihrem Arm. Virginia hatte erleichtert aufgeatmet.

„Jenny", begann sie und hielt das Kleid vor sich, damit Jenny es betrachten konnte. Virginia sah Jennys Gesichtsausdruck. Sie kannte ihre Freundin gut genug, um zu wissen, dass Jenny begeistert von dem Kleid war.

„Das Kleid ist mir zu eng geworden. Virginia ist so schlank, dass meine Kleider ihr nie so richtig passen."

Virginia krauste die Nase. Ihre Figurunterschiede hatten ihre Mama nie davon abgehalten, jedes Kleid, das Clara zu klein geworden war, für sie umzuarbeiten. Und dieses schöne Kleid, das Clara sich von ihrem eigenen Geld zusammengespart hatte, war ihr so eng nun auch noch nicht.

„Du und ich, wir haben eine ähnliche Figur", fuhr Clara fort. „Ich habe mich gefragt ... hast du etwas dagegen, getragene Kleider anzunehmen? Wir könnten vielleicht die Taille etwas umarbeiten. Für die Schule ist es zu elegant, aber für die Kirche wäre es bestimmt hübsch. Mama ist eine gute Näherin und –"

Jennys Augen hatten für sie gesprochen.

Das Nähen hatte dann eigentlich Clara übernommen. Jenny drehte und wendete sich mit geröteten Wangen um die eigene Achse und bewunderte sich, wann immer sie zur Anprobe kam. Die Farbe unterstrich Jennys grüne Augen, ihre helle Haut und ihre roten Haare. „Wie polierte Bronze", hatte Virginias Mutter gesagt.

Sollte Jamison jemals Notiz von Jenny nehmen, dann würde es diesem grünen Kleid zu verdanken sein; das war Virginias Meinung. Jeder andere Junge in der Gemeinde hatte Jenny bestimmt bereits wahrgenommen. Virginia bemerkte die Blicke und hörte das unterdrückte Flüstern an diesem ersten Sonntag, als sie und Jenny gemeinsam in die Kirche kamen. Jenny wirkte beinahe übermütig angesichts ihrer neu gewonnenen Macht. Aber sie hatte wohl damit gerechnet, dass Jamison ihr zu Füßen fallen würde. Er dachte gar nicht daran und deswegen war sie enttäuscht.

Virginia tauchte aus ihrer Träumerei auf. Sie hatte den Eindruck, dass ihre Gedanken sich viel zu oft um Jamison drehten. Aber vielleicht war das auch gar nicht so seltsam, wenn man bedachte, wie viel Zeit sie mit Jenny verbrachte, die unablässig über den Jungen sprach. Virginia lächelte. Jenny nannte Jamison jetzt immer den „jungen Mann". Vermutlich weil Jenny das zu einer „jungen Frau" machte. Und dabei hatte sie noch nicht mal ihren fünfzehnten Geburtstag gefeiert.

„Ich werde bald fünfzehn", erinnerte sie Virginia gern, wobei sie vollkommen die Tatsache ignorierte, dass Virginia kaum jünger war als sie.

Die Simpsons beteten regelmäßig für Jenny. Das Mädchen lag ihrer Mutter sehr am Herzen. Jenny weigerte sich noch immer, sich für Gott zu öffnen, trotz ihrer Teilnahme an den Jugendstunden und am Gottesdienst. Das beunruhigte Virginia. Ihre Mutter ermutigte sie, auch weiterhin zu beten und Gott zu vertrauen.

*

Am Abend der Schlittenpartie versteckte sich der Mond hinter einer Wolkendecke. Die jungen Leute glichen das aus, indem sie in regelmäßigen Abständen kleine Orientierungsfeuer auf dem Hügel anzündeten. Zumindest würden sie genügend Licht haben, so dass sie mit den Schlitten nicht ineinander rasten. Das hieß, falls die Schlittenfahrer vernünftig blieben.

Es war ein angenehmer Abend. Die Sterne begannen am Himmel zu blinken und es war nur so kalt, dass der Schnee unter ihren Füßen knirschte. Ein großes Plus für die Schlittenfahrer war die Tatsache, dass kein Wind wehte.

Als Virginia und Jenny sich zu der kleinen Gruppe am Berg gesellten, waren sie bereits außer Atem. Virginia war nicht sicher, ob ihr Herzklopfen darauf zurückzuführen war, dass sie sich so beeilt hatten, oder ob die Vorfreude auf das Wintervergnügen schuld daran war. Sie war so dick eingemummelt, dass sie sich kaum rühren konnte.

Sie bemerkte, dass Jenny wie üblich die Gesichter der Anwesenden studierte und wusste ohne zu fragen, dass sie auf der Suche nach Jamison war.

„Da ist er ja", sagte Jenny und drückte Virginias Arm. „Dort drüben – und er hat tatsächlich einen Schlitten." Aber sehr zu Jennys Enttäuschung sah Jamisons Schlitten so aus, als hätten durchaus vier oder fünf Passagiere darauf Platz. Vielleicht sogar sechs, wenn sie dicht zusammenrückten.

Jamison kam auf sie zu. „Hey", rief er und winkte mit seiner behandschuhten Hand. „Gerade gekommen? Wollen wir fahren?"

Die Frage war eigentlich an Virginia gerichtet, aber sein Blick schloss auch Jenny mit ein. Virginia brauchte nicht zu überlegen, wie Jennys Antwort ausfallen würde.

Jamison stellte seinen Schlitten bereits für die Fahrt den Berg hinunter zurecht. Jenny hüpfte aufgeregt von einem Fuß auf den anderen. Sie konnte sich kaum halten vor Freude und klatschte in die Hände.

Jamison setzte sich vorne auf den Schlitten, stellte seine Füße auf die Kufen und nahm das Seil. „Setz dich dicht hinter mich, Virginia –"

Virginia verstand nicht, was er sonst noch sagte. Ihre Gedanken überschlugen sich. Jenny rechnete doch damit, hinter ihm zu sitzen. Was sollte sie jetzt tun?

Ohne nachzudenken, versetzte sie Jenny einen kleinen Stoß, um ihr zu zeigen, dass sie sich auf den Platz hinter dem Jungen setzen sollte. Jenny brauchte keine zweite Aufforderung. Sie kuschelte sich an Jamisons Rücken und ihre Arme legten sich um seine Taille. Virginia starrte sie fassungslos an. Allerdings hoffte sie, Jamison würde merken, dass nicht sie es war, die sich so fest an ihn klammerte.

„Alle aufsteigen“, rief Jamison und Virginia erwachte aus ihrer Erstarrung und nahm den Platz hinter Jenny ein. Zwei Jungen kletterten lärmend und ungeschickt hinter ihr auf den Schlitten.

„Schiebt uns an“, rief Jamison in die Runde und schon spürten sie helfende Hände, die sie den Berg hinunter schubsten.

Es war eine aufregende Fahrt. Virginia konzentrierte sich auf den scharfen Wind in ihrem Gesicht und die Buckel auf der Piste, als sie den Berg hinunterrasten. Sie hörte Jennys schrille, aufgeregte Schreie. Es bedurfte keiner großen Fantasie, sich vorzustellen, dass das Mädchen ihre angebliche Angst als Vorwand benutzte, um sich ganz fest an Jamison zu klammern.

Sie schafften es nicht bis ganz hinunter. In der zunehmenden Dunkelheit beleuchteten die kleinen Feuerstellen die Hindernisse auf dem Weg nicht genug. Gerade als sie die höchste Geschwindigkeit erreicht hatten, prallten sie auf einen dicken Höcker auf der Piste. Der Schlitten flog durch die Luft und alle landeten im Schnee.

Weiche Schneewehen federten den Sturz ab und lachend wühlten sich die atemlosen Schlittenfahrer aus dem tiefen Schnee, wischten sich die Gesichter ab, sortierten ihre Glieder und rappelten sich hoch.

Jamison streckte die Hand aus, um seiner Gefährtin auf die Füße zu helfen. Virginia bemerkte den erstaunten Ausdruck auf seinem Gesicht. Er hatte gedacht, dass sie, Virginia, sich so fest an ihn gedrückt und ihm auf der ganzen Fahrt den Berg hinunter ins Ohr gequietscht hatte. Sie bemerkte auch, wie er seinen Blick schnell über die Clique wandern ließ, um herauszufinden, wie dieser Austausch der Mädchen zu Stande gekommen war. Als er Virginias Blick einfing, wusste sie nicht so genau zu sagen, was er dachte. Wirkte er enttäuscht? Sie klopfte sich den Schnee vom Mantel und wandte den Blick ab.

Jenny hatte es nicht bemerkt. Noch immer kichernd hatte sie noch nicht einmal angefangen, sich den Schnee abzuklopfen. „Was für eine Fahrt", lachte sie. „Jamison, du warst einfach umwerfend! Wie kannst du denn überhaupt lenken, wenn wir so schnell fahren?" Sie kicherte wieder.

Virginia wandte sich ab. Sie wollte wirklich nichts mehr hören.

„Wir wollen noch einmal fahren, ja?" Jennys Stimme verfolgte sie. „Es ist ... es ist einfach toll! So viel Spaß habe ich seit langem nicht mehr gehabt."

Virginia war nicht sicher, ob sie sich Jennys Worten anschließen konnte.

*

Später konnte Virginia nicht mehr sagen, wie der Streit entstanden war. In der einen Minute wanderten sie noch friedlich nach Hause, während Jenny von den Fahrten auf Jamisons Schlitten schwärmte, wie er ihr immer geholfen hatte, aus dem Schnee aufzustehen, wie er ihr eine Tasse heiße Schokolade gebracht hatte, wie seine Augen im Licht des tanzenden Feuers aussahen ... und plötzlich konnte Virginia es nicht mehr ertragen.

„Du hast dich völlig zum Narren gemacht", bemerkte sie mit gepresster Stimme und ohne jegliche Vorwarnung.

Jenny wirbelte herum und blickte sie an. Ihre grünen Augen funkelten.

„Du hast Jamison praktisch den ganzen Abend gnadenlos verfolgt. Er ... er konnte keinen Schritt ohne dich machen", fuhr Virginia fort und schüttelte angewidert den Kopf.

„Das habe ich überhaupt nicht!"

„Das hast du doch und du weißt es ganz genau. Jedes Mal,

wenn er den Schlitten den Berg hinaufgezogen hatte, hast du dich schon draufgesetzt, ohne dass er dich dazu aufgefordert hätte.“

Jennys Augen sprühten Funken. „Ich habe mich draufgesetzt, weil er es so wollte“, entgegnete sie.

„Ich habe nie gehört, dass er so etwas geäußert hätte.“

„Das brauchte er nicht.“

„Was veranlasst dich zu glauben –“

„Hast du gehört, dass er mich gebeten hat, von seinem Schlitten aufzustehen?“

„Natürlich nicht. Dazu ist er viel zu höflich.“

„Hat er dich gebeten?“

Virginia hätte ja sagen können. Ja, er hatte sie gebeten. Das erste Mal, als sie Jenny geschubst hatte. *Ihr* hatte Jamisons Blick gegolten. Für *sie* war die Einladung bestimmt gewesen. Sie war versucht, es auszusprechen, Jenny zu sagen, der Platz, den sie eingenommen hatte, hätte eigentlich ihr zugestanden. Aber sie biss sich gerade noch rechtzeitig auf die Zunge. Das brachte sie nicht fertig. Sie konnte es einfach nicht. Es würde Jenny tief verletzen. Vielleicht würde sie dann niemals wieder mit ihnen zur Kirche gehen. Und wenn sie nicht in die Kirche ging, bestand auch keine Hoffnung, sie jemals für Gott zu gewinnen.

„Ich denke einfach, dass du ziemlich aufdringlich warst“, entgegnete Virginia. Sie gab sich große Mühe, ihre Stimme und ihre Gefühle unter Kontrolle zu behalten.

Jenny legte kess den Kopf zur Seite. „Jamison war nicht dieser Meinung.“

„Woher willst du das wissen?“

„Er hätte es gesagt.“

„Das hätte er nicht. Er ist viel zu –“

„Höflich. Ich weiß.“

Sie schrien sich jetzt beinahe an.

Dann versuchte Jenny es mit einem anderen Ansatz. „Werde doch endlich erwachsen, Virginia. Man braucht nicht immer etwas zu sagen. Man spürt auch ohne dass es ausgesprochen wird, was ein Junge empfindet.“

Darauf wusste Virginia nichts zu sagen. Was wusste sie schon von solchen Dingen? Sie hatte noch nie einen Freund gehabt. Freddies Einladung in die Milchbar konnte man da wohl kaum mitrechnen.

„Außerdem“, fuhr Jenny hochmütig fort, „bin ich der Meinung, dass das, was zwischen Jamison und mir vorgeht, unsere Angelegenheit ist.“

Darauf hatte Virginia allerdings eine Antwort. „Nicht, wenn du mit der Gruppe zusammen bist.“

„Was meinst du damit?“ Endlich hatte Virginia Jennys Aufmerksamkeit.

„Angemessenes Verhalten. Der Pastor wird –“, wie sollte sie es Jenny nur erklären? „– Zärtlichkeiten und solche Dinge in der Jugendgruppe nicht dulden.“

„Ich habe doch nichts dergleichen gemacht.“

„Hast du doch. Du hast Jamison so fest gedrückt, dass er kaum noch Luft bekam.“

„Woher weißt du das?“

„Das habe ich gemerkt. Ich saß direkt hinter dir, weißt du nicht mehr?“

Wieder hatten sie ihre Stimmen erhoben.

„Ich bin fünfzehn –“, begann Jenny, wurde jedoch sofort unterbrochen.

„Noch nicht.“

„Ich bin so gut wie fünfzehn, Virginia Simpson. Ich bin durchaus alt genug für eine Freundschaft mit einem Jungen und ich –“

„Nicht in unserer Jugendgruppe“, entgegnete Virginia schnell. Ihre Stimme war lauter als die von Jenny.

„Dann gehe ich vielleicht nicht mehr in die Jugendgruppe.“

Virginias Gefühle zu diesem Thema waren gemischt. Es wäre eine Erleichterung. Nein, es wäre schlimm. Es wäre dann ihre Schuld. Sie musste sich entschuldigen. Schnell. Aber sie wollte es nicht. Jenny war im Augenblick so schwierig.

„Prima“, sagte sie, bevor sie sich noch zurückhalten konnte. „Wenn du willst.“

Sie wollte Jenny daran erinnern, dass Jamison aber trotzdem

zur Jugendstunde gehen würde, aber sie beschloss, den Mund zu halten.

Jenny warf ihr rotes Haar so heftig zurück, dass beinahe ihre Wollmütze zu Boden gefallen wäre. „Du bist bloß eifersüchtig. Du wolltest diejenige sein, die hinter ihm sitzt."

„Das ist eine unverschämte Lüge. Nie hätte ich mich so an ihn gedrückt wie du. Niemals. Das war vollkommen ... viel zu ... aufdringlich."

Jenny lachte ihr mitten ins Gesicht, aber Virginia konnte die Sache durchaus nicht lustig finden.

„Eines Tages wirst auch du noch erwachsen werden", sagte Jenny, als sie sich einigermaßen gefasst hatte. „Du wirst ... ach, was soll's. Du würdest das sowieso nicht verstehen. Du bist ja noch so ein Baby."

Jennys letzte Worte waren sehr nüchtern und sehr bewusst gesprochen. Sie trafen Virginia zutiefst.

„Du bist –" Ihr fehlten die Worte, aber Jenny rettete sie davor, sich etwas überlegen zu müssen.

„Und du bist eifersüchtig", schleuderte Jenny ihr entgegen.

Virginia war erleichtert, als sie die Ecke erreicht hatten, wo sie sich trennten.

*

Virginia wünschte sich nichts sehnlicher, als sich in die Sicherheit ihres Zimmers zurückzuziehen. Doch bevor sie ihr Zimmer erreichte, würde sie die Küche durchqueren müssen. Ihre Eltern würden auf sie warten und sie fragen, wie es gewesen war. Unwillkürlich wurde sie langsamer. Sie wollte ihnen nicht gegenübertreten.

Wie konnte sie ihnen erklären, dass sie und Jenny sich gestritten hatten? Dass sie grausam und selbstsüchtig gewesen war? Dass Jenny geschworen hatte, nicht mehr in die Jugendgruppe zu kommen? Es war ihre Schuld. Wieso war sie nur so kritisch gewesen? Sie hatte alle Hoffnung verloren, einen guten Einfluss auf Jennys Leben auszuüben. Warum nur?

Ihre Gedanken wanderten zurück zu dem vergangenen

Abend. Er hatte mit so viel Vorfreude begonnen. Sie hatten es kaum erwarten können, den Hügel zu erreichen. Und dann, dann schien alles schief zu laufen. Jamisons Aufforderung. Jennys Reaktion.

Virginia spürte, wie sie errötete. Ärger stieg in ihr hoch. Ärger und noch etwas anderes. *Ist das vielleicht wirklich Eifersucht?* Darüber hatte sie noch nie nachgedacht, hatte gar nicht gewusst, was das war. Aber ja ... Vielleicht war es ja Eifersucht. Sie wollte nicht, dass Jenny so um Jamison herumflatterte. Sie wollte nicht, dass Jamison Jenny anlächelte.

Eifersucht? Sie war nicht sicher, ob das die richtige Bezeichnung für ihre Empfindungen war. Aber eines wusste sie ganz sicher: Irgendwie mochte sie Jamison Curtis.

Kapitel 16

Virginia tat den ersten Schritt zur Versöhnung. Jenny schien enorm erleichtert. Nur einen Tag hatten sie es ausgehalten, böse aufeinander zu sein. Mit hoch erhobenem Kopf und abgewendetem Blick waren sie in der Schule aneinander vorbeigegangen. Am folgenden Tag machte Virginia einen vorsichtigen Annäherungsversuch und Jenny ging sofort darauf ein.

„Es tut mir Leid", sagte Virginia leise. „Ich hätte das nicht sagen sollen."

Jenny nickte.

„Es wäre schön, wenn du am Sonntag wieder mit uns in die Kirche kommen würdest. Willst du?"

Jenny tat so, als müsste sie zuerst sorgfältig darüber nachdenken.

„Und in die Jugendgruppe", fuhr Virginia fort. Sie wusste genau, was sie sagte. Das bedeutete, sie würde sich zurücknehmen und zulassen müssen, dass Jenny weiter um Jamison warb. Virginia hatte hart mit sich kämpfen müssen und jetzt fiel es ihr schwer, die Worte herauszubringen.

Jenny nickte erneut.

„Mama möchte wissen, ob du heute mitkommst."

„Sicher", erwiderte Jenny.

„Gut."

Alles ließ sich so leicht regeln. Es war schwer, sich vorzustellen, dass sie sich überhaupt gezankt hatten.

*

Der Winter wich nun endgültig dem Frühling. Jenny feierte ihren fünfzehnten Geburtstag. Das hektische Treiben bei den Simpsons nahm seinen Lauf und mittlerweile wurden alle in

Claras Hochzeitsvorbereitungen mit einbezogen. Sogar Francine half, das Leinen und die Geschirrtücher für die Aussteuer zusammenzulegen, die für diesen besonderen Tag im April fertig sein musste.

Jennys Übungen und Massagen wurden auf zweimal pro Woche reduziert. Virginias Mutter fand, dass das Mädchen bereits gute Fortschritte gemacht hatte und sie nun durchaus auch allein zu Hause weitermachen konnte. Virginia fragte sich, ob Jenny die Übungen tatsächlich machte oder ob sie es nur behauptete. Sie wusste, dass Jenny nicht immer die Wahrheit sagte. Über die Konsequenzen des Lügens schien sie sich keine großen Gedanken zu machen. Angst hatte sie nur, dabei erwischt zu werden.

Aber sie kam noch immer in die Jugendgruppe und in die Gemeinde. Virginia war ziemlich sicher, dass Jenny in Bezug auf Jamison ziemlich enttäuscht war. Seit der Schlittenpartie schien Jamison Jenny beinahe zu ignorieren. Virginia hatte sogar den Eindruck, dass er sie beide ignorierte.

Aber eigentlich hatte sie wenig Zeit, über Jamison nachzudenken. Da ihre Mutter und Clara mit der Aussteuer beschäftigt waren, blieb ein großer Teil der Hausarbeit an ihr hängen.

„Wenn Clara fort ist, wirst du meine Haupthilfe im Haushalt sein", hatte ihre Mutter fröhlich verkündet. Sie schien erwartet zu haben, dass Virginia sich durch diese Bemerkung geschmeichelt fühlen würde.

Aber so war es durchaus nicht. Hausarbeit hatte sie noch nie besonders gern gemocht und ganz bestimmt machte es ihr nicht solchen Spaß wie Clara, in der Küche herumzuwerkeln.

Manchmal kam Jenny herüber unter dem Vorwand, Virginia helfen zu wollen. Aber eigentlich stand sie eher im Weg. Sie hatte es nie gelernt, im Haushalt sauber und ordentlich zu arbeiten. Virginia musste ihr zu allem, was zu tun war, genauste Anweisungen geben. Das war schlimmer als der Versuch, Francine zum Helfen anzustellen.

Als Virginia nun die Kartoffeln zum Abendessen schälte, war sie nicht erstaunt, wie gewohnt Jennys Klopfen an der Tür zu hören.

„Komm rein“, rief sie, ohne sich auch nur die Hände an ihrer Schürze abzutrocknen.

„Ich habe es ja gesagt“, rief Jenny, bevor sie auch nur die Tür hinter sich geschlossen hatte. „Sie haben es wieder aufgerollt.“

Virginias Kopf fuhr hoch. Was meinte Jenny? Sie brauchte nicht zu fragen. Die Worte sprudelten nur so aus Jenny heraus. „Die Crells sind wieder hinter dem verrückten Marshall her.“

Virginia umklammerte die Kartoffel, die sie in der Hand hielt. „Wovon sprichst du überhaupt?“

„Allerdings. Oh, dieses Mal ist es nicht die alte Geschichte, sondern etwas Neues. Die andere Sache haben sie aufgegeben. Jetzt behaupten sie, er sei ein Dieb.“

„Ein Dieb?“

Jenny nickte. Ihre Augen funkelten vor Aufregung.

„Das ist doch lächerlich“, rief Virginia.

„Lächerlich oder nicht – das behaupten sie auf jeden Fall.“

„Er hat noch nie etwas gestohlen.“

Jenny sah sie verschlagen an. „Das ist deine Meinung, Virginia.“ Jenny zögerte einen Augenblick, um die Spannung aufzubauen. „Crell ist bereits bei deinem Pa gewesen.“

„Papa würde niemals auf so dumme Beschuldigungen eingehen“, erklärte Virginia hitzig.

„Aber einige Leute gehen darauf ein. Mrs. Parker behauptet, sie hätte dem Mann nie getraut und Mrs –“

„Mrs. Parker! Wer hört denn schon auf Mrs. Parker? Du doch bestimmt nicht.“

Jenny hielt einen Augenblick inne, um ihren nächsten Angriff zu planen. „Mrs. Parker ist nicht die Einzige, Virginia. Auch andere Leute beginnen, diesem Verrückten zu misstrauen.“

„Ich wünschte, du würdest ihn nicht so nennen.“

„Aber das ist er doch.“

Jenny tippte sich an die Stirn und starrte Virginia herausfordernd an. Dann nahm sie einen Apfel aus der Schüssel auf der Anrichte. Nachdem sie kräftig hineingebissen hatte, fuhr sie fort. Virginia konnte sie kaum verstehen, da sie den Mund noch voll Apfelbrei hatte.

„In letzter Zeit vermissen mehrere Leute in der Stadt Dinge. Das ist kein Gerücht, sondern eine Tatsache. Der Sheriff hat einige Diebstahlsmeldungen bekommen und er passt schon eine ganze Weile sehr genau auf."

„Und wie kommt es, dass wir nichts davon mitbekommen haben?"

Jenny zuckte die Achseln. „Sheriffs bewahren gern Stillschweigen über solche Dinge, bis sie eine Spur haben."

„Eine Spur?"

„Ja, einen Verdächtigen. Dinge, die nicht zusammenpassen. So was."

„Und er hat jetzt eine Spur?"

Virginia spürte einen seltsamen Druck in der Magengegend. Bestimmt hatte doch Rett Marshall nichts getan, das ihn nun zum Verdächtigen machte!

„Ich denke schon." Jenny zuckte erneut die Achseln. „Er würde doch nicht zulassen, dass die Leute darüber reden, wenn es nicht so wäre, oder?"

„Man kann die Leute nicht davon abhalten zu reden, das weißt du genau", erwiderte Virginia.

Sie sah hinunter auf ihre Hand, in der sie noch immer die ungeschälte Kartoffel hielt. Sie würde sich mit dem Abendessen verspäten, wenn sie sich nicht beeilte.

„Auf jeden Fall war der Sheriff bei meinem Papa. Er hat ihn gebeten, nichts darüber zu drucken, bis die Sache geklärt ist. Natürlich war mein Vater damit einverstanden, aber die Leute wissen sehr gut, dass es irgendwann herauskommen wird."

Jenny wirkte so informiert und selbstgerecht, dass es Virginia schwer fiel, eine beißende Bemerkung zu unterdrücken. Sie wandte sich wieder ihrer Kartoffel zu. Jetzt musste sie sich aber wirklich sputen, damit der Topf auf den Herd kam. Doch in ihrem Kopf ging alles durcheinander, sodass ihr beinahe schwindelig wurde. Es konnte einfach nicht wahr sein. Rett konnte gar nicht stehlen. Er hatte sich nie etwas aus materiellen Dingen gemacht, ihn interessierten nur Tiere. Sein Vater hatte sogar erzählt, er hätte sich nie richtig über ein Geschenk gefreut. Er hätte es kurz angesehen und dann beiseite gelegt.

Warum sollte er jetzt anfangen, Materielles zu sammeln? Das machte einfach keinen Sinn, fand Virginia.

Schließlich wandte sie sich Jenny zu, die Apfel essend am Tisch gestanden und sie beobachtet hatte.

„Was für Dinge fehlen denn?“

„Keine Ahnung. Vorwiegend Kleinigkeiten. Crell vermisst eine Kuhglocke. Ein anderer ein paar Fischhaken. Einer einen Schraubenschlüssel.“

„Vielleicht haben sie die Sachen verlegt“, wandte Virginia ein.

„Oh, Virginia!“

„Das passiert doch. Immer wieder kommt es vor, dass Leute Sachen verlegen. Das bedeutet doch nicht, dass sie gestohlen wurden.“

„Mrs. Parker vermisst ihre rote Anstecknadel, die sie sehr geliebt und zu jedem Kleid getragen hat. Keine Ahnung, wer so etwas haben will. Das müsste schon ein *Verrückter* sein. Es ist ein abgrundtief hässliches Ding.“ Jenny schüttelte sich, um ihren Ekel zu verdeutlichen.

„Warum würde Rett eine solche Anstecknadel haben wollen? Das ist doch die reine Dummheit!“ Virginia hatte den Eindruck, ein stichhaltiges Argument gebracht zu haben.

„Wer weiß schon, warum verrückte Leute tun, was sie tun?“, erwiderte Jenny.

Der Einwand war berechtigt und Virginia konnte dem nicht widersprechen. Sie hatte gedacht, dass die hässliche Sache mit Rett endgültig hinter ihnen lag. Aber offensichtlich war alles wieder aufgewärmt worden. Warum konnte es nur kein Ende geben?

*

„Tag.“

Mr. Adamson hing wie ein schlaffes Laken über seinem Zaunpfosten. Aber obwohl sein Rücken von Monat zu Monat krummer zu werden schien, änderte sich nichts an seinem breiten, beinahe zahnlosen Lächeln. Virginia blieb bei ihm stehen.

„Guten Tag“, erwiderte sie, aber ihre Stimme klang bedrückt.

„Du siehst aus, als wär dir eine Laus über die Leber gelaufen“, bemerkte der alte Mann.

Virginia nickte nur. Sie fühlte sich entmutigt und traurig. Wo immer sie beim Einkaufen in der Stadt hingekommen war, hatte sie geflüsterte Andeutungen und manchmal sogar handfeste Beschuldigungen gegen Rett Marshall gehört. Er sei ein Dieb, aber man könne ihn nicht richtig zur Rechenschaft ziehen, meinten die etwas Nachsichtigeren. Er wüsste ja kaum, was er täte, und brauche Hilfe.

Solche Bemerkungen waren nicht der Grund für Virginias Traurigkeit. Sie war sicher, dass Rett Marshall niemals stehlen würde. Aber der arme Mann konnte sich nicht einmal verteidigen. Sie fragte sich, ob er von den Beschuldigungen gegen ihn überhaupt etwas wusste.

Jetzt nickte sie Mr. Adamson zu. „Ich denke, das stimmt – in gewisser Weise“, gestand sie. „Ich ... ich mache mir Sorgen.“

Er schien ihre Gedanken lesen zu können. „Geht es um diesen Marshall-Burschen?“

Sie nickte erneut. „Er hat es nicht getan, Mr. Adamson. Da bin ich ganz sicher.“

„Ich bin geneigt, dir zuzustimmen“, sagte der alte Mann. Jetzt war es an ihm, den Kopf zu schütteln. „Aber ich fürchte, es wird schwer sein, seine Unschuld zu beweisen.“

Virginias Gesicht hellte sich ein wenig auf. „Papa sagt, er würde gar nicht beweisen müssen, dass er es *nicht* getan hat. Sie müssen zweifelsfrei beweisen, *dass* er es getan hat.“

„Sie haben keinen Beweis?“

„Natürlich haben sie keinen Beweis. Und sie werden nie einen finden, es sei denn ...“

„Es sei denn?“

„Es sei denn, jemand ist so gemein, falsche Beweise vorzubringen.“

„Du denkst, das würde jemand tun?“

Virginia trat unbehaglich von einem Fuß auf den anderen. „Ich weiß es nicht. Die Crells wollen, dass er für lange Zeit aus dem Verkehr gezogen wird.“

„Na ja – ich denke, der Sheriff wird alles in Kürze aufklären.“ Das klang so zuversichtlich, dass Virginia Mr. Adamson gern geglaubt hätte.

„Diese Treibhausrosen entwickeln sich prächtig. Bestimmt sind sie bei Claras Hochzeit schon aufgeblüht“, fuhr er nun zusammenhanglos fort.

Virginia brachte ein Lächeln zu Stande. „Ich werde es ihr sagen“, versprach sie. „Sie wird sich freuen.“

Claras Hochzeit sollte in einer Woche stattfinden und Virginia freute sich darauf. Sie sollte Brautmädchen sein. Sie war ganz aufgeregt gewesen, als ihre ältere Schwester sie gebeten hatte, diese ehrenvolle Aufgabe zu übernehmen. Ihre Mutter hatte ihr ein wunderhübsches Kleid aus einem federleichten Seidenstoff genäht. Es fiel fließend an ihr herab und gab ihr das Gefühl, auf Wolken zu schweben. Jenny war ganz begeistert von dem Kleid. Immer wieder hatte sie Virginia gesagt, wie viel Glück sie hätte, es tragen zu dürfen. Virginia war ganz ihrer Meinung.

Und jetzt ... jetzt diese schreckliche Geschichte, die die ganze Stadt auf den Kopf stellte und die Vorfreude auf Claras Hochzeitstag trübte. Es war einfach nicht fair!

*

Claras Hochzeitstag brach klar und mild an. Sehr schnell stieg die Sonne am blauen Himmel hoch und tauchte die ganze Stadt in ihr helles, warmes Licht. Virginias Pulsschlag beschleunigte sich, als sie aufstand und zum Fenster ging. Es war noch sehr früh, aber sie war so aufgeregt, dass sie beim besten Willen nicht mehr länger schlafen konnte.

Aus der Küche hörte sie bereits Stimmen. Andere Familienmitglieder waren also noch vor ihr aufgestanden. Schnell zog sie ihr Nachthemd aus und die Sachen an, die sie sich bereits am Abend zuvor zurechtgelegt hatte. Bevor sie ihr wunderhübsches neues Kleid anziehen konnte, das unter einer Stoffhülle in ihrem Schrank hing, würde sie noch einiges zu erledigen haben.

Ihre Mutter drehte den Kopf zur Tür, als sie eintrat. „Virginia! Du bist ja schon auf."

„Ich konnte nicht mehr schlafen. Ich bin zu aufgeregt."

Clara kicherte beinahe mädchenhaft. Virginia war das von ihrer sonst so praktisch veranlagten Schwester nicht gewöhnt. Mit ihrem geröteten Gesicht und den funkelnden Augen wirkte Clara nervöser, als sie sie je erlebt hatte.

„Du bist also aufgeregt", meinte Clara. „Was soll ich da erst sagen. Ich könnte ... *davonschweben*."

Ihr Vater blieb vor Clara stehen und streckte ihr die Hand hin.

„Entspann dich, Küken'", beruhigte er sie gutmütig. „Ich habe noch nie erlebt, dass eine Braut tatsächlich vom Boden abhebt."

Clara kicherte nervös. „Na ja, vielleicht bin ich ja die Erste", warnte sie.

Rodney betrat die Küche. Er kämpfte noch mit seinem widerspenstigen Haar, das ihm immer wieder in die Stirn fallen wollte. „Was ist denn hier los?", fragte er verschlafen. „Das klingt ja wie ein Stall voll gackernder Hennen."

Wieder musste Clara kichern.

Rodney starrte sie an, dann gähnte er. „Ach du warst das", bemerkte er. „Ich dachte, Jenny wäre schon da."

Herzliches Gelächter erfüllte den Raum. Rodney goss sich eine Tasse Kaffee ein und setzte sich zu den anderen an den Tisch.

„Da wir gerade von Jenny sprechen: Ich habe sie gestern in der Stadt getroffen. Sie erzählte, der Sheriff hätte einen Mann auf Rett Marshall angesetzt, der ihn auf Schritt und Tritt beobachtet."

Plötzlich legte sich eine dunkle Wolke über den Tag. Virginia sah ihren Vater erwartungsvoll an und rechnete mit einer Unmutsbezeugung. Aber ihr Vater lächelte.

„Ich hoffe nur, dass der Mann gut zu Fuß ist", sagte er und lachte leise. „Das wird nämlich nötig sein, wenn er mit Rett mithalten will."

Die Spannung im Raum ließ merklich nach, als alle begannen, sich die Szenerie vorzustellen. Rett legte gewöhnlich jeden Tag viele Meilen zurück, bevor er abends nach Hause kam. Bergauf, bergab, durch Sümpfe und Moore, manchmal durch dichtes Gebüsch oder über felsige Steigungen. Es wäre bestimmt lustig zu beobachten, wie ein anderer Mann versuchte, mit ihm Schritt zu halten. Das Lächeln verwandelte sich in leises Gelächter und schließlich in lautes Lachen.

Doch trotz der Fröhlichkeit war Virginia beunruhigt. Obwohl sie sich vornahm, sich nur auf das bevorstehende Ereignis zu konzentrieren, wanderten ihre Gedanken immer wieder zurück zu Rett und dem Mann, der ihm auf den Fersen war und darauf wartete, dass er einen Fehler machte und sich selbst überführte.

*

Die Familienmitglieder und Freunde, die Claras Hochzeit miterleben wollten, füllten die kleine Kirche mit ihrer Gegenwart und Mitfreude. Virginia beobachtete ihre Schwester genau, als sie ihr Ehegelübde ablegte, und sie fand, dass Clara noch nie so hübsch ausgesehen habe.

Es ist nicht nur das Kleid, dachte Virginia, obwohl auch das natürlich ein Traum war. Sie hatte zugesehen, wie ihre Mutter und Clara es genäht und kunstvoll bestickt hatten. *Es ist ... es ist, als würde Clara von innen heraus strahlen*, fand sie. *Ich frage mich, ob ich wohl auch einmal so viel für jemanden empfinden werde*, überlegte sie, während sie ihren Blick zwischen Clara und Troy hin und her wandern ließ.

Kapitel 17

In der Woche nach der Hochzeit normalisierte sich das Leben wieder einigermaßen. Eines Abends klopfte es laut an die Küchentür. Bevor Virginias Vater sich erheben konnte, um die Tür zu öffnen, hatte Aaron, Larrys Sohn, sie bereits aufgestoßen und streckte den Kopf herein.

„Aaron", sagte ihre Mutter. „Komm herein. Wir sind gerade beim Abendessen. Ich kann dir –" Ein Blick auf das Gesicht des jungen Mannes ließ sie innehalten. „Es ist etwas passiert", vermutete sie leise.

„Es ist Opa. Papa hofft, dass es nichts Ernstes ist, aber er möchte, dass du Bescheid weißt."

„Was ist passiert? Wo ist er?" Virginias Vater sprach die Fragen aus, die alle beschäftigten. Das fröhliche Plaudern war verstummt.

„Onkel Luke hat ihn in die Stadt gebracht."

„Wo ist Mama?", fragte Virginias Mutter. Sie schob ihren Stuhl zurück. Ihr Gesicht war totenblass.

„Sie ist bei ihm."

„Wissen sie schon –?"

„Papa glaubt, dass es ein Schlaganfall ist."

Aaron war weder in die Küche gekommen, noch hatte er die Tür hinter sich geschlossen. Er stand einfach da, die Hand an den Türknauf gelegt, als wollte er sich sofort wieder auf den Weg machen, nachdem er seine Botschaft ausgerichtet hatte.

Belinda hatte sich erhoben. Virginia merkte, dass im Augenblick viel eher die Tochter um Fassung rang und nicht die Krankenschwester in ihr.

„Virginia, du räumst auf", wies sie ihre Tochter mit zitternder Stimme an. „Sieh zu, dass Francine ihre Hausaufgaben macht, bevor sie zu Bett geht. Ich komme heute Nacht vielleicht nicht nach Hause. Du wirst dich auch um das Frühstück kümmern müssen. Rodney, du hilfst ihr, die Pausenbrote zu richten. Danny –“ Sie brach ab. „Ach, ihr alle wisst ja, was ihr zu tun habt.“ Schnell ließ sie ihren Blick wie eine stumme Bitte um Entschuldigung zu ihrem Mann wandern. „Und euer Vater wird da sein.“

Er verstand ihre Besorgnis und streckte seine Hand aus. Sie schien den Tränen nahe zu sein, als sie auf ihn zukam. „Ich werde mitfahren“, sagte er und zog sie an sich. „Nur ... bewahre die Fassung.“ Er drückte ihr die Schulter und küsste sie sanft auf die Stirn. „Wir werden aufbrechen, so schnell es geht. Aber zuerst ... zuerst sollten wir ein kurzes Gebet sprechen.“

Das Gebet war tatsächlich kurz. Nur eine knappe, inbrünstige Bitte an Gott, bei ihrem Großvater zu sein und ihn zu bewahren, bei Onkel Larry zu sein und ihm besondere Weisheit zu schenken. Und bei jedem Familienmitglied, vor allem aber bei Oma.

„Danny, geh und hol deiner Mutter ihren Schal“, sagte Virginias Vater, als er den Kopf hob.

Niemand hatte bemerkt, dass die Tür geschlossen wurde. Aaron war bereits wieder unterwegs, um den anderen Familienmitgliedern die traurige Nachricht zu überbringen.

*

Es war ein langer, quälender Abend für Virginia. Rein mechanisch räumte sie den Tisch ab und spülte das Geschirr. Danny versorgte seine Tiere und breitete danach seine Schulhefte auf dem Küchentisch aus. Doch er war unkonzentriert und malte nur Männchen, anstatt seine Rechenaufgaben zu machen. Rodney lief unruhig in der Küche umher. Virginia hängte die Spülschüssel an ihren Haken und wandte sich Francine zu. Seit die Nachricht gekommen war, hatte Francine noch nicht aufgehört zu weinen. Die Tränen liefen ihr die Wangen hinunter und durchnässten ein Taschentuch nach dem anderen.

„Was, wenn Opa stirbt?“, fragte sie mit zittriger Stimme.

Danny sah auf. Auch in seinen Augen stand die Angst geschrieben. „Aaron hat doch gesagt, Onkel Larry sei der Meinung, es sei nicht so ernst“, erinnerte er seine kleine Schwester nicht ohne eine gewisse Schärfe in der Stimme.

Das brachte nur neue Tränen. Virginia fiel es selbst schwer, die Fassung zu bewahren. „Komm schon, Francine“, sagte sie mit, wie sie hoffte, geduldiger Stimme. „Wir müssen Buchstabieren üben.“

„Wie können wir denn jetzt *buchstabieren*?“, weinte Francine.

Das war eine Frage, die sich Virginia auch schon gestellt hatte. Ihre Mama hatte ihr eine beinahe unmögliche Aufgabe übertragen.

„Wir müssen. Morgen in der Schule musst du es können.“

Sie sah zu Danny hinüber, der mit abwesendem Blick auf seinem Bleistift herumkaute. „Und du Danny, mach endlich deine Rechenaufgaben.“

Sie hörte sich schon beinahe an wie Clara. Clara, die sie mehr vermisste, als sie sich vorgestellt hätte. Clara, der sie immer vorgeworfen hatte, zu bestimmend zu sein. Auf einmal wurde Virginia klar, dass es nicht leicht war, für die anderen verantwortlich zu sein.

„Komm schon“, sagte sie erneut zu Francine und streckte ihr die Hand hin. „Wir gehen ins Wohnzimmer, damit Danny hier ungestört seine Hausaufgaben machen kann.“

Francine folgte ihr und wischte sich die Tränen ab. Sie fingen an. Virginia hatte zuerst ihre Zweifel, ob es überhaupt gehen würde, doch allmählich beruhigte sich Francine und konnte sich auf ihre Aufgabe konzentrieren.

Schließlich brachte sie Francine zu Bett – in das große Bett, das sie früher mit Clara geteilt, jetzt aber ganz für sich allein hatte. Sie wirkte klein und verloren darin. Virginia beschloss, bei ihr zu bleiben, bis sie einschlief.

„Soll ich dir etwas vorlesen?“, fragte sie.

Francine wirkte überrascht. Bisher hatten ihr nur Mama oder Clara etwas vorgelesen, gelegentlich auch Papa, wenn er Zeit hatte. Virginia hatte ihr das bisher noch nie angeboten.

Aber sie schüttelte den Kopf. „Ich glaube nicht, dass ich richtig zuhören könnte."

Virginia setzte sich auf die Bettkante und strich Francine das Haar aus der Stirn. Ihre kleine Schwester hatte bereits schluchzend ihr Abendgebet gesprochen. Daran brauchte sie sie nicht mehr zu erinnern.

„Denkst du, dass Opa stirbt?", flüsterte Francine. Mit ernsten Augen sah sie Virginia an.

„Ich hoffe nicht." Virginias Stimme zitterte.

„Aber es wäre möglich, nicht?"

Virginia nickte. Es wäre dumm, es zu leugnen.

„Er ist alt, nicht?"

„Ziemlich alt."

„Und ein Schlaganfall ist schlimm."

Wieder nickte Virginia.

„Minnies Großmutter ist an einem Schlaganfall gestorben."

„Nicht immer sterben die Leute daran", erklärte Virginia. Dann wanderten ihre Gedanken weiter. Ein Schlaganfall war schuld daran, dass Mrs. Harmon ans Bett gefesselt war und dass sie jetzt weder laufen noch sprechen konnte. Ihre Mama, die sie lange Zeit gepflegt hatte, hatte ihrem Vater anvertraut, es sei ein Segen, wenn die alte Frau sterben würde. Virginia hatte die leise gesprochenen Worte gehört und damals hatten sie sie verwirrt.

„Wenn Opa stirbt –", begann Francine.

Aber Virginia unterbrach sie sanft. „Wenn Opa stirbt, wird Gott sich seiner annehmen. Wir müssen uns um Opa keine Gedanken machen, Francine. Er –"

„Ich weiß", erwiderte Francine und brach erneut in Tränen aus. „Aber ich würde ihn vermissen."

„Wir alle würden ihn vermissen, ganz schrecklich sogar, aber ..."

Was konnte sie sagen? Auch ihr Herz war schwer bei dem Gedanken daran, dass sie vielleicht ihren Großvater verlieren würden. Das Leben würde ohne ihn nicht mehr dasselbe sein. Sie wollte sich an ihn klammern. Gott bitten, er möge ihn noch bei ihnen lassen. Doch wenn er dann so daliegen und leiden musste wie die alte Mrs. Harmon? Das wollte sie nicht. Nein, sie wollte ihn zurückhaben, so wie er immer gewesen war.

*

Es war fast ein Uhr morgens, als Virginia die Tür hörte. Sie hatte nicht einschlafen können. Ihr Vater war gegen zehn Uhr einmal gekommen, hatte nach ihnen gesehen. Sie sollten zu Bett gehen und versuchen zu schlafen. Dann war er wieder gegangen, nachdem er ihnen versichert hatte, er und ihre Mutter würden später nach Hause kommen.

Doch Virginia hörte nur die Schritte von einer Person und keinerlei Flüstern. Nur eine Person war zurückgekommen und schlich durchs Haus. Virginia stand auf. Sie traf ihren Vater im Flur, die Küchenlampe in der Hand.

„Virginia. Tut mir Leid, dass ich dich aufgeweckt habe."

Virginia machte sich nicht die Mühe zu erklären, dass sie nicht hatte schlafen können. Stattdessen fragte sie leise: „Geht es ihm besser?"

„Es ist noch zu früh, um von einer Besserung zu sprechen. Aber dein Onkel Larry ist zuversichtlich. Er glaubt, dass er sich gut hält."

Virginia war nicht sicher, ob das tatsächlich eine gute Nachricht war.

Ihr Vater stellte die Lampe auf den Flurtisch und zog sie an sich. „Es ist schon sehr spät", flüsterte er. „Schlafen die anderen?"

Sie nickte.

„Du brauchst auch deinen Schlaf." Er schob sie von sich und sah ihr ins Gesicht. „Warum legst du dich nicht in Francines Bett?"

Virginia hatte als Einzige auf einem eigenen Zimmer bestanden und Clara hatte bereitwillig ihr Zimmer mit ihrer jüngeren Schwester geteilt. Jetzt hatte Francine ihr eigenes Zimmer, obwohl das dem kleinen Mädchen gar nicht so gut zu gefallen schien.

Virginia nickte. Das war eine gute Idee.

*

Die nächsten paar Tage vergingen wie im Nebel. Oma zog in Francines Zimmer ein, wo sie sich hinlegte, wenn sie von allen Seiten zu stark bedrängt wurde, sich einmal auszuruhen. Francine wechselte in Virginias Zimmer. Virginia schaffte es irgendwie, den Haushalt in Gang zu halten, wenn auch natürlich nicht so reibungslos wie ihre Mutter. Aber immerhin kehrte eine gewisse Routine ein. Alle bekamen etwas zu essen, zogen sich richtig an und gingen zur Schule. Ihr Vater kam häufig und sah nach dem Rechten, ihre Mutter gelegentlich. Die Hausarbeit wurde verteilt und die Schulaufgaben gemacht. Clara kam häufig herüber, um zu kochen, oder sie brachte einen Auflauf, den sie zu Hause vorbereitet hatte, und ein frisches Brot. Die Nachbarn schickten Backwaren.

Wenn Oma Marty zum Essen da war, hatten ihre Augen immer einen abwesenden Ausdruck, obwohl sie sich große Mühe gab, sich wie gewohnt mit ihren Enkelkindern zu unterhalten.

Und endlich kam der Tag, an dem Virginias Mutter blass und erschöpft von den vielen Nächten der Pflege nach Hause kam, auf einen Küchenstuhl sank und ihrer besorgten Familie verkündete: „Er ist jetzt auf dem Weg der Besserung."

Das war die Nachricht, auf die sie alle gewartet hatten.

Aber wenn sie nun erwarteten, dass das Leben wieder in seinen gewohnten Bahnen verlief, so hatten sie sich getäuscht. Denn noch immer wurden die Dienste ihrer Mutter benötigt. Tag um Tag massierte sie die geschädigten Glieder ihres Vaters, damit er sie wieder richtig gebrauchen konnte. Auch machte sie Sprachübungen mit ihm, um seine Sprechfähigkeit zu verbessern.

Und bei all der Aufregung vergaß Virginia Rett Marshall und die ungerechten Beschuldigungen beinahe vollkommen. Nur selten hatte sie Zeit für ihre Freundin Jenny, deren Besuche bei ihr zu Hause beträchtlich seltener geworden waren. Virginia vergaß auch ihre neu entdeckte Neigung für Jamison Curtis fast ganz. Tag für Tag war sie mit dem reinen Überleben vollkommen ausgelastet.

Sogar ihr fünfzehnter Geburtstag verging, ohne dass er groß zur Kenntnis genommen wurde. Virginia dachte zwar daran, aber es schien ihr nicht erwähnenswert. Ihre Mutter kam erschöpft nach Hause, trotzdem gab sie sich Mühe, fröhlich zu wirken. Sie drückte Francine lange Zeit an sich und sah zu, wie Virginia eine Kanne Tee kochte.

„Du bist so ... so erwachsen geworden, Virginia. So tatkräftig. Ich weiß nicht, wie wir die letzten Wochen ohne dich hätten überstehen sollen." Sie drückte Francine an sich, als hätte sie Angst, sie loszulassen. „Ich habe nicht vergessen, dass heute dein Geburtstag ist. Fünfzehn Jahre bist du nun schon. Ich kann es kaum glauben."

Sie zögerte, als Virginia die Kanne und eine Tasse vor sie stellte. Virginia schnitt eine Scheibe Zimtbrot ab, das die Frau des Pastors ihnen geschickt hatte.

„Es tut mir Leid, dass ... dass es so gekommen ist", fuhr ihre Mutter fort. „Vergangenes Jahr ist dein Geburtstag durch den Unfall verdorben worden und jetzt ... "

„Ist schon gut", unterbrach Virginia sie schnell. Ihre Mutter sollte sich nicht auch noch durch Schuldgefühle belasten.

„Ach Virginia. Du bist viel zu schnell erwachsen geworden. Es tut mir so Leid. Ich bete, dass alles bald wieder normal wird und du wieder ein junges Mädchen sein kannst. Es ist so schwer für dich gewesen." Ihre Mutter ließ Francine los und rührte in dem heißen Tee.

Verlegen brachte Virginia den Teller mit dem Zimtbrot von der Anrichte zum Tisch.

„Wem haben wir das schöne Brot zu verdanken?", fragte ihre Mutter, die versuchte, auf dem Laufenden zu bleiben.

„Mrs. Doyle."

„Gott segne sie dafür. Sie hat wirklich mehr als genug zu tun."

Virginia nickte.

„Wir werden eine Party für dich veranstalten", sagte ihre Mutter. „Sobald dein Großvater wieder auf den Beinen ist."

„Auf dem Bein", korrigierte Francine, ohne zu lächeln.

Virginia und ihre Mutter sahen sich an und brachen in schallendes Gelächter aus. Natürlich war es eigentlich nicht besonders lustig, dass Clark Davis ein Bein fehlte, aber die Familie hatte sich schon vor langer Zeit an das Geräusch seines Stockes und den Anblick seiner Prothese gewöhnt. Die Enkelkinder waren sogar daran gewöhnt, loszulaufen, um „mein Bein“ zu holen oder „das Ding in die Ecke zu stellen, damit es aus dem Weg ist.“ Francines ernst gemeinte Korrektur baute die Spannung im Raum ab. Es tat gut, wieder einmal richtig zu lachen.

*

„Wie geht es deinem Großvater?“, fragte Jamison, als Virginia am folgenden Sonntag die Kirche betrat.

Sie brachte ein Lächeln zu Stande. Sie hatte schon lange nicht mehr mit Jamison gesprochen.

„Es ... geht ihm langsam besser“, antwortete sie. Eigentlich ging es so langsam voran, dass man es kaum merkte.

„Gut.“

Die Tür öffnete sich erneut und Virginia war erstaunt, Jenny zu sehen. An den letzten Sonntagen war sie nicht im Gottesdienst gewesen, da die Simpsons sie nicht ausdrücklich zum Sonntagsessen eingeladen hatten. Virginia sah, wie auch Jamisons Blick zur Tür wanderte.

„Hallo“, begrüßte er Jenny mit einem Lächeln. „Schön, dich wiederzusehen.“

Jenny errötete und zog ihren warmen Pullover aus. Sie hängte ihn an einen Haken und gesellte sich zu ihnen. Virginia bemerkte, dass sie ihr schickes cremefarbenes Kleid trug, das sie zur Valentinsparty bekommen hatte.

Jennys Wangen glühten. Sie sah Jamison an, klimperte mit den langen Wimpern und warf ihr rotes Haar zurück.

Virginia, deren Locken ordentlich frisiert waren, durchzuckte ein Stich der Eifersucht. Jenny sah so ... so weiblich aus. So lebenslustig und attraktiv.

Jamison wandte sich ab. „Bis später“, sagte er und Virginia war nicht sicher, wen er mit dieser Bemerkung meinte.

Jenny konnte ihre Enttäuschung nicht verbergen, aber sie riss sich schnell wieder zusammen. „Wie geht es deinem Opa?“, fragte sie, während sie beobachtete, wie Jamison sich zurückzog. Aber die Frage ließ keine echte Anteilnahme erkennen und Jenny wartete eine Antwort gar nicht erst ab.

„Virginia! Du bist ja so bleich wie ein Gespenst. Hast du denn die ganze Zeit im Haus gesessen?“, rief sie, als sie Virginia zum ersten Mal richtig ansah.

Virginia wollte eine scharfe Erwiderung geben, aber sie biss sich auf die Zunge. Es würde nichts nützen, jetzt auf Jenny loszugehen. Immerhin betete sie noch immer für sie und hoffte trotz allem, sie für den Glauben zu gewinnen.

„Nicht oft“, erwiderte sie leise. „Ich habe für nichts Zeit gehabt außer der Schule und ...“

Jenny hörte gar nicht zu. Sie war viel zu sehr damit beschäftigt, die Jungen zu beobachten, die jetzt in die Kirche drängten und sich in die letzte Reihe setzten.

„Wir wollen uns dorthin setzen“, sagte sie und nickte in diese Richtung.

„Meine Familie erwartet, dass ich mich zu ihnen setze“, gab Virginia zurück.

Jenny gebrauchte ein inakzeptables Wort. Virginia runzelte die Stirn und hoffte, dass niemand es gehört hatte.

*

Virginias Großvater machte langsame Fortschritte. Er wurde nach Hause verlegt und bemühte sich weiterhin sehr, wieder „auf das Bein“ zu kommen. Noch immer verbrachte Virginias Mutter viel Zeit draußen auf der Farm und überwachte seine tägliche Behandlung, doch allmählich kehrte wieder ein gewisser Grad an Normalität ein.

Virginia war nicht besonders überrascht, als ihre Mutter eines Abends nach Hause kam und ein Lächeln ihre Lippen umspielte.

„Ich denke, es ist an der Zeit, dass ich meine Pflichten als Hausfrau wieder übernehme“, sagte sie, als sie ihren Schal an den Haken hängte und ihren Hut abnahm.

„Dann geht es Opa also besser?“

„Mit jedem Tag ein wenig. Er hat mir heute gesagt, ich soll mich wieder um meinen eigenen Haushalt kümmern und ihn in Frieden lassen.“ Sie lächelte erneut. „Ich denke, es geht ihm tatsächlich wieder besser.“

An diesem Abend herrschte eine fast ausgelassene Stimmung beim Abendessen. Mit Gottes Hilfe hatten sie diese schweren Tage überstanden, und nun war es an der Zeit, das normale Leben fortzusetzen.

Sie neckten und scherzten und brachten sich gegenseitig über die persönlichen Erlebnisse und Ereignisse auf den neusten Stand. Es war wie früher ... jedenfalls beinahe. Claras Stuhl stand nicht mehr am Tisch. Virginia wurde ein wenig traurig bei diesem Gedanken.

„Und jetzt“, sagte ihre Mutter gerade, „denke ich, ist es an der Zeit, eine wichtige Geburtstagsparty zu planen.“

Kapitel 18

Das Fest sollte am letzten Samstag der Ferien stattfinden. Virginia durfte so viele Freunde aus der Gemeinde und der Schule einladen, wie sie wollte. Da sie nicht anfangen wollte auszuwählen, lud sie einfach die ganze Jugendgruppe ein. Sie war froh, dass Jenny dazugehörte.

Clara hatte versprochen, ihrer Mutter bei den Vorbereitungen zu helfen. Es würde gerösteten Mais, knuspriges Hähnchen, Gartensalate und jede Menge frisch gebackenes Brot geben. Und dazu natürlich Eis und Geburtstagskuchen. Die Gäste sollten gegen sechs Uhr zu den Simpsons kommen. Zuerst würde man zusammen essen, danach sollten im Garten Gesellschaftsspiele gemacht werden.

Mit jedem Tag wurde Virginia aufgeregter. Dass ihr eigentlicher Geburtstag schon Wochen her war, machte nichts. Es zählte allein, dass sie mit ihren Freunden zusammen beinahe eine „Erwachsenenparty" feiern würde. Wenn sie über die vergangenen Wochen und Monate nachdachte, hatte sie den Eindruck, *jahrelang* in der Küche festgehangen zu haben.

Jenny war beinahe so aufgeregt wie Virginia. „Ich werde mein cremefarbenes Kleid anziehen", begeisterte sie sich.

Virginia schüttelte den Kopf. „Das ist viel zu elegant für Gartenspiele."

„Du ziehst doch sicher dein Rosafarbenes an, nicht?"

„Nein. Ich werde mein blaues Baumwollkleid tragen." Virginia wäre nicht im Traum eingefallen, das schöne Brautjungfernkleid bei einer Gartenparty anziehen zu wollen. Da ging es oft übermütig zu, man musste sich seinen Stuhl sichern bei der ‚Reise nach Jerusalem' oder auf einem Bein hüpfend ein Wettrennen veranstalten.

Jenny wirkte enttäuscht. „Warum veranstaltest du dein Fest denn nicht im Haus?“

„Wir haben die Einladungen doch bereits ausgesprochen.“

„Aber ich habe kein anderes schönes Kleid.“

„Für eine Gartenparty brauchst du kein besonderes Kleid. Außerdem kommt doch nur die Jugendgruppe aus der Gemeinde. Keiner von denen zieht sich besonders an.“

„Woher weißt du das?“

„Ich habe solche Feste schon oft mitgemacht. Du doch auch. Wir gehen hin, weil wir Spaß haben wollen, nicht um ... aufzufallen.“

Jenny funkelte sie an. Es ging schon wieder um Jamison. Jenny ging offenbar überall nur hin, um den jungen Mann zu beeindrucken.

„Ach, Jenny“, seufzte Virginia verzweifelt. „Mama und Clara haben sich so viel Mühe gegeben, diese Party für mich vorzubereiten. Jetzt verdirb mir nicht alles.“

Jenny schmollte den Rest des Vormittags. Als sie endlich beschloss zu gehen, warf sie Virginia noch einen giftigen Blick zu. „Ich bin noch immer der Meinung, es ist unfair, dass du eine Gartenparty veranstaltest. Du weißt genau, dass ich nur ein festliches Kleid besitze.“

„Niemand wird ein festliches Kleid anziehen“, schoss Virginia zurück. „Und außerdem –“ Beinahe hätte sie gesagt, dass die Party schließlich nicht für Jenny veranstaltet wurde. Immerhin war es *ihre* Geburtstagsfeier. Aber sie schaffte es gerade noch, sich zurückzuhalten.

„Es tut mir Leid“, sagte sie stattdessen. „An deine Garderobenausstattung habe ich nun wirklich nicht gedacht.“

Jenny schaute sie beleidigt an und verschwand zur Tür hinaus.

Virginia spürte, wie sie vor Ärger rot wurde. In diesem Augenblick kam ihre Mutter in die Küche.

„Stimmt was nicht?“, fragte sie.

„Ach, es geht um Jenny. Sie ist sauer. Ihr passt nicht, dass ich keinen eleganten Tanztee veranstalte, sondern eine Gartenparty. Sie möchte ihr cremefarbenes Kleid tragen – das hübsche duftige – damit sie Jamison Curtis beeindrucken kann."

Ihre Mutter sah sie verwirrt an.

„Sie ist so eigensinnig", beschwerte sich Virginia. Endlich konnte sie ihrem Ärger mal Luft machen und über ihre tiefsten Gefühle sprechen. „Immer muss alles nach ihrem Kopf gehen, und ich muss immer nachgeben, weil ich befürchte, dass sie sonst nicht mehr in die Jugendgruppe kommt und Gott nie annimmt." Die Worte sprudelten nur so aus ihr heraus.

Ihre Mutter trat neben sie und legte ihr den Arm um die Schultern. „Ich weiß, man wird sehr leicht ... ungeduldig. Aber du hast einen Samen gesät. Immer wieder hört Jenny die Wahrheit. Manchmal dauert es sehr lange, bis sie in einem Menschen Wurzeln schlägt. Du darfst nicht aufgeben, Virginia. Liebe Jenny weiter und versuche dein Bestes."

„Ich habe alles getan, was ich kann und sie ... sie geht einfach nur mit, aber sie hat sich noch nicht ein bisschen verändert. Sie lügt, sie ist egoistisch, sie benutzt hässliche Wörter. Papa würde uns den Mund mit Seife auswaschen, wenn wir so etwas sagen würden."

„Sie wird sich auch nicht verändern, bis sie zulässt, dass Gott sie von innen heraus verändert. Jenny braucht eine Veränderung des Herzens."

„Ich weiß, aber sie lässt all das gar nicht an sich heran. Sie macht sich lustig über die Predigten. Ich glaube, im Grunde genommen weiß sie, dass sie Dinge tut, die falsch sind. Aber das macht ihr nichts aus. Keine Spur. Sie denkt an nichts anderes als an Jamison. Er ist der einzige Grund, warum sie zur Kirche geht. Sie macht ihm schöne Augen und läuft ihm überall hin nach. Es ist nur –"

„Sie mag Jamison?"

„Sie ist verrückt nach ihm. Sie spricht über nichts anderes mehr."

„Und mag er sie?"

Virginia brach ab und dachte über die Frage ihrer Mutter nach. Achselzuckend schüttelte sie den Kopf. „Ich weiß es nicht“, antwortete sie wahrheitsgemäß. „Vielleicht. Er ist nett und freundlich zu ihr ... und bei der Schlittenpartie hat er tatsächlich viel Zeit mit ihr verbracht.“

„Die Schlittenpartie ist schon lange her.“

Virginia nickte.

„Ich denke, wenn Jamison Jenny tatsächlich mögen würde, hätte er es ihr mittlerweile deutlich gemacht.“

„Wie denn?“

Ihre Mutter lächelte. „Oh, Jungen haben da so ihre Mittel und Wege. Sie bieten ihre Hilfe an. Ein kleines Geschenk aus dem Süßwarenladen. Ein Mädchen von der Kirche nach Hause begleiten. Sich mit ihr ausführlich unterhalten. Tut Jamison so etwas?“

„Ich weiß es nicht. Jenny ist diesen Sommer ja kaum hier gewesen und ich bin so beschäftigt gewesen.“

„Würde es dir etwas ausmachen, wenn Jamison Jenny mögen würde?“

Virginia riss die Augen auf. Ihre Wangen röteten sich. Ihre Mutter hatte also ihr kleines Geheimnis erraten. Sie brauchte die Frage gar nicht zu beantworten.

„Das dachte ich mir schon“, fuhr ihre Mutter leise fort. „Weiß Jamison, dass ihr beide ihn mögt?“

Virginia spürte Tränen in ihren Augen brennen. „Nein“, sagte sie mit großer Überzeugung. „Jedenfalls ich ... ich darf es ihm nicht zeigen. Jenny wäre dann sehr zornig auf mich.“

„Dann bist du in einer schwierigen Situation.“

Virginia schwieg. Sie kämpfte gegen die Tränen an, die ihr in die Augen stiegen.

„Und du würdest lieber Jamison aufgeben, als Jenny zu verletzen?“

Virginia nickte finster. „Ich ... sie würde nie wieder in die Gemeinde kommen. Das weiß ich.“

Ihre Mutter nahm Virginia in die Arme und drückte sie an sich. Dann strich sie ihr die Locken aus dem Gesicht. „Du bist viel erwachsener geworden, als ich angenommen habe, Virginia“, flüsterte sie. „Ich bin stolz auf dich, aber auch ein wenig besorgt. Als deine Mutter bin ich der Meinung, dass du noch viel zu jung bist, um dich mit ... mit dieser Jungen-Mädchen-Geschichte zu belasten. Clara war bereits sehr viel älter, als sie anfing, über eine Freundschaft nachzudenken und ich denke, dein Vater und ich haben gehofft ... du könntest den Gedanken an Jungen noch wegschieben und einfach nur ein Mitglied der Gruppe sein." Sie hielt inne und betrachtete prüfend das Gesicht ihrer Tochter.

„Aber für meine mütterliche Lektion scheint es ein wenig spät zu sein. Ich möchte eigentlich noch nicht, dass du eine Freundschaft eingehst. Und du weißt, dass Jamison sein letztes Schuljahr vor sich hat. Er ist älter als du und vielleicht sogar der Meinung, er sei bereit ... mit einem Mädchen zu gehen. Ich weiß es nicht. Aber wie dem auch sei ... du kannst so etwas nicht allein entscheiden. Weißt du, hier geht es nicht nur um dein Leben. Da ist Jenny und ich bin froh, dass du dir so viele Gedanken um sie machst. Und da ist auch Jamison. Virginia, du kannst nicht für ihn Entscheidungen treffen. Wenn er sich nichts aus Jenny macht, wird deine Zurückhaltung in dieser Angelegenheit auch nichts bewirken. Und falls Jamison dich mag, du bist noch zu jung, um über etwas anderes als eine platonische Freundschaft nachzudenken. Freundschaft ist etwas Wunderbares, Virginia, und ich sehe keinen Grund, warum Jamison nicht mit mehr als einem Mädchen befreundet sein sollte. Wenn ihr einfach nur befreundet seid, muss es doch nicht entweder Jenny oder du sein. Eine Freundschaft ist auch offen für andere."

Virginia seufzte erleichtert. Es wäre so viel leichter, wenn es tatsächlich so sein könnte. Virginia hätte Jamison gern zum Freund gehabt.

*

Die ersten Partygäste trafen bereits um kurz vor sechs ein. Sie kamen allein oder in kleinen Gruppen von zwei oder drei. Die Jugendgruppe der Gemeinde zählte etwas weniger als zwanzig Mitglieder, es würden sich also eine Menge Leute in Virginias Garten tummeln. An diesem Abend fehlte niemand. Alle freuten sich auf eine letzte Gartenparty und über die Gelegenheit, mit Virginia ihren verpassten Geburtstag zu feiern.

Jenny war bereits da, als die anderen eintrafen. Sie hatte den größten Teil des Samstagnachmittags bei den Simpsons verbracht unter dem Vorwand, bei der Vorbereitung helfen zu wollen. Sie trug das grüne Kleid, das Clara ihr geschenkt hatte. In Virginias Augen war sie viel zu elegant gekleidet, aber sie sah tatsächlich atemberaubend aus. Virginia war sicher, dass Jenny auffallen würde.

Virginia bot ihr an, ihr beim Aufstecken ihres Haares zu helfen. Es war unangemessen für ein Mädchen ihres Alters, das Haar frei auf die Schultern fallen zu lassen. Zuerst wirkte Jenny beleidigt, doch als sie Virginias von Claras geschickten Händen hochgesteckte Locken betrachtete, war sie einverstanden.

„Lass nur diese Strähnen über meinen Ohren heraus“, flüsterte sie, als sie allein waren. „Ich habe keine schönen Ohren. Sie sind genau so groß wie die von meinem Papa.“

Virginia war das noch nie aufgefallen, aber als sie Jennys Haar aufsteckte, musste sie zugeben, dass Jennys Ohren tatsächlich ein wenig zu groß waren. Sie ließ Jenny ihre Strähnen und als Jenny sich im Spiegel betrachtete, schien sie mit ihrem Abbild zufrieden zu sein.

Als die anderen eintrafen, tat sie so, als wäre es ihre Idee gewesen, sich die Haare hochzustecken. Sie warf ihren Rotschopf, dass Virginia Angst hatte, die Nadeln würden herausfallen.

Endlich rief Virginias Vater zum Abendessen. Francine, die eigentlich noch nicht alt genug war, um in die Jugendstunde zu kommen, durfte an der Feier teilnehmen und nutzte die Gelegenheit voll aus. Es gab viel Gelächter und gutmütiges Necken. Virginia ertappte Rodney dabei, wie er der hübschen Margie Warden einen Teller voll Essen brachte. Die Worte ihrer Mutter fielen ihr ein. Zeigte Rodney dem Mädchen damit, dass er an ihr interessiert war? Aber Rodney war ja auch schon älter als Jamison und Margie – na ja, sie war fast siebzehn. Vielleicht würden ihre Eltern ihr mit sechzehn eine Freundschaft erlauben. Vielleicht machten sie und Rodney sich aber auch einfach nur schöne Augen, bis sie alt genug waren, um eine ernsthafte Beziehung einzugehen.

Virginia löste gerade einen heißen Maiskolben aus seinen Blättern, als jemand sie sanft anstubste. „Komm, lass mich dir helfen“, ertönte eine warme Stimme, die Virginia sofort als die von Jamison erkannte. Unwillkürlich wanderte ihr Blick zu Jenny, die aber gerade sehr offen mit Ken Troyer flirtete. Dann und wann warf sie Jamison einen Seitenblick zu, um zu sehen, ob er es bemerkte.

Virginias nächster Gedanke war, sich langsam zu entfernen und das freundliche Angebot abzulehnen. Doch dann dachte sie an das, was ihre Mutter ihr gesagt hatte. Es war dumm, eine gute Freundschaft mit Jamison zurückzuweisen, nur weil Jenny beschlossen hatte, ihn sich zu angeln.

Sie lächelte. „Vielen Dank“, sagte sie und blies sich die Finger ihrer rechten Hand. „Ist ganz schön heiß.“

Jamison nahm den Maiskolben und wickelte ihn aus. „Hast du schon Butter?“, fragte er, als er ihn auf ihren Teller zurücklegte.

„Noch nicht, aber ich hole mir welche.“

„Ich bringe sie dir. Salz und Pfeffer?“

„Nur Salz. Ich mag Pfeffer nicht besonders.“

Bald war er mit dem Salzstreuer wieder da. Zu Virginias Erstaunen deutete er auf die Bank aus Holzstämmen, die für dieses Fest aufgestellt worden war. „Da hinten ist noch Platz. Sollen wir uns hinsetzen?“

Virginia nickte.

„Schön, dass bei euch jetzt endlich alles etwas ruhiger geworden ist und du deinen Geburtstag feiern kannst“, bemerkte er, als sie sich setzten und sich über das Hühnchen und den Mais hermachten.

Virginia nickte erneut. Sie wusste nicht so recht, was sie sagen sollte.

„Wie ich höre, geht es deinem Großvater wieder besser.“

Ein weiteres Kopfnicken.

„Ich wette, du bist sehr erleichtert.“

Endlich fand Virginia die Sprache wieder. „Das sind wir. Wir haben schon befürchtet, ihn zu verlieren oder dass er ... du weißt schon – ein Pflegefall bleibt. Und es ist so schön, dass Mama wieder zu Hause ist.“

„Ich weiß nicht, wie du das alles geschafft hast – die Schule, den Haushalt und das alles.“

Virginia verzog das Gesicht. „Ich bin auf jeden Fall froh, dass es vorbei ist, das kann ich dir sagen.“ Sie sprachen über andere Dinge. Allmählich verlor Virginia ihre Nervosität. Es war schön, sich mit Jamison zu unterhalten. Ihre Mutter hatte Recht gehabt; vielleicht konnten sie tatsächlich Freunde sein.

„Möchtest du noch einen Maiskolben?“

„Nein, vielen Dank. Dann wäre ich völlig satt und könnte vielleicht nicht einmal ein Stück von meinem eigenen Geburtstagskuchen probieren.“ Sie lachten. „Aber nimm dir ruhig noch einen“, forderte sie ihn auf. „Ich weiß, wie viel Danny und Rodney verdrücken können. Papa sagt, es ist, als würde man versuchen, eine Senkgrube zu füllen. Kein Ende in Sicht.“

Jamison lachte und Virginia fühlte sich rundum glücklich.

Es war eine wundervolle Party. Um sie herum herrschte Fröhlichkeit und ausgelassene Stimmung. Die Mitglieder ihrer Jugendgruppe genossen den gemeinsamen Abend und das köstliche Essen, das ihre Mama und Clara vorbereitet hatten.

Es folgten Geburtstagskuchen und Eis. Alle waren danach so satt, dass sie sich kaum zu den geplanten Spielen aufraffen konnten.

Zwei Mitglieder der Gruppe waren gebeten worden, den Spielteil vorzubereiten. Sie waren klug genug, mit ruhigeren Aktivitäten zu beginnen, damit sich das Essen ein wenig setzen konnte. Virginia war nicht die Einzige, die sich dankbar in das lustige Treiben stürzte.

Im Laufe des Abends fand sich Virginia immer öfter in Jamisons Gesellschaft wieder. Er bot ihr seine Hilfe an, rückte ihr einen Stuhl zurecht, fragte sie, ob sie noch etwas zu trinken wollte. Für sie war es gar nicht mehr unnatürlich, ihn in ihrer Nähe zu haben. Doch dann spürte sie Jennys grüne Augen wie Flammen auf sich gerichtet. Trotz der Entfernung übermittelten sie ihr eine ganz deutliche Botschaft: Jenny war außer sich. Sie zog die Nadeln aus ihrem langen roten Haar und schüttelte es vielsagend.

Virginia spürte, wie sich ihr Magen zusammenkrampfte. Wenn Jenny ihre Freundschaft wegwarf wie die Haarnadeln, die sie achtlos ins hohe Gras geworfen hatte, würde sie dann auch nicht mehr in die Kirche kommen? In die Jugendgruppe? Virginia spürte, wie eine dunkle Vorahnung von ihr Besitz ergriff.

Kapitel 19

„Du bist mir ja eine schöne Freundin."

Jennys Worte waren hitzig und anklagend. Die anderen waren bereits nach Hause gegangen. Jenny stand mit funkelnden Augen und wirrem Haar vor Virginia. Virginia biss sich auf die Lippe.

„Du weißt, was ich für Jamison empfinde."

Das stimmte. Jenny hatte aus ihren Gefühlen keinen Hehl gemacht. „Aber ich –"

„Du bist ihm den ganzen Abend über nachgelaufen."

Das war zu viel. „Das habe ich gar nicht getan. Du hast nicht das Recht, so etwas zu sagen. Du hast dich doch Ken praktisch an den Hals geworfen –"

Virginias Verteidigungsrede erstarb, als Jenny ihr eine Ohrfeige versetzte. Jenny wirkte genauso überrascht über ihr Handeln wie Virginia, die fassungslos ihre zitternde Hand an ihre Wange legte.

Jenny fasste sich schnell wieder. „Ich werde nie wieder ein Wort mit dir reden, Virginia. Du tust so, als wärst du meine Freundin, und dann hintergehst du mich auf so hinterhältige Weise."

Virginia rieb sich noch immer ihre schmerzende Wange. In ihren Augen standen Tränen und ihre Kehle war wie zugeschnürt. Noch nie war sie geschlagen worden. Sie war verwirrt. Neben dem Schmerz empfand sie Wut und Demütigung und unterschwellig auch den Wunsch nach Wiedergutmachung. Virginia atmete tief durch und betete ein Stoßgebet um Fassung.

„Ich habe nichts getan", brachte sie schließlich mit einigermaßen fester Stimme heraus. „Nichts, außer freundlich zu sein zu einem Jungen, den ich schon seit Jahren kenne. Wenn dich das beleidigt, Jenny, dann ist es nicht mein Problem. Ich habe versucht –“ Sie brach ab, atmete tief durch, damit sie weitermachen konnte. „Ich habe versucht, deine Freundin zu sein, Jenny. Das habe ich ganz ehrlich. Wenn das nicht genug für dich ist, dann tut mir das auch Leid.“

Virginia brach ab und atmete tief durch. Was konnte sie noch sagen? Was würde Jennys Zorn besänftigen? „Ich ... ich würde unsere Freundschaft gern fortsetzen; das liegt jetzt ganz bei dir. Aber ich ... ich kann nicht zulassen, dass du mein Leben bestimmst. Ich muss meine eigenen Entscheidungen treffen und ich kann nicht alle anderen Freundschaften beiseite werfen, nur um dir zu gefallen.“

Jenny hörte zu. In ihrem Gesicht spiegelte sich ein Wechselbad der Gefühle. Als Virginia zu Ende gesprochen hatte, überwog wieder Jennys Zorn.

„Dann wirst du Jamison also wieder sehen?“

„Ich sehe ihn jeden Sonntag im Gottesdienst.“

„Du weißt, dass ich nicht von der Kirche spreche.“

„Ich betrachte Jamison einfach als guten Freund, wenn er das möchte.“

Jennys Augen sprühten vor Zorn. „Als Freund? Ha, dass ich nicht lache.“ Jenny sah so aus, als würde sie noch einmal zuschlagen wollen. Ihre Augen funkelten. „Du dumme –“ Es folgte eine Reihe von Schimpfwörtern, die Virginia ganz benommen machten. Sie starrte Jenny fassungslos an.

Jenny wirbelte herum. Doch ehe sie davonmarschierte, drehte sie sich noch einmal um und feuerte einen letzten Schuss ab. „Und ich hoffe, sie hängen deinen verrückten Marshall auf. Sie haben ihn nämlich verhaftet, musst du wissen. Die gestohlenen Sachen wurden bei ihm gefunden.“

*

„Stimmt das, Papa?“

Zitternd stand Virginia vor ihrem Vater. Die Angst in ihrer Stimme veranlasste ihn, sofort die Zeitung sinken zu lassen und sie anzusehen.

„Stimmt es, dass der Sheriff Rett bereits verhaftet hat?“

Er nickte langsam, legte die Zeitung beiseite und griff nach ihrer Hand.

„Wurden tatsächlich die gestohlenen Sachen bei ihm gefunden?“

Ihr Vater nahm sich Zeit mit seiner Antwort. Als er das Wort ergriff, ging er nicht direkt auf ihre Frage ein. „Virginia, es tut mir Leid, dass du heute Abend noch davon erfahren hast. Deine Mutter und ich, wir hatten gehofft, du könntest deine Geburtstagsfeier ungetrübt genießen.“

„Dann stimmt es also.“

Er nickte.

„Wo ist er?“

„Im Gefängnis.“

„Das wird ihn umbringen. Er kann es doch nicht ertragen, eingesperrt zu sein.“

„Eine schwere Zeit steht ihm bevor.“

„Wo ist seine Krähe?“

„Danny hat sie.“

„Das ist Retts Krähe dort draußen?“

Ihr Vater nickte.

Alle Geburtstagsgäste hatten sich für Dannys kleine Menagerie interessiert. Viele von den Käfigen waren im Augenblick leer und Danny erzählte fröhlich, die ehemaligen Bewohner hätten wieder in ihr altes Leben zurückkehren können. Jemand hatte Danny nach der Krähe gefragt, die vollkommen gesund wirkte.

„Wann wirst du sie freilassen?“, hatten sie gefragt, aber Danny hatte nur ausweichend geantwortet.

„Weiß nicht“, hatte er gesagt und war zu einem anderen Käfig weitergegangen. Jetzt verstand Virginia die Unterhaltung. Das im Garten war Retts Krähe. Danny würde sie erst freilassen, wenn die Sache mit Rett geregelt war.

„Du glaubst doch nicht, dass er es war, oder?“

Ihr Vater wandte den Blick ab.

„Oder etwa doch?“

„Was ich glaube, steht im Augenblick nicht zur Diskussion, Virginia. Sie haben Beweise. Und der Beweis gegen Rett ist ziemlich schlagkräftig. Ich ... es wird schwierig sein, ihn zu verteidigen, vor allem da er sich nicht selbst verteidigen kann."

„Du meinst, sie haben tatsächlich diese Sachen in seinem Zimmer gefunden?"

Ihr Vater nickte.

„Aber das bedeutet doch nicht, dass er sie dort hingetan hat."

„Es ist unwahrscheinlich, dass sie auf andere Weise dorthin gekommen sind."

„Aber es wäre doch möglich."

„Alles ist möglich."

„Vielleicht war es seine Krähe? Diese Vögel stehlen doch oft Glitzerzeug."

„Darüber habe ich auch schon nachgedacht. Aber die Vermieterin hat nicht erlaubt, dass die Krähe ins Zimmer kommt."

„Vielleicht hat Rett sie hineingeschmuggelt."

„Das Fenster hat ein Fliegengitter."

„Wer macht sein Zimmer sauber?"

Ihr Vater atmete tief durch. „Sieh mal, Liebes, ich weiß, für dich ist das alles sehr schwer, aber es ist schon spät und wir werden dieses Problem heute Abend nicht mehr lösen können. Ich arbeite daran. Ich tue, was ich kann."

„Jenny sagt, sie hofft, man würde ihn aufhängen."

„Nun, auf keinen Fall wird er gelyncht werden. Das verspreche ich dir."

„Was werden sie mit ihm machen?"

Ihr Vater fuhr sich mit der Hand durchs Haar. „Falls er für schuldig befunden wird, werden wir versuchen, ihn für unzurechnungsfähig erklären zu lassen."

„Unzurechnungsfähig?" Virginia wurde wütend. „Er ist aber doch nicht verrückt, Papa. Nur weil er ... anders ist. Er ist nicht –"

„Ich weiß. Ich weiß. Er ist keine Gefahr für die Gesellschaft. Zumindest bisher nicht. Aber Unzurechnungsfähigkeit kann vieles bedeuten und falls wir damit durchkommen, wird für ihn gesorgt werden. Er bekommt Schutz und Hilfe."

„Aber er wird seine Freiheit verlieren, stimmt's? Aber das ist es, was er braucht. Freiheit."

Ihr Vater wirkte müde, brachte aber trotzdem ein Lächeln zu Stande. „Hast du je daran gedacht, Rechtsanwältin zu werden, Virginia?“, fragte er neckend.

Einen Augenblick lang starrte Virginia ihn fassungslos an. Was für eine seltsame Frage. Doch dann verstand sie, dass er versuchte, die Situation zu entschärfen und ihr auf seine Weise ein Kompliment zu machen. Mühsam gelang es ihr, die Andeutung eines Lächelns auf ihr Gesicht zu zaubern.

„Also, ich glaube nicht, dass er es getan hat“, verkündete sie.

„Denkst du, dass man ihm das angehängt hat?“

„Angehängt?“

„Dass jemand anderes die Beweisstücke in sein Zimmer gelegt hat?“

Darüber dachte Virginia eine Weile nach. „Ja!“, rief sie dann aufgeregt. „Ja, das ist es. Man hat es ihm angehängt.“

„Und wer würde so etwas tun? Und warum? Warum würde jemand einem harmlosen Menschen Schaden zufügen wollen?“

„Ich weiß es nicht“, gab Virginia zu.

Es war alles so verwirrend. Und wenn Rett es nun doch getan hatte? Wenn er nach all den Jahren, in denen er sich überhaupt nicht für materielle Dinge interessiert hatte, nun plötzlich den seltsamen Drang empfand, Dinge zu sammeln? Und wenn er nun tatsächlich eine *kleine* Gefahr für die Gesellschaft darstellte?

Aber das konnte sie nicht glauben. Es war alles so widersprüchlich.

„Ich weiß es nicht“, wiederholte sie, ernüchtert durch die Tatsache, dass es schwierig sein würde, Retts Unschuld zu beweisen. „Was können wir tun?“, fragte sie ihren Vater.

Er ergriff ihre Hand. „Nun ... eigentlich nicht viel, fürchte ich. Zumindest von der rechtlichen Seite her. Aber vielleicht sehr viel auf geistlichem Gebiet. Wenn Rett nicht schuldig ist – und ich hoffe von ganzem Herzen, dass das so ist –, dann müssen wir beten, dass Gott irgendwie auf wundersame Weise die Wahrheit ans Licht bringt.“

Virginia nickte ernst.

„Du betest und ich werde mein Bestes tun“, sagte ihr Vater.

Das klang so einfach.

„Vertraue Gott, Virginia“, fuhr ihr Vater fort. „Er hat schon schwierigere Aufgaben bewältigt – und zwar erfolgreich.“ Ihr Vater lächelte wieder. Aber in seiner Stimme lag auch eine unterschwellige Gewissheit.

Virginia wandte sich zum Gehen. Auf einmal war sie sehr erschöpft von der Aufregung, die sie durch diesen Tag begleitet hatte.

„Was ist eigentlich mit deiner Wange passiert?“ Die Stimme ihres Vaters ließ sie innehalten.

Virginia drehte sich zögernd um. Was konnte sie sagen? Lügen durfte sie nicht. „Das war Jenny“, erklärte sie schließlich.

Ihr Vater runzelte die Stirn. Dann zeigte sich väterliche Besorgnis. „So zornig war sie?“

Virginia nickte. Tränen stiegen ihr in die Augen.

Einen solchen Ausdruck hatte Virginia noch nie in den Augen ihres Vaters gesehen. „Vielleicht solltest du diese Freundschaft noch einmal überdenken“, meinte er mit fester Stimme. „Ein Mensch, der aus Zorn um sich schlägt ...“

„Ich bin gar nicht sicher, ob noch eine Freundschaft vorhanden ist, die ich überdenken könnte“, brachte Virginia unter Tränen heraus. „Vielleicht wäre für die Wiederherstellung der Freundschaft mit Jenny ein größeres Wunder nötig als für Retts Freilassung.“

*

Virginia fiel es schwer, wieder zur Schule zu gehen. Ihre Gedanken drehten sich noch immer um Rett und sie suchte nach einer Erklärung, wie die gestohlenen Sachen in Retts Zimmer gelangt sein könnten. Und dann war da noch diese andere Sache: Sie würde Jenny wieder gegenübertreten müssen. Am Sonntag war Jenny nicht in der Kirche gewesen und obwohl Virginia enttäuscht gewesen war, hatte sie eigentlich nichts anderes erwartet.

Aber in der Schule würde sie Jenny begegnen. Sie würden in

einem Klassenzimmer sitzen und in den Fluren aneinander vorbeilaufen. Es war unmöglich, sich aus dem Weg zu gehen. Auch Jamison würde in der Schule sein. Sein letztes Jahr. Und selbst wenn er wie im vergangenen Jahr in jeder Pause auf dem Fußballfeld zu finden sein würde, so konnte sie sicher sein, dass sie auch ihm begegnen würde. Virginia fragte sich, ob er wohl eine Ahnung hatte, welchen Krach er zwischen ihr und Jenny ausgelöst hatte.

Virginia wurde immer langsamer, je mehr sie sich dem Schulgebäude näherte. Francine drängte sie vorwärts, eine ungewöhnliche Situation, da sonst Virginia immer die verträumte Francine antreiben musste.

„Wir kommen noch zu spät, wenn du dich nicht beeilst", schalt das Mädchen, aber Virginia reagierte nicht. Sie wollte nicht vor dem Läuten in der Schule ankommen. Sie wollte nicht Jenny gegenüberstehen und nicht wissen, was sie sagen sollte.

„Geh nur schon vor", erwiderte sie. Francine sah sie verständnislos an. Aber sie setzte sich in Bewegung und rannte nach ein paar zögernden Schritten los.

Gerade als es läutete, kam Virginia an der Schule an. Sie hatte genau den richtigen Zeitpunkt erwischt.

Atemlos rutschte sie auf ihre Bank und legte ihre Bücher auf das Pult. Die Lehrerin begrüßte gerade die Klasse. Virginia atmete erleichtert auf; die erste Hürde war genommen.

*

Jamison rannte tatsächlich mit den anderen Jungen los, um Ball zu spielen. Jenny schien genauso darauf bedacht, sich von Virginia fernzuhalten, wie Virginia Jennys Nähe mied. Der Tag verging ohne größere Zwischenfälle, und Virginia suchte erleichtert ihre Bücher zusammen und machte sich auf den Weg zum Ausgang. Als sie die Stufen hinunterstieg, zog eine Bewegung von links ihre Aufmerksamkeit auf sich.

Da stand Jamison, die Bücher unter den Arm geklemmt. Er lächelte sie strahlend an. „Hast du was dagegen, wenn ich dich ein Stück begleite?"

Was konnte sie sagen? Sie hatte natürlich nichts dagegen. Kein bisschen. Aber Jenny würde etwas dagegen haben.

Sie nickte nur und Jamison setzte sich neben ihr in Bewegung. Ein ganzes Stück legten sie schweigend zurück, bis Jamison das Wort ergriff.

„Mir ist aufgefallen, dass du heute ziemlich still bist."

Ihr Kopf fuhr hoch. Wann war ihm das aufgefallen?

„Machst du dir über irgendetwas Sorgen?"

Virginia nickte vorsichtig. Sie machte sich tatsächlich Sorgen. Nicht nur wegen Jenny, mehr noch wegen Rett. „Ich ... ja", gab sie zu.

Stille.

„Möchtest du darüber reden?"

Virginia überlegte, welche Antwort sie geben sollte und beschloss, offen und ehrlich zu sein – zumindest teilweise. „Es ist wegen Rett Marshall. Er ist ... eingesperrt worden, weißt du."

Jamison nickte. „Ich habe es gehört." Er klang nicht besonders besorgt.

„Aber er war es nicht", erklärte Virginia mit vor Erregung geröteten Wangen.

Jamison sah sie erstaunt an. „Ich kenne ihn nicht besonders gut. Habe ihn nur immer herumwandern sehen."

„Mein Opa kennt ihn, seit er ein Baby war. Er glaubt auch nicht, dass er es gewesen ist."

Jetzt schien sie Jamisons volle Aufmerksamkeit zu haben.

„Es passt einfach nicht zusammen", fuhr sie fort.

„Ach ja? Wieso?"

„Er ... er hat sich noch nie etwas aus ... materiellen Dingen gemacht. Nur aus Vögeln und Tieren. Er hat niemals auch nur schöne Steine gesammelt oder Blumen. Und er hat sich niemals irgendetwas gebaut. Was würde er mit einer Zange und einem Schraubenschlüssel anfangen?"

„Einige Leute behaupten, die Krähe –"

„Wie sollte eine Krähe denn einen so schweren Gegenstand transportieren?"

„Eine Zange meinst du? Das stimmt. Krähen könnten das nicht. Ich habe nur von Dingen wie Mrs. Parkers roter Anstecknadel und Mrs. Whites Halskette gehört. Glänzendes Material. Man sagt, Krähen würden glänzende Dinge lieben."

Virginia nickte. Das hatte sie auch gehört. „Auf jeden Fall würde ich gern –"

Er wandte sich mit funkelnden Augen zu ihr um. „Möchtest du Detektiv spielen?"

„Ich?"

„Sicher. Jemand muss der Sache doch auf den Grund gehen."

„Ich könnte nicht ... ich wüsste nicht einmal, wie ich das anstellen sollte."

„Aber du glaubst, dass Rett unschuldig ist. Und du möchtest ihm helfen."

Sie nickte bei beiden Aussagen.

„Warum versuchen wir dann nicht, etwas herauszufinden?"

Sie fragte sich, ob sie seine Frage richtig verstanden hatte. Wollte er ihr wirklich vorschlagen, gemeinsam daran zu arbeiten? Sie sah ihn an. „Ich weiß nicht so recht. Mein Vater versucht, ihm zu helfen und ... ich weiß nicht, ob es ihm Recht wäre, wenn ich herumschnüffele."

„Dann werde ich vielleicht die Schnüffelarbeit übernehmen müssen. Du sortierst, was ich herausfinde."

Sie blieb stehen und wandte sich zu ihm um. „Meinst du das im Ernst?"

„Vollkommen."

Sie zögerte noch immer. „Ich ... ich weiß es einfach nicht. Papa sagte, wir sollten beten."

„Das können wir doch außerdem tun."

„Es ist nur ..." Sie setzte sich wieder in Bewegung und er passte sich ihren Schritten an. „Bei der Sache habe ich ein so seltsames Gefühl. Ich kann den Gedanken einfach nicht abschütteln, dass es mit dem Unfall zusammenhängt."

„Welchem Unfall?"

„Am Fluss."

„Der Floßunfall?", fragte er ungläubig.

Sie nickte. „Seither haben sich die Crells geschworen, Rett dafür zur Rechenschaft zu ziehen, dass er Freddie nicht rechtzeitig gerettet hat."

Er nickte langsam. Von diesen Gerüchten hatte er gehört. „Bestimmt waren sie wütend und traurig, das mag schon sein. Aber du glaubst doch nicht, dass sie so weit gehen würden, etwas ... Ungesetzliches zu tun?“

„Ich weiß es nicht. Mr. Crell war schrecklich aufgebracht.“

Er schüttelte den Kopf. „Das erscheint mir ziemlich weit hergeholt. Einem unschuldigen Mann so übel mitzuspielen, nur weil –“

„Vielleicht halten sie ihn ja noch immer nicht für unschuldig. Vielleicht haben sie sich eingeredet, Rett hätte Freddie retten können. Papa sagt, die Gefühle könnten einem manchmal einen üblen Streich spielen.“

„Ich kann es nicht glauben –“

„Sieh mal, vielleicht halten wir uns besser da raus und beten nur, wie Papa sagt.“

Er nickte. „Du hast Recht. Ich wäre sowieso kein guter Detektiv.“ Er grinste. „Außerdem habe ich eigentlich überhaupt keine Zeit dazu. Meine Eltern halten mich schon ganz gut beschäftigt.“

Virginia brachte ein Lächeln zu Stande. Sie war sicher, die richtige Entscheidung getroffen zu haben. Doch ihre Gedanken kamen nicht zur Ruhe. An dieser Diebstahlsgeschichte stimmte irgendetwas überhaupt nicht, davon war sie überzeugt.

Kapitel 20

„Opa, darf ich mich zu dir setzen?"

Virginia stand vor ihrem Großvater auf der hinteren Veranda des Farmhauses. Die Bäume zeigten bereits die ersten gelben Blätter und die Herbstblumen standen in voller Blüte. Ihr Großvater lächelte und klopfte auf den Platz neben sich.

„Wo sind die anderen Männer?", fragte sie, als sie sich neben ihm niederließ. Es kam nicht oft vor, dass ihr Großvater an einem Sonntagnachmittag allein hier draußen saß.

„Sie spielen Hufeisenwerfen. Ich habe ihnen gesagt, ich brauchte mal eine Pause von all dem Geschnatter."

„Dann sollte ich vielleicht –"

„Nein, nein. Bleib nur sitzen. Ich meinte nur das Männergeschwätz."

Ihr Großvater konnte jetzt wieder recht deutlich sprechen. Abgesehen davon, dass seine Hand ihm nicht immer gehorchte, hätte man nie gedacht, dass er jemals einen Schlaganfall gehabt hatte.

„Seit dem Schlaganfall", vertraute er ihr leise an, als wäre es ihr kleines Geheimnis, „brauche ich manchmal ein wenig Zeit allein. Das Gehirn wird müde bei dem Versuch, allem zu folgen." Er tippte sich an die Stirn und grinste.

Virginia lächelte.

„Dir geht es doch wieder prima", sagte sie und legte ihm die Hand auf den Arm.

„Bedrückt dich etwas?"

Sie atmete tief durch und wandte sich ihm zu. „Rett", erwiderte sie einfach.

Er nickte. „Ja, das macht mir auch ziemlich zu schaffen. Ich habe ihn am Freitag wieder besucht. Er wirkt ... er wirkt wie ein gefangenes Tier."

Virginia hatte ihn auch besucht. Sie hatte Danny begleitet, der jeden Tag mit der Krähe zum Gefängnis ging. Ihr Vater sagte, seiner Meinung nach wäre das das Einzige, was den Mann vor dem Wahnsinn bewahrte.

„Ich glaube nicht, dass er es gewesen ist. Ich ... ich habe versucht ... ihm ein paar Dinge zu bringen, damit er es ein wenig bequemer hat. Er sieht sie an und lächelt oder wirkt verwirrt, dann schiebt er sie unter den Stäben wieder zurück. Warum sollte ein solcher Mensch etwas *stehlen*?“, fragte Virginia.

„Ich weiß es nicht.“

„Und warum sollte er es unter seinen Socken verstecken? Er öffnet nicht einmal seine Schubladen. Mrs. Kurz muss ihm immer frische Sachen zurechtlegen und ihm sagen, er solle sich umziehen. Immer wieder hat sie versucht, ihn dazu zu bringen, dass er die Schublade öffnet, saubere Sachen herausnimmt und sich aus eigenem Antrieb umzieht. Aber er hat es nicht gemacht.“

„Du hast mit Mrs. Kurz gesprochen?“

„Ich ... ja, sozusagen. Ich weiß, ich sollte mich heraushalten. Aber Papa hat mir erlaubt, Rett ein paar saubere Kleider zu bringen. Auch im Gefängnis müssen sie dafür sorgen, dass er sich umzieht.“

Schweigend saßen sie nebeneinander und hingen ihren trüben Gedanken nach.

„Ich bin noch immer der Meinung, dass jemand anderes die Sachen in Retts Zimmer gelegt hat“, sagte Virginia schließlich.

„Das wäre eine schreckliche Sache – und sehr schwer zu beweisen, denke ich.“

„Ich habe versucht, Papa zu überreden, mit dem Sheriff zu sprechen, dass er Rett freilässt und dann beobachtet.“

„Du meinst, um ihm eine Falle zu stellen?“

„Keine richtige Falle, aber so ungefähr. Ich meine, wenn jemand anderes es getan hat, dann würde es vermutlich wieder passieren. Vor allem, wenn sie denken, dass das Gericht nicht von Retts Schuld überzeugt ist.“

„Was hat dein Papa dazu gesagt?“

„Er sagte, das Gericht würde nicht viel von solchen Spielchen halten.“

„Das glaube ich auch nicht.“

„Aber Papa setzt eine Petition auf, um Rett bis zum Gerichtstermin auf freien Fuß zu bekommen. Er sagt, es bestehe keine Notwendigkeit, ihn im Gefängnis zu behalten, bis seine Schuld bewiesen ist. Wenn Papa damit Erfolg hat, dann würde das ja beinahe dasselbe bewirken.“

„Das wäre ein Segen. Ich glaube, der Junge isst nicht mal was.“

Virginia fiel auf, dass ihr Großvater „Junge“ gesagt hatte. Genau wie die meisten Leute aus der Nachbarschaft betrachtete ihr Großvater den Mann noch immer als einen Jungen.

„Ich glaube trotz allem, dass das Ganze etwas mit dem Unfall am Fluss zu tun hat“, behauptete Virginia.

„Dein Vater und ich haben auch schon darüber gesprochen. Ich glaube das auch. Er sagt, er hätte alle Berichte über den Unfall ausgegraben und keine Verbindung finden können.“

„Vielleicht ist sie nicht in den Berichten zu finden.“

„Du meinst, dass es möglicherweise ein paar Fakten gibt, die nicht herausgekommen sind?“

Virginia nickte.

„Nun, alles ging ein wenig durcheinander, aber das Gericht schien den Hergang recht gut aus den vorliegenden Fakten zusammengesetzt zu haben. Das meiste passte zusammen.“

„Vielleicht schiebt jemand Rett die Schuld an diesem Unfall in die Schuhe, um seine eigene Schuld zu vertuschen.“

Ihr Großvater sah sie nachdenklich an. „Du könntest Recht haben. Aber was könnte es jemandem bringen, wenn dieser Mann eingesperrt wird?“

„Ich habe keine Ahnung. Immer wieder habe ich darüber nachgedacht.“

Ihr Großvater legte ihr den Arm um die Schulter und zog sie an sich. „Dein Papa arbeitet daran. Rett könnte keinen besseren Verteidiger haben.“

„Das weiß ich.“ Virginia vertraute ihrem Vater. Sie wusste,

wie sehr er sich bemühte, einen Weg zu finden, dass die Beschuldigungen fallen gelassen wurden. Aber es schien so, als würde jeder neue Gedanke in einer Sackgasse enden.

*

Obwohl sie keine richtigen Freunde mehr waren, sprach Jenny dann und wann wieder mit Virginia. In Trina Hughes hatte sie eine neue Anhängerin gefunden und vermutlich wollte sie Virginia damit beeindrucken. Die beiden kicherten und flüsterten miteinander und begannen, mit einigen der älteren Jungen zu flirten. Jamison gehörte nicht dazu. Jenny schien ihn aufgegeben zu haben, zumindest für den Augenblick.

„Wir gehen in die Milchbar. Willst du mitkommen?“ Jenny überraschte Virginia am Ende des Schultages mit dieser Frage.

Virginia war versucht, sofort nein zu sagen, aber andererseits betete sie noch immer für Jenny. Vielleicht würde dies die Tür wieder einen Spaltbreit öffnen und ein Ausflug zur Milchbar konnte eigentlich nicht schaden.

„Ich gehe schnell in Papas Büro vorbei und frage, ob das in Ordnung ist.“ Sie dachte nach. „Dann könnte ich über Francine zu Hause Bescheid geben“, antwortete sie.

Jenny zuckte die Achseln. „Kein Problem. Wir können warten.“

„Das müsst ihr nicht. Ihr könnt ja schon vorgehen und wir treffen uns dann dort.“

„In Ordnung.“ Dann fragte Jenny mehr beiläufig: „Willst du Jamison fragen, ob er mitkommen möchte?“

Da war es schon wieder: Jenny benutzte sie, um an Jamison heranzukommen. Virginia öffnete den Mund, um zu sagen, dass sie doch nicht mitkommen würde, als eine andere Stimme ertönte.

„Was soll sie Jamison fragen?“ Jamison stand neben ihr.

Jenny lächelte ihn verführerisch an. „Wir gehen in die Milchbar. Möchtest du mitkommen?“

Jetzt konnte Virginia ihre Pläne nicht mehr ändern.

„Sicher“, erwiderte Jamison ohne zu zögern. „Wann?“

„Jetzt gleich." Jenny hatte die Gesprächsführung übernommen.

„Oh, heute kann ich nicht. Habe auch kein Geld bei mir."

„Ich könnte dir was leihen –"

Aber Jamison schüttelte den Kopf. „Verleihe weder Geld noch leihe dir etwas", zitierte er.

„Dann komm doch morgen mit", beharrte Jenny.

„Das werden wir tun", erwiderte Jamison und griff nach Virginias Büchern. Er sprach für sie beide.

Virginia war sehr erleichtert und aufgeregt. Jetzt würde sie ihre Mutter fragen und ihre Erlaubnis einholen können. Auf der anderen Seite, was hatte Jenny nur vor? Sie wusste, dass das Mädchen wieder irgendwelche dunklen Pläne verfolgte.

*

„Mein Pa wird die ganze Stadt auf den Kopf stellen, um dieser Sache mit dem verrückten Marshall auf den Grund zu gehen", verkündete Jenny am folgenden Tag nach der Schule, nachdem sie sich eine Limonade gekauft und an den größten Tisch im Raum gesetzt hatten.

Virginia riss die Augen auf. Was sollte das denn jetzt?

„Was gibt es da noch zu untersuchen?", fragte Sammie. „Der Bursche wurde mit dem Diebesgut erwischt."

Jenny nickte. „Aber *einige Leute*" – sie sprach mit besonderer Betonung und warf Virginia einen herausfordernden Blick zu – „sind noch immer der Meinung, dieser Verrückte sei unschuldig."

Alle sahen Virginia an. Sie schob ihr Kinn vor. Keinesfalls würde sie nachgeben, nur um vor ihren Kameraden das Gesicht zu wahren.

„Ja, das tue ich", bestätigte sie im Brustton der Überzeugung.

Einige ihrer Schulkameraden begannen zu lachen.

„Die spricht ja sogar mit dem verrückten Adamson", warf Trina mit einem Kopfnicken zu Virginia hin ein.

„Mr. Adamson ist ein netter alter Mann." Virginia spürte, wie sie errötete. War das alles geplant gewesen? Hatte Jenny sie mit hierher genommen, um sie vor ihren Schulfreunden zu demütigen? Aber was war mit Jamison? Jenny hätte sich doch bestimmt nicht gegen ihn gewandt.

„Vermutlich liebt sie auch das Stinktier ihres Bruders." Das kam von George Booth. Alle brachen in schallendes Gelächter aus. „Virginia, die Retterin der Bedürftigen."

Jamison erhob sich. „Ich denke, wir sollten gehen", sagte er zu Virginia und nahm sie beim Arm. Jetzt war es an Jenny zu erröten.

„Huch, so war das nicht gemeint", sagte sie und warf einen Blick in die kleine Runde. „Tut mir Leid. Trinkt ruhig eure Limonade aus. Wir wussten nicht, dass das ein so heikles Thema ist."

Jamison zögerte. „Das Thema ist nicht heikel", meinte er gleichmütig. „Das Problem war eher der Angriff von euch eben."

„Tut mir Leid", entschuldigte sich Jenny achselzuckend. Sie war ganz blass geworden. Offensichtlich hatte sie ihren Fehler erkannt. Sie würde Jamison nicht gewinnen, wenn sie Virginia angriff.

„Setz dich, Curtis", forderte Georgie ihn auf. „Wir hatten doch nichts Schlimmes vor. Wollten nur ein wenig Spaß machen."

„Ich mache mir nichts aus einem Spaß auf Kosten anderer."

„Wir haben doch gesagt, dass es uns Leid tut. Jetzt setz dich schon wieder hin."

Jamison nahm wieder Platz. Am Tisch entstand ein unbehagliches Schweigen. Niemand sah von seiner Limonade auf.

„Mal sehen ...", überlegte Jenny. „Worüber können wir denn sprechen ... ein Thema, das nicht heikel ist?"

Virginia erkannte den Versuch ihrer ehemaligen Freundin, die Kontrolle über die Gruppe wieder in die Hand zu bekommen.

„Was sagt ihr zu dem Geschichtstest?", platzte Sammie heraus.

„Oh nein, nicht die Schule. Das ist so langweilig", schimpfte Jenny und unterdrückte damit jede weitere Bemerkung.

Wieder Schweigen.

„Hey, ich weiß. Wir sollten ein Fest planen.“ Das war Jennys Idee.

„Ein Fest?“

„Ja ... eine Erntedankfeier oder so etwas.“

Die Idee wurde begeistert aufgenommen.

„Wo?“

„Nun, dafür sorge ich schon.“ Jenny gab sich ganz als Herrin der Lage.

Virginia fragte sich, wie sie das wohl durchziehen wollte. Partys erforderten viel Arbeit. Ihre Mutter und Clara hatten viele Tage für die Vorbereitung ihres Geburtstagsfestes gebraucht und Jenny hatte niemanden, der ihr helfen konnte.

„Was soll es denn für eine Party sein?“, fragte Trina. Sie war begeistert von dem Plan.

„Vielleicht ... vielleicht ein Maskenball. Das würde bestimmt Spaß machen.“

Trina strahlte. Sie war Feuer und Flamme.

„Wann?“

„Hey, wie wäre es mit Halloween?“

Die meisten Jugendlichen am Tisch begeisterten sich für den Plan.

„Hilfst du mir, Virginia?“

Da war es also! Sie, Virginia, sollte die Arbeit machen. Vielleicht rechnete Jenny sogar damit, dass ihre Mutter und Clara mithelfen würden.

Virginia schüttelte den Kopf. „Meine Eltern sind nicht besonders begeistert von Halloweenpartys.“

Jenny wirkte enttäuscht. „Wann sollen wir es denn sonst machen?“, fragte sie und legte den Kopf zur Seite.

Virginia war klar, dass sie keinesfalls ein Datum nennen durfte, denn das würde eine Art Verpflichtung bedeuten. Sie wollte kein Spaßverderber sein, aber sie wollte sich auch nicht benutzen lassen.

„Ich fürchte, ich kann überhaupt nicht mitmachen“, sagte sie entschlossen. „Ich bin bereits im Komitee für die Herbstparty unserer Jugendgruppe. Für zwei Feste habe ich einfach keine Zeit.“

„Und du, Jamison?“, fragte Jenny hinterhältig.

„Ich auch.“

Virginia sah, wie der Zorn in Jenny hochstieg. „Und was genau plant eure exklusive Jugendgruppe?“, fragte sie spitz.

„Eine Heufahrt“, antwortete Jamison und schob sein leeres Limonadenglas zurück. „Und wir sind nicht exklusiv. Ihr seid alle eingeladen. Am fünfundzwanzigsten Oktober. Wir treffen uns um sieben Uhr an der Kirche.“

Damit erhob er sich und griff nach seinen Büchern. Da Virginias Bücher ebenfalls auf dem Stapel lagen, war das auch für sie das Signal zum Aufbruch. Sie nickte der Gruppe zu und gesellte sich zu Jamison.

*

Als sie zu Hause ankam, warteten gute Neuigkeiten auf sie. Ihr Vater war früh aus dem Büro nach Hause gekommen, um zu berichten, dass Rett bis zur Gerichtsverhandlung aus seiner Gefängniszelle entlassen worden war.

Virginia umarmte ihren Vater stürmisch. „Ich bin so stolz auf dich“, sagte sie.

„Nicht so schnell“, wandte er ein. „Das ist nur eine vorübergehende Maßnahme. Es muss noch eine Lösung gefunden werden.“

„Du wirst eine finden. Das weiß ich.“

Er schüttelte den Kopf. „Falls es eine Lösung für diesen Fall gibt, dann muss Gott sie uns zeigen. Meine Mittel sind erschöpft.“

Virginia legte ihre Bücher weg und holte sich ihre Schürze. Noch während sie sie sich umband, ergriff ihre Mutter das Wort. „Wie war euer Ausflug in die Milchbar? Hast du dich wieder mit Jenny versöhnt?“

Virginias Augen begannen zu funkeln. „Sie ist einfach unglaublich. Zuerst fing sie an, kleine Spitzen in meine Richtung zu verteilen. Sie sagte, ich würde Verrückte lieben ... Rett und

Mr. Adamson und ... sogar Stinktiere. Als das nicht funktionierte, änderte sie ihre Taktik und fragte mich, ob ich ihr bei der Vorbereitung einer Party helfe. An Halloween."

„An Halloween? Das halte ich für keine gute Idee", sagte ihre Mutter kopfschüttelnd.

„Ich habe bereits abgelehnt und ihr gesagt, ich sei mit der Vorbereitung der Party der Jugendgruppe beschäftigt. Und dann sagte sie, wir seien exklusiv."

„Das war unfair."

„Das hat Jamison ihnen auch gesagt. Er hat sie alle eingeladen."

„Schön für Jamison", lachte ihr Vater.

„Sie werden nicht kommen", meinte Virginia skeptisch. „Sie sind ja alle schon ein Dutzend Mal eingeladen worden."

„Man kann nie wissen", meinte ihr Vater. „Versucht es nur weiter. Betet weiter. Vielleicht überraschen sie euch ja eines Tages."

„Und immer wieder fängt sie an, über Rett zu sprechen", beschwerte sich Virginia, während sie einige Kartoffeln zum Schälen in die Schüssel legte.

„Sie weiß, dass sie dich damit treffen kann", erwiderte ihr Vater. „Lass es nicht an dich herankommen."

„Aber manchmal frage ich mich, ob mehr dahintersteckt."

„Was meinst du damit?"

„Ich weiß es nicht. Ich kann es nicht richtig bestimmen, aber es ist fast so ... als wüsste sie etwas darüber. Du denkst doch nicht, dass sie –?"

„Aber, aber, Virginia. Du solltest nicht so hässliche Schlussfolgerungen ziehen. Jenny ist ... schwierig, das stimmt. Aber ich glaube nicht, dass sie kriminell ist."

„Also irgendetwas ist komisch daran. Ich spüre das."

„Nun gut, im Namen der Gerechtigkeit müssen wir allem nachgehen. Beschäftigen wir uns also einmal mit Jenny."

Virginia fragte sich, ob ihr Vater sie wohl neckte, doch als sie ihn ansah, schien er es durchaus ernst zu meinen.

„Was hätte Jenny in diesem Zusammenhang tun können?"

„Das weiß ich nicht genau." Sie wandte sich wieder ihren

Kartoffeln zu. „Aber ich würde zu gern ein paar Nachforschungen anstellen, um es herauszufinden."

„Zweitens, warum sollte sie so etwas tun?"

„Vielleicht ... vielleicht einfach, um sich an mir zu rächen. Ich glaube immer noch, dass sie auch mit dem Unfall etwas zu tun hat."

„Jenny wurde schlimm verletzt. Sie hätte beinahe ihr Leben verloren. Sie war damals wohl kaum in der Verfassung, etwas Unrechtes zu tun. Sie wusste nicht einmal, was mit den anderen passiert war."

„Zumindest behauptet sie das."

„Ich denke, der Arzt könnte diese Aussage bestätigen."

Virginia dachte an ihren Onkel Larry. Eines Tages würde sie ihn fragen, in welcher Verfassung sich Jenny befunden hatte, als er bei ihr eintraf.

„Und dann die Crells?"

„Ich gebe zu, dass auch ich die Crells im Verdacht hatte. Aber der Sheriff hat sorgfältige Untersuchungen angestellt. Sie waren damals nicht in der Stadt, sondern bei Verwandten im Osten zu Besuch. Den größten Teil des Sommers waren sie gar nicht hier, auch nicht zu der Zeit, als die Sachen gestohlen wurden."

Virginia fragte sich, warum sie davon noch nichts gehört hatte. „Wie kommt es, dass die Leute nichts davon wissen?" Auch andere verdächtigten die Crells.

„Wie kann man einen Menschen von Vorwürfen befreien, die nicht einmal öffentlich erhoben wurden? Soll man vielleicht eine Anzeige in der Zeitung aufgeben, in der steht: ‚Leute, was ihr denkt und worüber ihr klatscht, stimmt nicht. Frank Crell hat Rett Marshall den Diebstahl nicht untergeschoben.'" Ihr Vater machte seine Sache wirklich gut.

„Jenny sagte, ihr Vater würde die Stadt auf den Kopf stellen und der Sache auf den Grund gehen. Vermutlich wittert er eine neue Story."

Ihr Vater blickte besorgt auf. „Es wäre klüger, die Finger davon zu lassen", meinte er nur. „Der Sheriff ist derjenige, der die Untersuchungen führt."

Kapitel 21

Sehr zu Virginias Erstaunen tauchten Jenny und ihr Gefolge tatsächlich bei der Heufahrt auf. Sie kamen zusammen an, als feste Clique, kichernd und flüsternd und auf Ärger aus, wie Virginia befürchtete. Sie betete, dass es nicht so kommen würde und begrüßte sie so herzlich, wie sie konnte.

Man brauchte sich gegenseitig nicht vorzustellen. In der kleinen Stadt kannte jeder jeden und alle besuchten dieselbe Schule. Aber einige aus Jennys Clique nahmen zum ersten Mal an Aktivitäten der Kirchengemeinde teil.

Jenny war natürlich schon unzählige Male dabei gewesen und wollte ihre Anhänger damit beeindrucken, dass sie Bescheid wusste. Sie sprach lauter als notwendig und erklärte Dinge, die keiner Erklärung bedurften.

Aber trotz allem hatte Virginia den Eindruck, dass der Abend gut begann. Sogar die Besucher schienen sich zu amüsieren.

Natürlich ging eine solche Heufahrt nicht ohne großen Radau ab, aber damit war zu rechnen gewesen. Die Jungen schubsten sich gegenseitig vom Heuwagen oder stopften den Mädchen Hände voller Heu in ihre Mäntel. Die Mädchen quietschten und kreischten. Doch am Ende der Fahrt gab es keine Verletzten und die Jugendlichen versammelten sich fröhlich um das Lagerfeuer. Es wurden Erfrischungen gereicht und dann war es auch schon Zeit für die Andacht.

„Und jetzt werden wir angepredigt“, hörte Virginia Jenny abfällig zu ihrer kleinen Gruppe sagen.

„Ihr alle werdet geradewegs zur Hölle fahren“, intonierte Sam übertrieben wie ein durchgedrehter Prediger. Er hob die Hände und fuchtelte in der Luft herum, als wollte er ein paar schreckliche Ungeheuer über den Köpfen der Gruppenmitgliedern abwehren.

Sie brachen in lautes Gelächter aus.

Georgie nahm den Singsang auf und machte Sammies Handbewegungen nach. „Wo der Teufel das Feuer anfacht, euch hineinwirft und ihr alle werdet brennen und brennen –"

„Hört auf damit", wandte Trina ein. „Das ist doch unhöflich."

Jenny blickte sie stirnrunzelnd an. Ihr hatte die Vorstellung gefallen. „Was ist denn mit dir los?", fragte sie und warf ihr Haar zurück.

„Ich finde das unhöflich", wagte Trina zu wiederholen. „Die Leute hier sind sehr nett zu uns gewesen. Da könnten wir uns doch ein bisschen zurückhalten."

„Und uns die Predigt über die Hölle anhören", schnaubte Georgie, doch danach war Jennys Clique ruhiger.

Es gab keine Predigt über die Hölle, sondern eine Andacht über den Himmel.

„Gott möchte, dass jeder einzelne Mensch, der je hier auf der Erde gelebt hat, zu ihm kommt", erklärte Troy. „So steht es in der Bibel. ‚Gott will, dass allen Menschen geholfen werde und sie zur Erkenntnis der Wahrheit kommen.' Darum hat Gott alles in seiner Macht Stehende getan, um das möglich zu machen. Er hat seinen einzigen Sohn gesandt, um uns die Erlösung zu bringen. Aber wir müssen dieses Geschenk annehmen. Es ist sein Geschenk der Liebe an uns und falls jemand hier ist" – sein Blick wanderte über die ganze Gruppe – „der nicht genau weiß, wie er vor Gott steht, falls du Angst hast oder Zweifel dich plagen, ich stehe gern zu einem Gespräch bereit. Du kannst auch zu Pastor Doyle gehen oder mit einem der anderen Erwachsenen hier sprechen. Jeder von uns wird sich gern mit dir unterhalten."

*

Jamison wartete auf Virginia, als sie am Sonntagmorgen zum Gottesdienst kam.

„Ich habe gute Neuigkeiten", sagte er und seine Augen funkelten. „Georgie ist gestern zu mir gekommen."

Sie wartete darauf, dass er weitersprach.

„Er wollte wissen, wie man Christ wird."

„*Georgie Booth*?", fragte Virginia ungläubig.

Sein Lächeln wurde breiter. „Georgie Booth", nickte er.

„Und, hat er es getan?"

„Er hat es getan."

„Nein!" Virginia konnte es kaum glauben.

Jamison wurde ernst. „Armer Kerl", sagte er. „Seit dem Unfall geht es ihm ziemlich schlecht. Er fühlt sich für Freddies Tod verantwortlich. Das hat schrecklich an ihm genagt. Er sagt, er könnte nachts noch immer nicht richtig schlafen."

Virginia konnte das gut nachempfinden.

„Und jetzt die Sache mit Rett Marshall."

„Er glaubt auch, dass ein Zusammenhang zu dem Unfall besteht?"

„Na ja, unwillkürlich zählt er zwei und zwei zusammen, aber er kann nicht sagen, wie es zusammenpasst."

Virginia nickte. Ihr ging es genauso.

„Er ist bei den Crells nicht mehr willkommen. Georgie sagt, die Crells wollen nicht mehr, dass ihre Kinder mit anderen zusammen sind. Mr. Crell hat die beiden Ältesten sogar aus der Schule genommen. Dem Jungen hat das nichts ausgemacht, er ging sowieso nicht gern zur Schule. Aber die kleine Tessa hat sich richtig dagegen gewehrt."

Virginia spürte, wie sich ihr Magen zusammenkrampfte. Wie gemein und kurzsichtig von dem Vater! „Woher weiß Georgie das alles?"

„Das jüngere Mädchen spricht noch mit ihm. Sie steckt ihm Nachrichten von Tessa zu. Er und Tessa mögen sich nämlich. Tessa sagt, obwohl die Leute das nicht offen aussprechen, so seien doch viele der Meinung, dass ihre Familie etwas mit den Diebstählen und den Beschuldigungen gegen Rett Marshall zu tun hätte."

„Das haben sie nicht", erwiderte Virginia schnell. „Sie waren gar nicht da, als die Sachen gestohlen wurden. Der Sheriff hat das überprüft."

Jamison riss überrascht die Augen auf.

„Vermutlich hätte ich das gar nicht verraten dürfen“, beeilte sie sich zu sagen. „Papa hat mir das im Vertrauen erzählt.“

Er nickte und versprach damit, den Mund zu halten. „Nun, auch wenn sie unschuldig sind, fühlen sie sich verurteilt. Darum sorgt Mr. Crell dafür, dass seine Familie unter sich bleibt. Er findet, wenn die Nachbarn ihnen so etwas zutrauen würden, dann seien sie nicht der richtige Umgang für seine Familie. Auch dafür fühlt sich Georgie verantwortlich.“

„Da hat er sich aber wirklich eine große Last aufgeladen“, meinte Virginia.

„Jetzt ist er sie ja los geworden“, wandte Jamison ein. „Gestern hat er Gott um Vergebung gebeten und seine Schuld und seine Sorgen ihm überlassen.“

Virginia lächelte. Das war wirklich eine gute Neuigkeit. Doch genauso schnell verschwand ihr Lächeln wieder. Sie seufzte tief und sah zu Jamison auf. „Aber damit ist noch nicht alles in Ordnung, nicht? Oh, was für ein Chaos können wir anrichten, wenn wir nicht gehorsam sind. Ich hätte nie gedacht ... ich meine, ich war ja dabei, weißt du, zumindest zuerst. Ich hätte auch auf dem Floß sitzen können. Es war nur meine Wut auf Jenny, die mich dazu gebracht hat, nach Hause zu gehen.“

Jamison berührte sanft ihren Arm. Virginia sah zu ihm auf und sagte: „Sieh nur, was diese Sache im Leben von so vielen Menschen angerichtet hat. Dass Freddie tot ist, ist so schrecklich. Und seine ganze Familie leidet. Beschuldigungen und Klatsch bringen die Stadt durcheinander und jetzt wird auch noch Rett einer Sache bezichtigt, die er ganz sicher nicht getan hat. Es ist ein einziges Chaos.“

Jamison nickte und zuckte dann die Achseln. „Ich wüsste nicht, was wir tun könnten. Dein Vater nimmt sich doch der Sache an.“

„Ich weiß. Er sagt uns immer, wir sollten beten.“

„Ich schätze, das ist der beste Rat, den er geben kann!“

„Aber das bringt uns doch jetzt nicht weiter. Ich habe gebetet und gebetet. Aber bisher sind nicht gerade viele Antworten gekommen. Wir müssen –“

„Georgie ist eine Gebetserhörung", wandte Jamison leise ein. „Er hätte niemals –" Er brach ab. „Vielleicht ist das Ganze nur wegen Georgie passiert."

Virginia fühlte sich getadelt. Sie brachte ein schwaches Lächeln zu Stande. Natürlich hatte er Recht. Wer weiß, sagte sie sich, vielleicht wirkt Gott ja auch noch in anderen Herzen – sogar jetzt. Ihre Gedanken und Gebete wandten sich wieder einmal Jenny zu.

*

„Virginia, warte doch."

Als Virginia sich umdrehte, sah sie Jenny und Trina wenige Schritte hinter sich. Sie war erstaunt, dass Jenny nach ihr gerufen hatte. Schon einige Zeit waren sie nicht mehr zusammen nach Hause gegangen.

Sie schirmte ihre Augen gegen die grelle Wintersonne ab.

„Warum hast du es denn so eilig?", fragte Jenny, als die beiden Mädchen näher kamen.

„Mama fährt zur Farm hinaus, um nach Opa zu sehen und ich will mitfahren."

Ein seltsamer Ausdruck legte sich auf Jennys Gesicht. Virginia wusste nicht so genau, was er bedeutete. Jenny wirkte traurig, vielleicht auch einsam. Aber schnell verbarg sie alle diese Empfindungen wieder. „Und, wie geht es denn dem alten Mann?", fragte sie leichthin.

„Gut. Aber Mama sieht noch häufig nach ihm."

Danach sprachen sie von anderen Dingen. Schließlich fragte Jenny: „Und wie geht es deinem Lieblingstier?"

„Lieblingstier?" Virginia verstand nicht.

„Ja, diesem verrückten Marshall."

„Er ist kein Verrückter und schon gar kein Tier", widersprach Virginia verärgert.

„Ich kann mir einfach nicht erklären, warum du so ... so empfindlich bist, wenn die Sprache auf ihn kommt. Man braucht bloß seinen Namen zu erwähnen und schon streckst du alle Stacheln raus."

„Ich bin nicht empfindlich. Es ist nur, dass *du* immer in sehr respektloser Weise von ihm sprichst."

Jenny stieß Trina an und grinste. „Respektlos? Du erwartest, dass man Respekt vor einem Verrückten hat?"

„Ja, das erwarte ich", erwiderte Virginia, ohne groß nachzudenken. „Er ist anders als andere Menschen, ja. Und ich würde meinen, dass du, Jenny, das besser als jeder andere wissen solltest. Immerhin hat er dir das Leben gerettet."

„Nun, das ist *deine* Version der Geschichte", meinte Jenny und streckte die Nase in die Luft.

„Und wie ist *deine* Version? Er hat dich aus dem Fluss gezogen. Du hättest es allein nicht bis ans Ufer geschafft, das weißt du genau."

„Vielleicht hat er uns ja überhaupt erst hineingeworfen."

„Das stimmt nicht."

Aber Jenny gab nicht nach. „Auf jeden Fall hat das überhaupt nichts mit mir zu tun."

„Doch, hat es wohl. Es hat sehr viel mit dir zu tun. Und mit mir. Wenn wir nicht zum Fluss gegangen wären, obwohl wir es nicht durften, wäre das Ganze gar nicht passiert. Freddie wäre noch am Leben, deine Hand –" Virginia brachte den Satz über Jennys Hand nicht heraus. „Die Crells wären noch in der Schule. Rett würde nicht –"

„Einen Augenblick mal", rief Jenny und blieb stehen. „Du fühlst dich schuldig an alledem?"

Virginia errötete. „Ja, das tue ich. Niemand von uns hätte zum Fluss gehen dürfen, weil es uns verboten worden war. Dann wäre das alles auch nicht passiert."

„Sei doch nicht so ... so empfindlich, Virginia. Die Alten verbieten uns Jungen immer jeden Spaß. Wenn wir immer auf sie hören würden ... also, ich habe jedenfalls keine Schuldgefühle."

„Vielleicht solltest du welche haben."

„Glaube nicht, dass du mir das alles jetzt anhängen kannst, Virginia", meinte Jenny hitzig.

Langsam schüttelte Virginia den Kopf. „Nein ... nein, ich bin genauso schuldig. Das habe ich ja bereits gesagt. Mir tut es so Leid, dass so viele Leute gelitten haben –"

„Hörst du das, Trina?“, meinte Jenny und stieß Trina erneut in die Seite. „Virginia fühlt sich schuldig. Haben diese Christentypen nicht neulich gesagt, Gott würde sich aller Schuld annehmen?“

Trina, die die Unterhaltung schweigend verfolgt hatte, sagte dazu nichts.

„Gott hat mir vergeben, obwohl ich es nicht verdient habe“, fuhr Virginia mit leiser und beherrschter Stimme fort, „aber das hat nicht den Schmerz der Crells gelindert oder das Leiden von Rett Marshall.“

„Was hat denn der Diebstahl mit der Geschichte am Fluss zu tun?“

„Ich weiß es nicht genau“, gestand Virginia, „aber ich denke, da gibt es irgendeinen Zusammenhang.“

Jenny hob die Hände. „Na, dem verrückten Marshall ist doch nichts geschehen. Neulich habe ich ihn wieder herumwandern sehen. Hat dein Vater ihn also frei gekriegt?“

„Er ist noch nicht wieder frei. Er ist nur bis zur Gerichtsverhandlung auf freiem Fuß.“

„Dann wird er also zum Wohle aller Bürger bald eingesperrt“, verkündete Jenny ohne jegliches Mitleid für den Mann.

„Vielleicht nicht“, sagte Virginia mit mehr Zuversicht als sie empfand. „Papa sagt, es gebe nicht viele Beweise gegen ihn.“

„Die gestohlenen Sachen wurden doch in seiner Schublade gefunden.“ Jenny gebrauchte wieder einige von ihren schlimmen Schimpfwörtern. „Braucht man wirklich noch mehr Beweise?“

„Jeder hätte sie dorthin legen können“, gab Virginia zu bedenken.

Jenny wirbelte herum. „Was meinst du damit? Jeder? Nur die Frauen, die sauber machen, kommen dort hinein. Und dann bekommt man strikte Anordnungen – man darf nur hinein und wieder hinaus.“

Virginia wandte sich stirnrunzelnd zu Jenny um. „Was meinst du damit?“

„Man wechselt die Bettwäsche, wischt den Boden, legt die sauberen Sachen in die Schublade und nimmt die schmutzigen

Sachen heraus – und dann nichts wie raus. Wenigstens macht er keine Sauereien wie die alte Mrs. Hanson."

Virginia runzelte noch immer die Stirn. „Woher weißt du das alles?"

Jenny winkte ungeduldig ab und ließ erneut eine Schimpfkanonade los. „Ich habe den ganzen Sommer da gearbeitet", rief sie ungeduldig. „Ich muss es wohl wissen."

*

„Papa, ich muss mit dir sprechen."

Virginia hatte nicht erst gewartet, bis ihr Vater aus dem Büro nach Hause kam, sondern war direkt nach der Schule zu ihm gegangen. In der vorhergehenden Nacht hatte sie wachgelegen und mit sich gekämpft, was sie wegen der Unterhaltung mit Jenny am Tag zuvor unternehmen sollte. Eines wusste sie genau, sie musste mit ihrem Vater sprechen.

„Komm nur herein", begrüßte er sie. „Mach die Tür hinter dir zu."

Virginia betrat das Büro und schloss die Tür hinter sich. Auf das Nicken ihres Vaters hin setzte sie sich auf einen Stuhl vor seinem Schreibtisch und rang die Hände.

Ihr Vater lehnte sich zurück und wartete.

„Es geht um Jenny. Etwas, das sie gestern gesagt hat. Ich ... ich weiß nicht, was es bedeutet – falls es überhaupt etwas zu bedeuten hat, aber sie hat den ganzen Sommer über für Mrs. Kurz in der Pension gearbeitet."

Ihr Vater wartete noch immer ab. Er war wirklich zum Verrücktwerden ruhig.

„Verstehst du denn nicht? Sie hat Retts Zimmer saubergemacht. Sie war da drin."

Ihr Vater betrachtete eindringlich ihr Gesicht. „Virginia", sagte er und beugte sich über seinen Schreibtisch. „Danke, dass du mir das gesagt hast. Ich weiß, das ist sehr schwierig für dich." Er zögerte. „Aber denk daran, niemand ist schuldig, bevor seine Schuld bewiesen ist. Die Tatsache, dass Jenny Zugang zu Retts Zimmer hatte, beweist noch gar nichts. Welche

Vorteile könnte sie daraus gezogen haben? Warum sollte sie so etwas tun?"

„Sie mag ihn nicht", sagte Virginia mit zitternden Lippen.

„Das ist kein besonders guter Grund."

„Sie weiß, dass ich ihn mag."

„Sicher ... sie ..."

„Das könnte ein Grund sein. Jenny ist ... ist sehr durcheinander, denke ich. Ihre Mutter hat sie verlassen, ihr Vater ist sehr gefühllos. Ich glaube nicht, dass Jenny weiß, was Liebe ist. Sie kann nur ... Leute manipulieren."

Ihr Vater saß stumm und kopfschüttelnd an seinem Schreibtisch. „Falls – und ich betone es ausdrücklich – *falls* das stimmen sollte, dann braucht Jenny uns mehr als je zuvor."

Das stimmte. Aber wie konnte man einem Menschen wie Jenny helfen, fragte sich Virginia.

„Wir müssen weiter beten", fuhr ihr Vater fort. Virginia nickte stumm.

„Und, Virginia", er sprach mit leiser Stimme weiter, „bitte versuch nicht, irgendetwas zu erzwingen. Hab Geduld. Diese Sache wird sorgfältig untersucht werden. Es könnte eine weitere Sackgasse sein. Jenny ist vielleicht vollkommen unschuldig – ich bete, dass das so ist. Aber Virginia, lass Gott diese Sache zu seiner Zeit klären. Er wird es tun, davon bin ich überzeugt."

Virginia ließ den Kopf hängen. Sie war noch immer nicht so ganz sicher, dass der Weg ihres Vaters richtig war. Zumindest dauerte alles so schrecklich lange.

Kapitel 22

Virginia fiel es sehr schwer, ihre Ungeduld im Zaum zu halten. Die jugendliche Seite in ihr bestand darauf, sie müsse etwas unternehmen und nicht nur beten. Sie wusste allerdings nicht so genau, was dieses „etwas" sein könnte, sonst hätte sie der Versuchung bestimmt nachgegeben und es getan. Jeden Abend fragte sie ihren Vater, wie die Untersuchung vorankam, und jeden Abend gab er ihr eine unbestimmte Antwort. Darin war er wirklich gut, das musste sie zugeben. Vielleicht war das eines der Merkmale eines guten Rechtsanwalts.

Ob Jenny sich bedroht fühlte oder nicht, wusste Virginia nicht zu sagen. Sie schien allerdings darüber aufgebracht zu sein, dass Georgie jetzt öfters in die Gemeinde ging. Flüsternd nannte sie ihn „Verräter" und „Überläufer" aber es schien keine offene Kriegserklärung an ihn zu geben.

Man brauchte sich Georgie nur anzusehen, um zu erkennen, dass es tatsächlich eine Veränderung in seinem Leben gegeben hatte. Er wurde friedlicher, hatte nicht mehr das Bedürfnis, ständig andere herunterzusetzen, um einen Lacher zu ernten. Die Veränderung in ihm war so dramatisch, dass es sogar die Lehrerin bemerkte.

Die Gerichtsverhandlung gegen Rett Marshall war für die erste Dezemberwoche angesetzt worden. Virginia wurde immer unruhiger, je näher das Datum rückte. Für den Augenblick genoss der Mann noch seine Freiheit. Jeden Morgen zog er sich seine Jacke an und streifte durch die Wälder, suchte Trost auf die einzige Art und Weise, die er kannte – in der Natur. Wann immer Virginia ihn sah, winkte sie ihm zu und er winkte mit einer ungelenken Handbewegung und einem freundlichen Lächeln zurück. Es zerriss ihr das Herz zu denken, dass dies vielleicht seine letzten Tage in Freiheit waren. Dieser Mann hatte niemandem etwas getan!

*

„Wir haben nichts herausfinden können", gestand ihr Vater, als er sich auf einen Küchenstuhl sinken ließ. Es war eine schwierige Zeit für ihn gewesen.

Virginia versuchte, ruhig zu reagieren, aber ihre Erregung wurde in jedem Wort, das sie sprach, deutlich. „Was meinst du damit? Nichts? Bestimmt habt ihr doch irgendetwas gefunden."

Was ist schlimmer?, hörte Virginia ihr Herz rufen. *Rett zu verurteilen oder Jenny?* Aber sie drängte weiter. „Hat der Sheriff mit der Vermieterin gesprochen?"

„Ja, natürlich."

„Und was hat sie gesagt? Hat sie ihm nicht gesagt, dass Jenny den Sommer über für sie gearbeitet hat?"

„Doch, hat sie. Jeden Montag am Waschtag und manchmal am Mittwoch und Samstagnachmittag."

„Und –?"

„Das beweist doch noch nichts. Sie sagte, Jenny sei sehr zuverlässig und ordentlich gewesen."

Aber das kann nicht sein!, wollte Virginia rufen. *Es muss ihre Idee gewesen sein, Rett zu beschuldigen.*

„Wir haben gefragt, ob noch jemand anderes Zugang zu den Zimmern hätte. Das hat sie verneint."

„Siehst du!", rief Virginia.

„Virginia – nur weil jemand Zugang zu dem Zimmer hat, ist er nicht gleich eines Verbrechens schuldig."

„Das weiß ich. Aber wenn Jenny es nicht war, wer war es denn dann?"

„Vielleicht war es ja wirklich Rett selbst."

„Papa!"

„Vielleicht erkennt er nicht die Konsequenzen seines Handelns." Ihr Vater wirkte sehr erschöpft. „Wieder wurden drei Dinge als vermisst gemeldet."

„Wann?"

„In der vergangenen Woche.“ Er lächelte. „Du wirst es nicht glauben, aber eines davon war ein Schachbrett.“

„Ein Schachbrett? Also, das sollte doch seine Unschuld beweisen. Was sollte Rett mit einem Schachbrett anfangen?“

Das Lächeln verschwand. „Vielleicht dasselbe, was er mit einem Schraubenschlüssel anfängt. Sieh mal, Virginia, die gestohlenen Dinge haben keinen Zusammenhang. Es gibt kein logisches Muster. Sie scheinen zufällig genommen worden zu sein. Ein paar Schmuckstücke, ein paar Werkzeuge, ein oder zwei Küchengeräte, das Schachbrett, ein Messer, sogar ein Kinderspielzeug. Darum ist der Sheriff ja auch der Meinung, Rett hätte es wirklich getan.“

Virginia spürte, wie eine tiefe Traurigkeit von ihr Besitz ergriff. Es sah wohl wirklich so aus, als wäre Rett es selbst gewesen.

„Er wird das Gefängnis hassen“, meinte Virginia verloren.

„Wir müssen beten ...“

Aber Virginia verstand den Rest der Bemerkung ihres Vaters nicht mehr. Sie hatte es schon so oft gehört. Sie hatte gebetet ... und es hatte nichts genützt!

*

Virginia hatte noch nie eine Gerichtsverhandlung besucht, obwohl ihr Vater die meisten der hier ansässigen Klienten verteidigte. Die Mehrzahl der Fälle wurde allerdings außergerichtlich geregelt. Es ging um kleine Landstreitigkeiten, das Aufsetzen eines Testaments oder die Regelung von Erbangelegenheiten. Aber das hier war eine richtige Gerichtsverhandlung. Ein Richter aus der Stadt würde kommen. Alle Beweise waren vorzulegen. Virginia konnte nicht anders, sie musste daran teilnehmen.

Der Fall schien das Interesse der gesamten Stadt geweckt zu haben. Obwohl Virginia früh da war, fand sie nur mit Mühe einen Sitzplatz.

Rett Marshall saß mit hängendem Kopf neben ihrem Vater. Virginia war sicher, dass er nicht verstand, was vorging. Vorne im Raum an dem einfachen Tisch saß ein Mann in einer schwarzen Robe mit strengem Gesicht und weißem Backenbart. Er hielt einen seltsam aussehenden Hammer in der Hand.

An der Seite hatte der Sheriff der Stadt Platz genommen. Trotz des kalten Tages schwitzte er sehr. Zum ersten Mal tat der Mann Virginia Leid. Er versuchte doch nur, seine Arbeit zu tun. Bestimmt hatte er keinen Gefallen daran, einen Bürger der Stadt hinter Schloss und Riegel zu bringen.

Auf dem Tisch vor dem Richter waren einige Gegenstände ausgelegt. Das mussten die Dinge sein, die abhanden gekommen waren.

Der Richter ließ zur Eröffnung der Verhandlung seinen Hammer niederfahren und die Leute erhoben sich. Virginia stand ebenfalls auf. Nachdem der Richter die Anklage vor den Anwesenden verlesen hatte, durften die Zuschauer wieder Platz nehmen. Virginia zwängte sich zwischen die Leute. Der Ellbogen des einen hing ihr beinahe im Gesicht.

Und dann begann der Prozess.

Der Sheriff wurde als Erster gehört. Er erläuterte die Beschuldigungen gegen den Beklagten, benannte alle Gegenstände auf dem Tisch und erklärte dem Gericht, wo sie gefunden worden waren.

„Die Anstecknadel“, warf Mrs. Parker ein, die nicht wusste, dass die Zuschauer während einer Gerichtsverhandlung zu schweigen hatten. „Ich sehe meine rote Anstecknadel nicht.“

Der Sheriff wischte sich wieder die Stirn trocken und räumte ein, die fragliche Anstecknadel sei noch nicht gefunden worden.

Mrs. Parker jammerte leise, doch der Richter ließ seinen Hammer auf den Tisch knallen und rief sie zur Ordnung.

Der Sheriff fuhr fort. „Viel mehr kann ich nicht sagen“, erklärte er, „außer, dass das Gesetz alles getan hat, was möglich war, um sicherzustellen, dass der Angeklagte nicht irrtümlich vor Gericht gestellt wird. Ich bin jeder Spur nachgegangen und habe keine entlastenden Hinweise finden können.“

Der Richter erteilte nun dem Verteidiger das Wort.

„Euer Ehren“, begann Virginias Vater. Er erhob sich und trat vor den Richter. „Wir möchten das Gericht um Nachsicht bitten, während wir den Leuten diesen Fall darlegen.“ Er wandte sich an den Sheriff. „Unser guter Sheriff hat seinen Job gründlich erledigt, doch er hatte nur wenige Spuren zu verfolgen. Aber wir möchten darlegen, dass wir, im Gegensatz zu der Anklage, der Meinung sind, dass ein Diebstahl nicht zum Charakter des Angeklagten passt.“

Die Zeugen wurden aufgerufen. Pastor Doyle war der erste.

„Kennen Sie den Angeklagten?“

„Ja.“

„Wie lange kennen Sie ihn schon?“

„Zwölf Jahre.“

„Hat er sich Ihres Wissens jemals eines Vergehens schuldig gemacht?“

„Niemals.“

„Als was für einen Menschen würden Sie ihn beschreiben?“

Die Antwort kam ruhig und gut überlegt. „Er ist ein Freigeist, der draußen in der Natur herumwandert und mit den Tieren lebt. Seine einzige Liebe sind die Kreaturen, die der Schöpfer gemacht hat. Materieller Besitz erscheint ihm wenig erstrebenswert.“

„Da Sie den Mann kennen, halten Sie ihn für fähig, diese Tat begangen zu haben? Einen Diebstahl?“

Ein langes Schweigen folgte. Pastor Doyle hob den Kopf. Seine Augen waren klar, doch Mitgefühl lag darin. „Herr Richter“, sagte er mit fester Stimme, „ich lebe und diene jetzt schon viele Jahre hier. Lange genug, um zu wissen, dass ich nicht beurteilen kann, was im Herzen eines anderen Menschen ist. Nur Gott kann das. Aber Gott sei mein Zeuge, wenn dieser Mann die ihm zur Last gelegte Tat tatsächlich begangen hätte, wäre ich schockiert und tief traurig. Ich würde ihn einer solchen Tat nicht für fähig halten.“

Virginia spürte, wie Tränen in ihre Augen stiegen und wischte sie mit ihrem Ärmel weg. Der Pastor durfte sich hinsetzen und andere Zeugen wurden aufgerufen. Alle äußerten dieselben Gefühle, wenn auch nicht so beredt wie der Geistliche.

„Ich rufe Clark Davis in den Zeugenstand“, verkündete ihr

Vater und Virginia hörte den vertrauten ungleichmäßigen Schritt, als ihr Großvater nach vorne kam. Er setzte sich auf den Stuhl neben dem Holztisch.

„Kennen Sie den Angeklagten?"

„Ja."

„Wie lange kennen Sie ihn schon?"

„Seit seiner Geburt ... und seine Eltern noch länger."

„Dann würden Sie also sagen, dass Sie ihn gut kennen?"

„So gut, wie ein Mensch einen anderen kennen kann."

„Wir haben gehört, dass der Angeklagte die Natur liebt."

„Das stimmt."

„Er liebt sie so sehr, dass er nur selten in seinem Zimmer in der Pension zu finden ist."

„Richtig."

„Tatsächlich hält er sich nur selten in der Stadt auf."

„Auch das stimmt."

„Haben Sie ihn schon einmal in den Straßen herumziehen sehen?"

„Nein. Er wohnt in der Pension am Stadtrand. Von da aus marschiert er direkt in die Wälder. So schnell er kann lässt er alle Gebäude hinter sich."

„Wenn ihm an der Stadt nichts liegt, warum wohnt er dann hier?"

„Er wurde auf einer Farm geboren und großgezogen. Hat den größten Teil seines Lebens dort verbracht. Seine Mutter starb vor einigen Jahren, und sein Vater und er haben gemeinsam die Farm weitergeführt. Doch dann erfuhr sein Vater, dass er krank war – Herzprobleme. Mein Sohn, Dr. Larry Davis, hat ihm gesagt, er hätte nicht mehr lange zu leben. Daraufhin kam er zu uns und hat uns seine Geschichte erzählt. Er war am Boden zerstört, weil er nicht wusste, was aus seinem Jungen werden sollte."

„Weiter."

„Nun, meine Frau und ich, wir haben darüber gesprochen und gebetet und haben Cam – das ist Retts Vater – dann aufgesucht und ihm gesagt, wir würden den Jungen zu uns nehmen. Aber er hatte bereits einen anderen Plan. Er sagte, er würde die

Farm verkaufen und in die Pension ziehen. Wenn er dann tot wäre, wäre Rett trotzdem versorgt. Er würde seine Mahlzeiten bekommen, seine Wäsche würde gewaschen und alles."

„Und das hat er auch getan?"

„Das hat er getan."

„Wie hat sich Rett Marshall an das Stadtleben gewöhnt?"

„Zuerst hat es ihm Angst gemacht. Darum hat sein Vater mit der Besitzerin der Pension vereinbart, ihm Proviant zu richten, und hat ihn losziehen lassen. Da ging es ihm besser. Solange er ungehindert durch die Gegend streifen kann, ist er glücklich."

„Seit er seinen Vater verloren hat, lebt Rett also nun in dieser Pension?"

„Ja. Zumindest verbringt er die Nächte dort. Im Sommer wie im Winter, im Frühling wie im Herbst nimmt er sich sein Proviantpaket und zieht los."

„Und wenn er morgens aufbricht, verlässt er geradewegs die Stadt?"

„Allerdings. Alle können das bestätigen. Wir haben es alle schon gesehen."

„Und wann kommt er abends nach Hause? Zieht er dann durch die Straßen der Stadt?"

„Nein, Sir. Er geht wieder geradewegs in sein Zimmer, nachdem er seinen Freund im Käfig im Hof untergebracht hat."

„Seinen Freund?"

„Die Krähe. Rett geht niemals ohne seine Krähe weg."

Der ganze Saal brach in Gelächter aus.

„Vielen Dank, Mr. Davis. Sie können jetzt gehen."

Virginia schaffte es, den Blick ihres Großvaters einzufangen. Er hatte sich sehr für Rett eingesetzt. Sie betete, dass er den Richter überzeugt hatte.

„Ich rufe Sheriff Brown in den Zeugenstand."

Virginia blinzelte. Was tat ihr Vater da? Der Sheriff hatte doch bereits gesagt, dass er Rett Marshall für schuldig hielt. Nachdem er nochmals vereidigt worden war, setzte er sich auf den Stuhl und wischte sich die Stirn.

„Sheriff Brown, Sie haben diesen Fall von Anfang an bearbeitet, nicht wahr?"

„Ja." Die Stimme des Sheriffs war so belegt, dass er kaum zu verstehen war.

„Und nachdem Sie alle Beweise untersucht haben, haben Sie den Angeklagten des Besitzes von gestohlenem Eigentum beschuldigt. Ist das richtig?"

Der Sheriff nickte, wurde aber von dem Richter ermahnt, seine Antwort laut zu geben. „Ja." Er erstickte beinahe an dem Wort.

„Worauf haben Sie Ihre Entscheidung gegründet?"

Der Sheriff drehte nervös sein Taschentuch in den Händen. „Auf die Beweise."

„Und die Beweise waren?"

„Das Diebesgut. Wir haben alles gefunden." Er warf einen Blick in Mrs. Parkers Richtung. „Fast alles", korrigierte er sich. „In Retts ... im Besitz des Angeklagten."

„Trug er es bei sich?"

„Nein. Es war in seinem Zimmer."

„Wo in seinem Zimmer?"

Der Sheriff wurde noch nervöser. „Verflixt, Andrew –"

Der Hammer des Richters sauste auf den Tisch und der Sheriff zuckte auf seinem Stuhl zusammen. Er wischte sich die Stirn ab und sprach sehr langsam. „Wie ich bereits sagte, fanden wir das Diebesgut in Rett Marshalls Zimmer, in der obersten Schublade unter den Socken und der Unterwäsche."

„Vielen Dank. Lagen noch andere persönliche Gegenstände in der Schublade?"

„Was meinen Sie?"

„Ein Rasiermesser, Bilder oder Erinnerungsstücke irgendwelcher Art?"

„Nein."

„Sind Sie sicher?"

„Ich bin sicher. Nichts weiter. Nur die Kleidungsstücke und das Diebesgut."

„Sind Ihnen irgendwo sonst im Raum solche persönlichen Gegenstände aufgefallen?"

„Ich habe keine gesehen."

„Nichts? Keine Bücher, Dekorationsobjekte, Werkzeuge oder Andenken?"

„Ich habe nichts gesehen."

„Haben Sie den Raum gründlich durchsucht?"

„Natürlich."

„Könnte das darauf hindeuten, dass der Angeklagte Rett Marshall an solchen Dingen nicht interessiert ist?"

„Das könnte sein."

Virginias Vater hielt inne und wartete ab, bis der Sheriff sich mit seinem nassen Taschentuch die Stirn und Wangen abgewischt hatte. „Hatten noch andere Personen Zugang zum Zimmer des Angeklagten?"

„Zum Beispiel?"

„Wer auch immer. Hätte jemand zum Beispiel durch ein Fenster einsteigen können?"

„Nein, das Fenster habe ich überprüft. Das Fliegengitter war festgenagelt und nicht beschädigt."

„Was ist mit der Tür? Hätte jemand durch die Tür kommen können?"

Der Sheriff zögerte. „Das wäre möglich", räumte er schließlich ein.

„Dann wissen Sie eigentlich mit Gewissheit nur, dass die gestohlenen Gegenstände in Rett Marshalls Zimmer gefunden wurden. Sie räumen ein, dass auch andere Leute Zugang zu diesem Zimmer hatten. Rett Marshall war tagsüber immer unterwegs, vom frühen Morgen bis zum späten Abend. Nicht wahr?"

Der Sheriff nickte, dann erinnerte er sich an die Ermahnung und antwortete laut. „Das stimmt."

„Hat irgendjemand gesehen, wie Rett Marshall diese gestohlenen Gegenstände in seine Schublade gelegt hat?"

„Nein", lautete die Antwort.

„Hat jemand Rett Marshall jemals mit einem dieser Gegenstände in der Hand oder an seinem Körper gesehen?"

„Nein."

„Hat jemand Rett Marshall in der Nähe der Häuser gesehen, aus denen diese Gegenstände gestohlen wurden?"

Der Sheriff atmete hörbar aus. „Nein."

„Woher wissen wir dann, Sheriff Brown, dass es Rett Marshall war, der die gestohlenen Gegenstände in diese Schublade gelegt hat?"

Es kam keine Antwort. Virginia hielt den Atem an.

Kapitel 23

„Du warst wundervoll, Papa“, rief Virginia, als ihr Vater zur Tür hereinkam.

Er legte seine Ledertasche auf den Tisch und ließ sich auf einen Stuhl sinken. „Ich fühle mich aber überhaupt nicht wundervoll.“

Virginia riss die Augen auf. „Du hast den Fall doch gewonnen – ich bin ganz sicher, dass der Richter –“

„Der Richter ist bekannt dafür, dass er manches auf seine Weise sieht. Er mag zum Beispiel keine Verteidiger und er wird sein Urteil erst morgen verkünden. Niemand kann sagen, wie er sich entscheiden wird.“

„Aber du hast doch gezeigt –“

„Außerdem habe ich einen guten Freund in eine sehr schwierige Situation gebracht. Sheriff Brown und ich haben zusammengearbeitet, seit ich in die Stadt gekommen bin.“ Seine Stimme klang gepresst.

Virginia hatte nur daran gedacht zu gewinnen. „Nun, Sheriff Brown soll ja auch nicht ins Gefängnis“, erinnerte sie ihren Vater. „Aber das würde Rett drohen, wenn du ihn nicht so ausgezeichnet verteidigt hättest.“

Sie dachte, diese Worte würden bewirken, dass er sich besser fühlte, nicht schlechter. Aber er schien sie gar nicht wahrzunehmen.

„Die Leute in dieser Stadt empfinden große Hochachtung für Sheriff Brown, weil er sie sich im Laufe der Jahre erworben hat. Wenn das, was ich heute getan habe, diese Hochachtung zerstört, dann sind wir alle die Verlierer.“

„Aber bestimmt werden doch die Leute –“

„Die Leute können sich manchmal sehr seltsam verhalten, Virginia. Sie vergessen viel zu leicht das Gute, das man getan hat, wenn sie der Meinung sind, man hätte einen Fehler gemacht. Ross hat keine Fehler gemacht, aber ich kann nicht aufstehen und den Leuten das sagen. Er hat seine Arbeit sehr gründlich und sorgfältig getan und das Ganze war ihm genauso zuwider wie mir."

Virginias freudige Erregung flaute etwas ab. Vielleicht hatten sie doch nicht gewonnen.

*

Am folgenden Tag machte sich Virginia schon sehr früh auf den Weg zum Schulhaus, das zum Gerichtssaal umfunktioniert worden war. Es würde bestimmt voll werden, denn alle konnten die Urteilsverkündung kaum erwarten. Die Leute ergriffen Partei und versuchten einander in ihren Spekulationen zu übertreffen. Virginia betete, das Urteil möge zu Retts Gunsten ausfallen, doch dann wurde ihr klar, dass ihr Dilemma in diesem Fall nicht aus der Welt sein würde. Falls Rett dieses Verbrechen nicht begangen hatte, wer war es dann gewesen? Deutete dann wieder alles auf Jenny hin?

„Alle erheben sich von ihren Plätzen."

Der Richter betrat den Raum und legte seine Notizen vor sich auf den Tisch. Er räusperte sich und hielt dann inne. Virginia hatte den Eindruck, dass er es genoss, den ganzen Raum auf die Folter zu spannen.

„Nun, dies ist ein ... ein sehr schwieriger Fall. Ich habe sehr gründlich darüber nachgedacht ... die halbe Nacht lang."

Virginia zog die Augenbrauen hoch. Man erzählte sich, der Richter hätte die halbe Nacht im einzigen Saloon des Ortes Poker gespielt.

„Mir scheint, dass Sheriff Brown in seinem Bemühen, Gerechtigkeit walten zu lassen, gute Arbeit geleistet hat. Er hat alle Aspekte dieses Falles sehr gründlich untersucht. Der Angeklagte Rett Marshall ist nicht in der Lage, für sich selbst zu sprechen. Die aufgerufenen Charakterzeugen haben ein gutes Urteil über ihn abgegeben – vielleicht ein zu gutes Urteil, sodass ich mich unwillkürlich frage: ‚Kann man sich eines anderen Menschen wirklich so sicher sein?‘ Wie der Pfarrer gesagt hat: ‚Wir wissen nicht, was im Herzen eines Menschen ist.‘ Der Verteidiger –“, der Richter brach ab und starrte Virginias Vater kalt an, „ist schr geübt im Umgang mit Worten. Aber geht es darum in einer Gerichtsverhandlung? Wer der beste Redner ist? Ich denke nicht. Wie ich schon sagte, meine Nacht war der Aufgabe vorbehalten, diesen Fall noch einmal durchzugehen und ich bin jetzt bereit, meine Entscheidung zu verkünden.“

Er räusperte sich erneut. „Im Falle der Staat gegen Mr. Rett Marshall –“

„Warten Sie!“

Ein lauter Schrei ließ Virginia ein Schaudern über den Rücken laufen. Wer war so vorwitzig, den Richter bei einer so ernsten Amtshandlung zu unterbrechen? Aber sie konnte den Betreffenden in der Menschenmenge nicht ausmachen.

Sie hörte den Aufruhr. Eine Frau kam laut schluchzend nach vorne.

„Ich kann es nicht mehr aushalten. Ich kann es einfach nicht“, weinte die Person. Virginia reckte den Hals und erkannte Mrs. Kurz, die Besitzerin der Pension, in der Rett Marshall wohnte. Sie drehte sich zu den Zuschauern um. Ihr Hut saß schief auf dem Kopf und ihr Gesicht war tränenüberströmt. „*Ich* habe es getan. Ich war es. Er hat mich dazu gezwungen.“

Virginia warf nur einen Blick auf die verzweifelte Frau. Sie war völlig verwirrt, gleichzeitig verspürte sie aber auch unendliche Erleichterung. Es war nicht Rett gewesen. Und Jenny auch nicht. Gott sei Dank.

*

„ ... und was ist dann passiert?“

Virginia schilderte Jamison auf dem Heimweg von der Schule die gesamte Gerichtsverhandlung. Manchmal musste sie einfach stehen bleiben und ihm mit lebhaften Gesten klarzumachen versuchen, was sie in dem provisorischen Gerichtssaal erlebt und gefühlt hatte.

„Alle waren wie betäubt. Da stand Mrs. Kurz zitternd und schluchzend vor den Leuten und gestand, die Sachen gestohlen und in Retts Zimmer versteckt zu haben. Die meisten Anwesenden dachten, sie ist übergeschnappt oder so etwas.

Doch dann hob sie langsam ihre zitternde Hand, öffnete sie und darin lag Mrs. Parkers Anstecknadel. Na, da ist Mrs. Parker vielleicht aufgesprungen, das kannst du glauben. Ich hörte sie durch den ganzen Raum. Und dann ... die Frau war so außer sich, dass die Leute Angst hatten, sie würde ohnmächtig werden. Mein Papa brachte ihr einen Stuhl und sie halfen ihr, sich hinzusetzen. Sie sagten ihr, sie brauche jetzt nichts mehr zu sagen, aber sie schob sie buchstäblich weg. ‚Ich will aber alles sagen', weinte sie. ‚Ich kann damit nicht mehr leben.'

Sofort wurde es still im Raum und die Leute beugten sich vor, um ihr zuzuhören. ‚Er hat mich dazu gezwungen', wiederholte sie, aber niemand wusste, wer dieser *er* sein sollte. Der Richter nickte meinem Vater zu und forderte ihn mit seltsam klingender Stimme auf: ‚Herr Rechtsanwalt?' Es war, als wäre er vollkommen aus der Fassung gebracht und würde nun um Hilfe bitten.

Mein Vater trat vor. Zuerst hat er versucht, Mrs. Kurz ein wenig zu beruhigen. Dann begann er langsam, ihr Fragen zu stellen. Und so kam die ganze Geschichte heraus.

Da gibt es diesen Mann – Jenks ist sein Name. Vielleicht hast du ihn schon in der Stadt gesehen. Er ist ... er sieht ziemlich ungepflegt aus und hat ganz seltsame Augen. Auf jeden Fall wohnt er in der Pension und Mrs. Kurz schuldet ihm eine ansehnliche Summe Geld. Eine alte Schuld ihres Mannes aus der Vergangenheit. Sie hat nicht alles darüber erzählt und mein Papa hat sie auch nicht danach gefragt.

Also, dieser Jenks drängte nun auf die Begleichung der Schulden und die Frau wusste nicht, wo sie das Geld hernehmen sollte. Sie war vollkommen verzweifelt. Und dann passierte der Unfall und sie begann über Rett nachzudenken. Die Leute redeten ja bereits und gaben ihm die Schuld an Dingen, die er nicht getan hatte.

Sie schob die Gedanken wieder beiseite, doch der Mann ließ

ihr keine Ruhe. Schließlich beschloss sie, es zu tun. Sie stahl den ersten Gegenstand und verbarg ihn in Retts Schublade. Aber der Sheriff war nie richtig davon überzeugt, dass Rett es getan hatte. Zumindest nicht zuerst.

Also musste sie weitermachen. Kleine Gegenstände stehlen, sie unter Retts Sachen verstecken. Rett hat sie nie gefunden. Er machte sich ja nie die Mühe, die Schublade selbst zu öffnen. Doch nachdem sie die Anstecknadel gestohlen hatte, gefiel die ihr so gut. Sie versteckte sie bei sich und betrachtete sie dann von Zeit zu Zeit."

„Aber *warum* das Ganze?" Jamison konnte nicht umhin, sie zu unterbrechen. „Inwiefern sollte diese Sache der Frau helfen, ihre Schulden abzuzahlen?"

„Das haben wir uns auch alle gefragt. Warum? Was konnte es ihr bringen, Rett die Schuld an den Diebstählen in die Schuhe zu schieben? Mein Papa hat sie danach gefragt. Und dann kam es heraus. Vor seinem Tod hatte Retts Vater, Cam Marshall, einen Treuhandfonds eingerichtet. Mrs. Kurz sollte daraus die Lebenshaltungskosten für seinen Sohn bestreiten, solange er bei ihr wohnte. Wenn dieses Geld nicht mehr benötigt würde, konnte sie den Rest behalten."

Jamison blieb abrupt stehen. Sein Blick hing an Virginias Gesicht. „Nein!"

„Ja", erwiderte sie zitternd vor Erregung. „Sie dachte, wenn Rett in eine Irrenanstalt geschickt würde, würde er auf Staatskosten leben und sie könnte das restliche Geld behalten. Sie hätte den Mann auszahlen können und für sie wäre auch noch etwas übrig geblieben."

„Das ist ja unglaublich!", entrüstete sich Jamison.

„Das kann man wohl sagen. Sie wollte den Rest des Geldes nehmen, woanders hinziehen und noch einmal ganz neu anfangen, sagte sie. Das Ganze einfach hinter sich lassen."

Sie setzten sich wieder in Bewegung. Langsam schlenderten sie zum Haus der Simpsons. „Na ja, beinahe hätte es auch geklappt."

Virginia erschauderte. „Das hätte es, wenn sie nicht ein Gewissen gehabt hätte."

„Ein Gewissen? Ich wette, Gott ist sie hart deswegen angegangen, meinst du nicht?“

Virginia hatte gar nicht daran gedacht, Gott mit ins Spiel zu bringen. Aber es stimmte. Ihr Vater hatte die ganze Zeit über Recht gehabt: Ihre Gebete hatten doch gewirkt.

Virginia nickte langsam. „Aber mir tut die arme Frau irgendwie Leid. Du hättest sie sehen sollen. Es war wirklich herzzerreißend.“

„Wird sie bestraft werden?“

„Bestimmt, wenn Papa auch mildernde Umstände beantragen will.“

„Was ist mit diesem anderen Kerl? War er an der Verschwörung beteiligt?“

„Oh ja. Er wusste über den Fonds Bescheid. Er hat Mrs. Kurz gedrängt, dieses Geld an sich zu bringen. Der Sheriff ist schon losgezogen, um ihn zum Verhör zu holen.“

Eine Stille entstand zwischen ihnen. Die Spannung flaute etwas ab.

„Weißt du ...“, gestand Virginia reumütig, „ich hatte schon den Verdacht, es sei vielleicht Jenny gewesen.“

„Jenny?“ Jamison sah Virginia abwartend an.

„Sie ... sie war immer so ... ich weiß auch nicht – so sehr darauf aus, mich wegen Rett zu hänseln. Sie war so beharrlich darin. Und sie hat für Mrs. Kurz gearbeitet.“

„Sie ärgert dich eben einfach gern ein bisschen, weil du dich so schön aufregst.“

„Meinst du?“

Er nickte. „Ich glaube nicht, dass Jenny viele andere Gefühle außer Frust und Wut kennt. Nur auf dieser Ebene kann sie mit Menschen umgehen. Das ist alles, was sie je gelernt hat.“

Stimmte das? Ja, vielleicht. Wenn es so war, dann hatte Virginia an ihrer Freundin versagt. Sie war immer in Verteidigungsposition gewesen und hatte sich gewehrt. Kein Wunder, dass Jenny den christlichen Glauben verwirrend fand. Kein Wunder, dass sie daran nicht teilhaben wollte.

Tränen brannten Virginia in den Augen. Ihre Gedanken wanderten zurück zu der Szene im Gerichtssaal. Ihr Vater hatte dem

Sheriff die Hand entgegengestreckt und in seinen Augen lag eine unausgesprochene Entschuldigung. Der Mann hatte die ausgestreckte Hand genommen und den Gesichtern der beiden Männer konnte man ablesen, dass keine Unstimmigkeiten zwischen ihnen standen.

„Ich muss es noch einmal versuchen", sagte Virginia leise, mehr zu sich selbst als zu Jamison.

„Wir werden es gemeinsam versuchen."

Virginia blinzelte die Tränen fort und sah zu ihm hoch. Es war schön, Jamison zum Freund zu haben. Sie brachte ein Lächeln zu Stande, wenn auch die Tränen noch an ihren Wimpern hingen.

„Wir werden anfangen, intensiv zu beten", erklärte Jamison. „Das scheint noch das meiste zu bewirken." Er grinste sie an und sie lachte leise. Es war tatsächlich so.

Jamison schob seine Bücher unter den anderen Arm. Sie spürte, wie seine Finger vorsichtig nach ihren griffen. Sie zog sie nicht fort. Schüchtern und doch voller Gewissheit legte sie ihre Hand in seine und sein Griff wurde fester. Vielleicht würde es nicht schaden, ganz besondere Freunde zu sein.

Sie waren beinahe zu Hause, als Virginia sah, wie Mr. Adamson den Kopf hinter seinem Zaun hob und den Bürgersteig entlang sah. Als er Virginia entdeckte, hellte sich sein faltiges Gesicht auf und ein strahlendes Lächeln legte sich auf seine Lippen.

Er schien die Situation mit einem Blick erfasst zu haben. Schweigend zog er den Hut und kratzte sich mit seinen erdigen Fingern das graue Haar. Sein Lächeln wurde noch breiter, aber er sagte kein Wort. Er beobachtete bloß, wie Virginia und ihr Freund Hand in Hand nach Hause gingen.

Seine Augen funkelten.

BAND 2 DES WUNDERSCHÖNEN INDIANER-EPOS

Stephanie Grace Whitson:

DIE KINDER DES WINDES

Roman

Die Halbblutindianerin Elisabeth steht nach dem Tod ihres jungen Ehemannes und ihrer Mutter Jessie vor den Trümmern ihres Lebens: In ihren Adern fließt das Blut von zwei verfeindeten Völkern. Wo gehört sie hin? Und wie soll sie nach alledem noch an einen Gott der Liebe glauben?

Auch Elisabeths Halbbruder, der Sioux-Krieger Wilder Adler, steht an einem Wendepunkt. Sein Volk ist dem Untergang geweiht, und seine einzige Überlebenschance besteht darin, sich der Welt der verhaßten Weißen anzupassen.

Und dann ist da noch der junge Farmer James, der Schreckliches durchgemacht hat und trotzdem so beunruhigend sicher ist, daß Gottes Kindern alle Dinge zum Besten dienen müssen.

Alle drei haben noch eine lange Irrfahrt vor sich, bevor sie erfahren dürfen, daß Gottes Liebe wirklich alle Grenzen überwindet ...

Paperback, 280 Seiten, Nr. 815 499

DER ERSTE BAND DER IRLAND-SAGA

Bodie & Brock Thoene:

NUR DER FLUSS KENNT DIE FREIHEIT

Roman

Irland zu Beginn des 19. Jahrhunderts:
Die verarmten irischen Bauern stöhnen unter dem Joch der englischen Herrschaft. Katholische Grundbesitzer werden enteignet und durch protestantische britische Adelige ersetzt.

Auch der von seinen Pächtern geschätzte irische Lord Connor Burke von Ballynockanor fällt einer englischen Intrige zum Opfer: Nach seinem Tod versucht sein skrupelloser Nachfolger William Marlowe, den Besitz der Familie an sich zu bringen und Burkes einzigen Sohn Joseph Connor ebenfalls zu ermorden. Doch der tot geglaubte Junge kann entkommen.

Als an einem Weihnachtsabend 14 Jahre später ein junger Mann den zugefrorenen Fluss überquert, ahnt niemand, wer der geheimnisvolle Fremde ist und dass sein Kommen das Leben der Menschen von Ballynockanor für immer verändern wird ...

Paperback, 280 Seiten, Nr. 815 567

EIN ROMAN MIT SPANNUNG UND HERZ

Loralee Strauss:

DIESSEITS DES HIMMELS

Roman

Weil sie die langweilige Enge ihrer Ehe nicht mehr ertragen zu können meint, verlässt Jessica bei Nacht und Nebel ihren Mann Michael. Mit ihrer kleinen Tochter fährt sie zu ihrer Mutter, zu der sie seit dem Tod ihres Vaters nur noch sporadisch Kontakt hatte.

Doch dort erwartet sie eine böse Überraschung: Statt die ersehnte Freiheit auszukosten und sich von ihrer Mutter verwöhnen zu lassen, sieht sich Jessica mit einer völlig verwirrten und dabei äußerst starrsinnigen alten Dame konfrontiert, die sie keinen Moment aus den Augen lassen kann.

Langsam beginnt Jessica zu begreifen, dass im Leben nicht nur ihre eigenen Wünsche und Pläne zählen. Beim Ordnen der Unterlagen ihrer Mutter stößt sie auf ein wohl gehütetes Familiengeheimnis, das ihre Eltern plötzlich in einem ganz neuen Licht erscheinen lässt. Doch als sie all dies mit ihrem Mann besprechen will, meldet sich eine Frauenstimme ... Ist es zu spät für Jessica, um noch einmal von vorne anzufangen?

Gebunden, 220 Seiten, Nr. 815 654